부부
놀이

Couple
Play

부부놀이

1판 1쇄 찍음 2015년 6월 17일
1판 1쇄 펴냄 2015년 6월 24일

지은이 | 민은아
펴낸이 | 고운숙
펴낸곳 | 봄 미디어

기획·편집 | 손수화, 정수경 박혜진

출판등록 | 2014년 08월 25일 (제387-2014-000040호)
주소 | 경기도 부천시 원미구 소향로17, 304(두성프라자) (우)420-864
영업부 | 070-5015-0818 편집부 | 070-5015-0817 팩스 | 032-712-2815
E-mail | bommedia@naver.com
소식창 | http://blog.naver.com/bommedia

값 9,000원

ISBN 979-11-5810-092-6 03810

민은아 장편 소설

Couple Play

부부놀이

contents

〰〰〰〰〰〰〰〰〰

프롤로그

선 자리에서 아는 여자를 만날 확률은 얼마나 될까?

상대방이 한 번에 눈에 들어올 확률은?

대화를 나누고 뜻이 맞아 결혼에 골인하게 될 확률은?

그 확률에 당첨되기 위해 오늘도 우빈은 아까운 시간을 쪼개 호텔 커피숍에 앉아 있었다. 부모님의 등쌀을 이기지 못한 그는 이미 중매 시장의 단골손님이었다.

토요일 오전이라 커피숍에는 제법 많은 사람들이 있었다. 그들 중에는 선을 보는 사람들도 있을 것이고, 연인들도 있을 것이다.

약속 시각보다 일찍 도착한 우빈은 창가 쪽 테이블에 앉아 손목시계로 시선을 내렸다.

약속 시각 오전 11시.

지금 시각 오전 10시 50분.

약속 시각에서 5분이 지나도 상대방이 나타나지 않으면 일어나기로 마음먹고 있던 우빈은 머리 위로 드리운 그림자에 고개를 들었다. 오지 않기를 바랐던 여자가 당도를 한 것이다.

"혹시 이우빈 선생님 되십니까?"

"네. 정성경 씨?"

"약속 시각에 늦지 않으려고 서둘렀는데 늦은 건가요?"

"아닙니다. 앉으세요."

선을 보러 오는 여자들이 그렇듯 그녀도 얌전한 척 내숭을 떨며 다소곳하게 자리에 앉았다.

여자는 긴 생머리에 키도 크고 얼굴도 예뻤다. 미용실에서 메이크업까지 받고 온 듯했다.

그 모습을 비웃기라도 하듯 피식거린 우빈이 통명스레 벨을 눌렀다.

"뭐 드시겠습니까?"

"카페모카요."

우빈은 한 손으로 넥타이를 풀며 이러지도 저러지도 못하고 있는 그녀의 눈동자를 훔쳐봤다.

그녀가 파르르 떨리는 속눈썹을 들어 올리자 아무것도 모르는 듯한 맑고 깨끗한 눈동자가 드러났다. 흰자위 위로 보이는 검은 눈동자는 투명하도록 새까맸다.

세상의 때가 묻지 않은, 순진한 그녀의 눈빛이 그를 불편하게 만들었다. 스물네 살이라고 했던가? 아직 선 시장에 나와 자신을 팔 나이는 아닌데.

사전에 교육을 받은 것처럼 대화를 나누는 내내 그녀는 조신하고 품행이 단정했다. 마치 인형처럼.

"정성경 씨."

"네, 말씀하세요."

"저는 이번이 열 번째인데 성경 씨는 처음이신가요?"

"열, 열 번째요?"

"중매 시장의 흐름에 빠삭한 사람이라고 해 두죠. 정말 나랑 결혼하러 여기에 나온 겁니까?"

"네."

"저의 어떤 점을 보고요? 첫눈에 반했다, 이런 말씀은 하지 마세요."

"의사에다 잘생기셨어요. 마음에 들어요."

"더 없습니까?"

그녀가 고개를 끄덕거렸다. 신경질적으로 벨을 다시 누른 우빈이 자리에서 벌떡 일어났다.

"주문하고 계세요. 저는 잠깐 화장실 좀 다녀오겠습니다."

이곳을 잠시 벗어나고픈 마음에 우빈은 기본적인 예의를 지키며 커피숍 밖에 위치한 화장실 쪽으로 급하게 발을 움직였다.

밖으로 나가려는 그때, 급하게 다가온 누군가와 어깨를 부딪쳤다. 그 바람에 상대방이 들고 있던 종이 가방이 쿵 하는 소리와 함께 바닥에 떨어지고 말았다.

우빈은 몸을 굽혀 종이 가방을 집어 들었다.

"여기……."

"고맙습니다. 어? 이우빈 선생님!"

부딪친 여자는 간담도 췌장외과의 인턴 한담비였다.

하얀 얼굴에 사과처럼 붉은 입술을 가진 그녀는 간담도 췌장외과의 마스코트로, 의사가 되기 위한 첫 단추를 잘 꿰고 있어 눈여겨보고 있는 인턴 중 한 명이었다.

"아, 한담비 선생. 여기는 어쩐 일이지?"

"선, 선생님이야말로 여기는 어쩐 일로……."

눈을 휘둥그레 뜬 담비는 금방이라도 튀어나올 것 같은 입을 손으로 막았다. 이런 곳에서 우빈을 만날 거라곤 생각도 못 했다.

그는 한국대학 의예과 수석 졸업자이자 하늘 같은 선배

로, 환자나 보호자들이 친절한 의사로 꼽을 만큼 매너남이라 소문이 나 있는 사람이었다.

물론 실상은 그렇지 않았다. 인턴들 사이에서 '다중 인격자'라는 별명을 가지고 있는 그는, 간담도 췌장외과 전공의들에게 '병원에서 죽고 병원에서 살자'라는 구호를 만들어 실천하라고 강요하는 무시무시한 선배였다.

때리는 시어머니보다 말리는 시누이가 더 밉다는 말처럼, 대놓고 뭐라 하지는 않지만 뒤에서 교묘하게 선배들을 조종하는 얄미운 사람이었다.

매사에 완벽한 모습을 보여 주지 못하면 그의 호된 질책이 뒤따라왔다.

방식이 잘못된 것은 아니었다. 사람의 생명을 좌지우지하는 의사의 길을 선택했으면 철저히 책임을 지고 의료 행위를 펼치는 것은 당연했다.

어제도 레지던트 1년 차 선생님이 그에게 연타 삼진 아웃을 당하는 걸 보았다. 무참히 깨진 그는 앞으로 한 달 동안 오프 없이 병원에서 죽은 듯 살아야 할 것이다.

그러니 인턴 주제에 허락 없이 병원을 벗어나 선을 보러 나왔다고 고백해 스스로를 벼랑으로 내모는 짓은 할 수 없었다.

"볼일이 있어서요."

"볼일?"

평소 병원에서 높임말을 사용하는 그가 반말을 하자 당황한 담비는 시선을 이리저리 움직이다 떨리는 목소리로 이실직고했다.

"죄송합니다. 그게…… 부모님 등쌀에 못 이겨서…… 선을 좀……."

"선? 그 복장으로?"

그녀의 옷을 한마디로 정의 내리자면 유원지에 놀러 가기 딱 좋은 복장이었다. 청바지에 흰 티셔츠, 운동화.

조금 전 여자와 대조적인 모습에 우빈은 웃음이 나왔다.

"상대방에게 실례인 것 같은데?"

담비는 종이 가방을 들어 올려 손으로 톡톡 두들겼다. 가방 안에는 원피스 한 벌과 구두가 들어 있었다.

"그래서 준비했죠. 갈아입을 옷과 구두를요."

"그렇군."

"선생님은요?"

"미투."

"이 좋은 날에 잠도 못 주무시고 선이라니. 선생님도 참 안타깝네요."

"끌려 나온 거야?"

"갑자기 병원에 찾아오셔서 선을 보러 가라니 어쩝니까?

억지로 나와서 옷 갈아입으려고 화장실로 직행하는 중입니다."

"내 허락도 없이 말이지?"

"……죄송합니다."

"죽여 줄까, 살려 줄까?"

이맛살을 찌푸리는 담비의 얼굴에는 20대 중반의 생기는 온데간데없고 인턴답게 푸석푸석한 기운만 감돌았다. 우빈은 꿀잠도 포기하고 없는 시간을 쪼개어 이곳까지 온 효심을 생각해서 한 번쯤은 봐주기로 마음먹었다.

"좋아, 오늘만 살려 주지."

"감사합니다. 나름 반항 중인데 번번이 실패하고 마네요. 결혼시키려고 눈에 쌍심지를 켜고 계시거든요."

"동병상련이네. 나도 결혼이라는 굴레에 속박당하고 싶지 않아."

그가 고개를 절레절레 저었다. 떠올리는 것만으로도 진저리가 난다는 듯이.

그러자 그녀가 십분 이해한다는 듯 빠르게 말을 이었다.

"잠잘 시간도, 밥 먹을 시간도, 화장실 갈 시간도 없는데 결혼이라니. 너무하잖아요. 전 유능한 의사가 되는 게 먼저라고 생각해요, 아직은요!"

"결혼 안 하면 계속 이런 짓을 해야 되겠네. 나처럼."

"그래서 오늘 맞선남이 그럭저럭 괜찮으면 그냥 결혼하려고 합니다."

"그럴 수야 있나."

그녀의 말이 이어지면 이어질수록 구겨져 있던 그의 미간은 반듯하게 펴졌다.

단순하게 같은 상황에 놓인 동지를 만난 안도감이 아니었다. 아주 좋은 생각, 기가 막힌 생각이 떠올랐기 때문이다.

우빈은 머릿속으로 시나리오를 써 내려갔다.

자신은 1남 4녀 집안의 4대 독자였다. 아내가 될 사람은 충충이 시누이에, 대를 이어 줘야 하는 막중한 책임을 껴안아야 했다.

결코 좋은 조건이라 할 수 없었지만 세상엔 그 조건을 받아들일 정도로 의사 사모님이 되고 싶어 하는 여자가 많았다.

그게 그를 끊임없이 선 자리로 나오게 만들고 있었고, 결혼 생각 따윈 없는 자신의 의견을 부모님께 말씀드리지 못하는 악순환을 낳고 있었다.

하지만 눈앞의 한담비라면······.

그녀도 자신처럼 결혼 생각 따윈 없어 보였다. 어쩌면 말도 안 되는 의견을 받아들일지도 모르겠다는 생각에 그가 입술을 뗐다.

"한담비 선생. 내 얘기 잘 들어."

"네, 선생님!"

갑작스런 말에 깜짝 놀란 담비가 눈을 동그랗게 뜨며 재빠르게 답했다. 그러자 그가 만족스러운 웃음을 지었다.

"우리 계약 하나 하자."

"무슨 말씀이신지……?"

"계속 선볼 거야?"

"안 보면 부모님이 쫓아내신다고…… 결혼은 죽어도 싫다고 했는데……."

중얼거리는 담비의 얼굴이 일그러졌다. 그것을 본 그가 눈을 반짝이며 제안을 했다.

"나랑 하자."

"예?"

"형식적인 부부 흉내 내는 놀이를 하자고."

"선, 선생님?"

"왜, 내 말이 농담 같아? 난 영양가 없는 소리를 제일 싫어하는 사람이야."

"하지만…… 선생님이랑 저랑 결혼이요? 말이 되는 소릴……."

"오늘 처음 보는 사람과도 결혼을 전제로 이야기를 하는

데, 우리라고 못 할 것 없지."

"저한테 관심이 있으셨어요?"

"이성이 아닌 의사로서는 관심 있었지."

"저는 의사로서도 선생님께 관심이 없습니다."

"그래, 바로 그게 내가 바라던 바야."

서로를 이성으로 느끼지 않는 결혼, 무늬만 부부이면서 편의에 의해 맺는 우스꽝스러운 계약 결혼을 하자는 뜻이었다. 그것도 1년만.

물건 사고팔듯 중매 시장에서 결혼을 결정하고 싶지 않았지만, 이런 제안은 영화나 드라마, 소설 속에서나 있는 일이라 생각했던 터라 담비는 어안이 벙벙해졌다.

"1년 동안 거짓 부부 놀이를 하자고요?"

"어."

그가 짧은 답을 내놓았다.

1년이면 됐다. 의사 아들을 둔 덕분에 부모님은 레지던트가 얼마나 똥줄 빠지는지 잘 알고 계셨다. 그동안 아이를 낳으라는 말은 하지 않을 것이란 계산까지 척척 세워졌다.

1년 후에 이혼을 한 이유가 자신에게 있고, 그 이유란 것이 생식기능이 없다는 개소리라면 부모님도 포기하지 않을까.

잡다한 생각을 하고 있던 그가 일그러지는 담비의 얼굴

을 보며 싱긋 웃었다.

부부 놀이는 충동적으로 시작되었다.

결혼이 어떤 것인지도 모르고 겁 없이 덤벼드는 바람에 그들은 스스로 덫에 걸린 줄 몰랐다.

결혼하는 그날까지도.

#1

1년짜리 용 부부

간담도 췌장외과 병동 복도, 1003호실 앞.

회진을 돌던 우빈은 담비가 남자 환자 병실로 들어가는 것을 발견하고 쏜살같이 뛰어가 그녀의 어깨를 잡았다.

"한담비 선생."

"네, 선생님."

"설마, 나 몰래 이걸 하려고 하는 건 아니겠죠?"

그의 입술이 슬쩍 비틀리며 냉소를 머금더니 눈빛 역시 싸늘하게 변했다. 작은 움직임 하나까지도 놓치지 않으리라 결심했는지 그의 시선은 집요하게 그녀를 따라붙었다.

담비는 가까이 다가온 그의 눈을 피하기 위해 목을 뒤로 젖혔다.

수려한 이목구비에 타고난 오만함이 흐르는 남자. 뜨끈한 열기가 뺨으로 올라오는 것 같아 그녀는 애써 마른침을 삼키며 다소 퉁명스럽게 대답했다.

"맞는데요?"

"안 됩니다. 내가 대신합니다."

"제가 할 일입니다."

"내가 한다니까요."

우빈은 흔들림 없는 눈빛으로 그녀가 끌고 온 드레싱카를 두 손으로 잡고 놓아주지 않았다.

드레싱카를 자신 쪽으로 잡았다 끌어당겼다를 연신 반복하는 그들 사이에 잠시 실랑이가 벌어졌다.

우빈은 자신의 마음도 모른 채 고집스러운 표정을 짓고 있는 담비를 힘껏 노려보았다.

이 여자가 정말!

툭, 하고 건드리면 톡, 하고 같이 쏘아 대는 그녀는 절대로 지는 법이 없었다. 고집이 황소고집과 맞먹었다.

투두툭. 머릿속에 팽팽하게 늘어져 있던 고무줄이 끊어지는 느낌이 들 만큼 한계에 이르자 우빈은 결국 힘으로 드레싱카를 빼앗았다.

"한담비 선생, 내가 하겠다고 하잖아요."

"이건 제 일입니다."

"그냥 나에게 맡겨요."

"이우빈 선생님!"

그나마 병동 복도를 지나가는 사람이 없어서 천만다행이었다.

레지던트 1년 차 주제에 레지던트 4년 차에게 바락바락 대드는 이는 바로 이우빈의 아내 한담비였다. 우빈은 이런 반응을 예상했는지 그녀의 어깨를 토닥거려 주었다.

"한담비 선생. 여기서 기다려요."

"하지만, 선생님!"

야, 이 자식아! 나도 의사야!

담비는 버럭 소리를 지르고 싶은 것을 애써 참았다.

그녀를 손으로 저지한 우빈은 드레싱카를 끌고 남자 병실 안으로 들어갔다.

우빈이 실랑이를 하면서까지 그녀를 막았던 이유는 다름 아닌 40대 남자 환자의 Foley catheter insert* 때문이었다.

이우식 환자는 췌장암 말기로 이미 암세포가 온몸에 전이된 상태였다. 더군다나 BPH* 때문에 배뇨 곤란을 심하게 호소하고 있었다.

---

*Foley catheter insert:소변 줄 삽입.
*BPH:전립선 비대증.

전립선 비대증 약물과 남자 환자용 키스모 밴드를 사용해 보았지만 배뇨 작용 자체가 힘들어지자 Foley catheter 16 fr. insert*를 하기로 결정했다.

우빈은 금식 상태라 수액을 맞으며 침대에 누워 있는 이우식 환자에게 소변 줄을 삽입해야 한다는 말과 함께 설명을 덧붙였다.

"꼭 해야 됩니까?"

"소변을 보시기 한결 수월하실 겁니다."

"끼울 때 아픕니까?"

"사람에 따라 느끼는 고통이 다르긴 하지만 통증을 유발할 수는 있습니다."

"그래도 다행입니다. 여자 선생님께서 하시는 것이 아니라서요."

주치의인 담비를 떠올리는 듯한 우식을 보고 우빈은 입가에 부드러운 웃음을 머금었다.

"그래서 제가 온 겁니다."

우빈은 이우식 환자가 바지를 내리는 것을 보며 준비를 시작했다.

먼저 Urine bag*의 끝을 새지 않게 잠근 뒤 침대 난간에

---

*Foley catheter 16 fr. insert:소변 줄 16번 삽입.
*Urine bag:소변 백.

걸고, 드레싱을 하기 위해 베타딘 Cotton ball을 Forcep*으로 집었다.

아무리 의사라고 해도 우빈은 자신의 아내가 다른 남자의 페니스에 소변 카테터*를 삽입하는 꼴은 볼 수가 없었다.

직업의식의 결여라 해도 어쩔 수 없었다. 카테터를 방광 안쪽까지 삽입해야 하는데 여자와 달리 남자는 삽입 길이가 천차만별이었다.

그나마 쑥쑥 잘 들어가면 다행이었다. 대부분 전립선이 비대되어 5초에서 10초가량이 소요됐다. 그동안 한 손으로 페니스를 잡고 있어야 하니 환자들도 이 일만큼은 남자 의사를 선호했다.

Foley catheter insert 정도는 인턴이 해도 되건만 불행하게도 간담도 췌장외과를 지원한 인턴은 없었다.

만약 다른 여자 레지던트가 해야 했다면 눈을 감았겠지만 내 여자만큼은……

자신도 어쩔 수 없는 속물근성을 지닌 남자였다.

이 사실을 다른 의사들이 알게 되면 잘난 척하더니 너도 별수 없는 남자라며 손가락질해 얼굴을 들고 다닐 수 없을

---

*Forcep:면봉 핀셋.
*카테터:인체에 삽입하는 관.

지도 몰랐다. 하지만 싫은 건 싫은 거였다.

마무리를 끝낸 뒤 병실을 나오던 우빈은 밖에서 기다리고 있던 담비와 부딪쳤다.

그녀의 눈동자는 짙게 일렁이고 있었고 얼굴엔 싸늘한 찬기가 감돌았다. 하지만 우빈은 못 본 척하며 앞으로 드레싱카를 밀었다.

고개를 깊이 숙인다면 입술이 닿을 만큼 거리가 가까워지자, 그녀의 눈빛은 차가워졌지만 그의 눈빛은 방금 전과는 달리 뜨거워졌다. 손끝을 갖다 대면 델 만큼.

"여기 있습니다."

"고맙습니다. 그럼 저는 다른 환자 드레싱하러 가 보겠습니다."

"잠, 잠깐만!"

우빈은 한 손을 들어 담비의 어깨를 살짝 움켜쥔 다음 다른 손으로 이마를 가린 그녀의 부드러운 머리카락을 매만졌다.

이 세상에서 무엇보다 사랑스러운 보물이 눈앞에 있었다.

그녀의 얼굴을 보자 헛헛했던 마음속이 가득 채워지는 느낌이 들었다.

"아침밥은 먹었습니까?"

"못 먹었습니다."

우빈은 가운 주머니에 넣어 놓았던 바나나 우유를 내밀었다. 그러나 그녀는 우유를 받자마자 드레싱카 아래쪽 빈 공간에 넣었다.

"나중에 먹겠습니다."

"지금 먹어."

"왜 반말이십니까?"

"지금은 사적인 대화를 나누는 중이잖아."

흔들리는 그의 뜨거운 눈동자를 직시한 담비는 자신도 모르게 어깨를 움츠렸다.

계약 조건을 아무렇지 않게 어기는 이 남자. 둘 사이에 '예의'라는 것은 얇디얇은 한 겹의 천처럼 흔들리기 쉽게 느껴졌다. 가뜩이나 모난 마음이 더 뾰족해졌다.

"계약 조건을 잊으셨습니까?"

"깨 버려. 오늘부로."

"정말이십니까?"

"그래."

그가 그게 무슨 상관이냐는 듯 바라보자 담비의 얼굴이 일그러졌다.

깔끔한 셔츠에 단정하게 매어진 넥타이, 주름 하나 없는 빳빳한 하얀 가운은 그의 트레이드마크와 같았다. 바빠서 아내 노릇을 못 하는 자신을 대신해 일주일에 한 번씩 세탁소에서 공수해 오는 옷들이었다.

병원에서의 그는 남편이 아닌 하늘 같은 레지던트 4년 차였다. 그렇기에 더욱 행동을 조심하고, 남들의 오해를 살 만한 일을 만들고 싶지 않았다.

그런데 그가 1년 차의 허드렛일을 하고 있었다. 이런 모습을 다른 사람들에게 들키면 병원 생활이 복잡하고 어려워질지도 몰랐다.

담비는 잡힌 어깨를 빼기 위해 두어 걸음 뒤로 물러섰다. 그의 시선이 자신을 향하고 있다는 것이 느껴지자 열기가 온몸으로 번져 어지러움이 더해졌다.

"분명히 밝히는데 여긴 병원입니다. 예의를 지켜 주세요."

"그러길 원한다면."

"직권남용은 더 이상 하지 마시길. 전 바빠서 이만 가 보겠습니다."

"한담비 선생!"

"왜 자꾸 부르시는 겁니까?"

"축하해. 100일 당직 끝났으니……."

우빈의 눈빛이 그녀의 얼굴을 구석구석 훑으며 옴짝달싹 못하도록 옭아맸다. 모르는 남자였다면 뺨이라도 한 대 때

25

려 줄 수 있을 만큼 무례한 눈빛이었다.

그런 시선이 여자의 심장을 흔들기 쉽다는 것을 알까?

담비는 일부러 모른 척하며 고개를 숙였다.

그의 말에는 이제 집에서 얼굴 좀 자주 보자는 뜻이 담겨 있었다. 하긴 집에서 두 다리 쭉 뻗고 잠을 잔 것이 언젠지 기억도 나지 않았다.

그의 팔을 베고 자 본 적이 있었나? 모든 것들이 까마득하다.

"감사합니다. 신경 써 주셔서요."

담비는 깍듯이 인사를 한 후 드레싱카를 끌며 다음 병실로 향했다.

머리는 언제 감았는지 모를 정도로 푸석푸석하고 입술은 말라 윤기가 없었다. 축 늘어뜨린 어깨와 김치 국물이 묻은 흰 가운, 거기다 끈 풀린 운동화까지. 전형적인 레지던트 1년 차의 모습이었다.

정신없이 돌아치는 담비의 뒷모습을 보고 있던 우빈은 입술을 짓씹으며 낮은 신음을 토해 냈다.

자신의 아내, 한담비가 너무 힘들어 보였다. 남자도 버티기 힘든 레지던트 생활을 꿋꿋이 참고 일하는 그녀가 장했다. 수고했다고 말하며 그녀를 품에 안아 주고 싶은 걸 꾹 참았다.

그녀가 레지던트 1년 차가 된 지도 석 달이 조금 넘었다. 1년 차 생활의 4분의 1을 버틴 것이다.

이제 100일 당직도 끝났으니 집에 들어오기가 훨씬 수월해질 거라는 생각이 들자 우빈은 은근히 젖어 드는 기대감에 금세 표정을 바꾸었다.

매일 저녁 혼자 집에 들어가기 싫어 병원 의국에서, 연구실에서, 기숙사에서 그녀와 같이 밤을 보낸 적도 많았다.

그녀와 밥을 해 먹고, 커피를 마시고, 같이 잠자리에 든다. 이런 아주 평범한 일상이 그에게는 이룰 수 없는 꿈처럼 느껴졌다.

이젠 참기가 점점 어려워졌다. 서로가 필요에 의해 결혼을 했다고 하더라도 그는 엄연히 아내가 있는 몸이었다. 하루하루 버티는 것이 너무 힘들었다.

그녀와 자신이 부부라는 것을 아는 사람은 병원에 단 한 명도 없었다.

1년 전쯤, 부부 놀이를 제안한 건 자신이었고 거기에 담비가 내건 조건은 비밀 유지와 혼인신고 유보였다. 남편이 같은 병원 레지던트 3년 차라는 것이 알려지면 인턴인 그녀에게 쏟아질 날카로운 화살들 때문이었다.

가족들끼리 조촐하게 식만 올렸을 뿐, 혼인신고는 물론이고 주변 사람들에게도 두 사람의 결혼 사실을 알리지 못했다.

결과적으로 결혼 사실을 비밀로 붙인 것이 오히려 우빈의 마음을 어둡게 만들었다.

그녀를 옆에서 더 보살펴 주고, 가르쳐 주고 싶어 간담도 췌장외과를 선택하라고 했는데 오히려 관계가 더 서먹서먹해져 버린 것이다.

직장 후배였던 그녀가 아내로 둔갑을 하자 지시를 내릴 때에도 눈치를 보게 되고, 말을 할 때도 한 번 더 생각하게 만들었다.

어쩌다 의국에 단둘이 있을 땐 더 불편했다.

차라리 편한 후배나 동료 의사로 남았다면 좋았을 거란 생각이 들자 그녀와 결혼을 한 것이 더욱 후회스러웠다.

남편보다, 아내보다, 가족보다 더 많은 시간을 병원에서 보내야 하는 레지던트 1년 차인 그녀는 환자와 결혼한 것과 진배없었다.

한담비는 아내 역할은 0점이지만 의사로서는 높은 점수를 받고 있었다. 병원 안을 종횡무진, 발에 물집이 잡히도록 뛰어다녔다. 손톱이 부러져라 키보드를 치며 Order*를 내렸고, 콜을 부르는 곳마다 쫓아다녔다. 응급실과 수술실

---

*Order: 처방.

도 예외는 아니었다.

자신의 몸도 제대로 가눌 시간이 없는 마당에 어떻게 남편을 챙기고, 가족을 챙긴단 말인가!

그래서 그런지 그녀가 밉지 않았다.

아니, 그런 그녀가 사랑스럽게 보였다.

그리고 그녀는 모르고 있었다.

이런 자신의 감정을…….

정말 처음엔 그녀에게 아무런 마음이 없었다.

부부 놀이를 제안한 뒤 부리나케 결혼식을 올리고 같은 직장에서, 한집에서 얼굴을 맞대고 살기 시작하면서도 전혀 느끼지 못했던 감정이었다.

그러나 1년이 가까워진 지금, 그녀에 대한 모든 생각이 뒤바뀌어 버렸다.

우연한 첫 키스, 그리고 생각지도 못했던 부부 관계 이후, 자신도 모르게 아주 천천히, 슬며시 그녀가 가슴 안으로 들어왔다.

너무 늦게 깨닫게 된 감정…….

허나 쉽게 고백할 수 없었다.

그녀와의 거리는 뭐라고 표현하기 애매했다.

명확한 선후배 사이가 아닌, 그렇다고 완전한 부부도 아닌 그 경계선이라 할까?

1년 동안 그녀와 지내면서 그가 가지게 된 감정은 딱 그런 느낌이었다.

"후······."

1년간의 부부 놀이가 곧 끝날 시간이 다 되어 간다.

1년이 지나면 그녀와 어떻게 될까?

만약 그녀에게 사랑한다고 고백하면 어떤 반응이 나올까?

우빈은 온몸에 기운이 다 빠진 채로 진료실을 향해 발길을 돌렸다. 그때 가운 주머니에 있던 휴대폰이 진동했다. 휴대폰을 확인한 우빈의 얼굴이 급속도로 굳어졌다.

아내, 한담비의 메시지였다.

〈이우빈 선생님! 다음부터는 그러지 마십시오. 불편합니다.〉

이에 우빈은 곧바로 메시지를 날렸다.

〈치프 말 좀 들으십시오. 왕고집쟁이야.〉

〈싫습니다. 제 일은 제가 알아서 합니다. 이 나쁜 의사님!〉

〈이렇게 나온다면 나도 할 말은 해야겠어. 남자 것을 만지고 싶으면 가까운 데서 찾아. 바로 눈앞에 있거든?〉

〈이봐요, 이우빈 선생님. 성희롱으로 고소당하고 싶으세요?〉

메시지를 보며 우빈은 담담한 표정을 지었지만 속은 들 끓는 용광로처럼 폭발하기 일보 직전이었다.

마치 자신과 신체 접촉을 하면 큰일 날 것처럼, 근친상간 이라도 된다는 듯 몸을 사리고 있는 것이 느껴졌다.

방금 전에도 뒤로 슬금슬금 도망을 치지 않았는가.

참으로 안타까운 현실이었다.

어떻게 하면 그녀의 마음을 열 수 있을까?

의사로서의 실력은 100점이었지만 사랑은 0점인 이우빈 이었다.

◆　　　　◆　　　　◆

의국으로 돌아온 담비는 그와 실랑이를 하느라 온몸의 기운을 모조리 소진한 탓에 잠시 소파에 기대 앉아 눈을 감 았다.

"이우빈 바보……."

할 수만 있다면 담비는 우빈의 머릿속에 들어가 그의 생 각을 낱낱이 읽어 보고 싶었다.

도대체 무슨 생각을 하고 있는 건지 도통 알 수가 없었 다.

물론 그가 잘난 남자라는 건 인정해 줘야 했다.

떡 벌어진 어깨, 곧게 뻗은 팔, 바닥에 길게 뿌리박은 다리⋯⋯. 완벽한 비율을 가진 몸매에 붓펜으로 그린 듯한 흑발, 그리고 이목구비 뚜렷한 얼굴.

단점이라고는 하나도 없는 남자. 한국대학병원 홈페이지를 장식한 메인 모델, 바로 한담비의 남편 이우빈이었다.

서른세 살의 그는 곧 수련의 과정을 마치고 전문의가 될 몸이었다.

자신과는 하늘과 땅 차이라고 해도 부족하지 않을 만큼 그는 촉망받는 의사였다. 곧 다가오는 전문의 시험에서 합격은 당연한 것이었고 STEP1, STEP2CK, STEP2CS, STEP3까지 이미 합격한 상태였다.

전문의 과정만 이수하면 미국 의사 면허까지 완벽하게 세팅을 완료하는 셈이다.

거기다 수술에서는 타과를 포함해 그를 따라올 전공의 4년 차가 없었다. 교수들 모두 우빈을 자신의 수술실로 데려갈 생각을 하고 있었다.

그러니 사실 그와 결혼을 하겠다고 마음먹은 것 자체가 빅 리버*였다.

---

*빅 리버:겁이 없는, 간이 부은.

"후!"

레지던트 1년 차 주제에 레지던트 4년 차와 Foley catheter insert 때문에 실랑이를 하고 말았다. 다른 1년 차 레지던트들이 보면 간이 배 밖으로 나왔다 할 것이며, 레지던트 2·3년 차들이 보면 건방지다 할 것이었다.

하지만 이런 일이 있을 때마다 화가 나는 건 담비 자신이었다.

의사는 남녀의 구분이 없는 직업이라 여겼다. 의사였기에 페니스도 장기에 불과했다.

자고로 외과 의사는 날카로운 눈과 좋은 시력, 자신의 나이보다 젊고 건강한 몸에 항상 맑은 정신을 지녀야 한다고 고대 로마 의학자 셀수스는 말했다.

우빈은 뛰어난 외과 의사임에는 분명했으나 심신은 불합격 수준이었다.

똑똑한 척, 잘난 척은 다 하면서 아내가 다른 남자의 것을 만지는 일은 용납할 수 없다니.

이런 일이 있을 때마다 완강히 자신의 의견을 피력했지만 아무 소용이 없었다.

물론 그 심정을 모르진 않았다. 조금 전 메시지에서도 그의 마음을 읽을 수 있었다.

〈이렇게 나온다면 나도 할 말은 해야겠어. 남자 것을 만지고 싶으면 가까운 데서 찾아. 바로 눈앞에 있거든?〉

아내가 40대 남자의 페니스를 쥐고 있는 것이 기분 좋을 남편이 있을 리 없었다.

거기다 결혼을 했으나 남편인 우빈의 그것은 제대로 만져 본 적도 몇 번 없으니 더 이해가 갔다.

의대에 들어온 지 8년째에 접어드니 남자의 그것을 본 횟수는 셀 수 없을 정도였다. 남자들의 페니스가 다 똑같을 거라는 건 큰 오산이다. 얼굴의 생김새가 다르듯 그것도 달랐다.

그것의 부피와 길이가 넓고 길어야 남자의 능력을 높이 사고, 반대로 여자는 좁아야 좋다고 한다.

우빈은 겉모습과 그것이 일치했다.

기다랗고 크며, 딱딱하고 도도한······.

담비의 얼굴이 익어 가는 홍시마냥 슬그머니 붉어졌다.

이론적으로는 정말 빠삭했지만 실제는 순수하기 그지없는 유부녀였다.

결혼 전, 마음이 맞는다면 한 달에 한 번 정도 섹스를 하는 게 어떻겠냐고 그가 조심스럽게 말을 꺼냈었고, 그녀도 고심 끝에 동의를 했다. 하지만 그 말은 말로만 끝이 났다.

그와 제대로 된 결혼 생활을 한 적이 없으니 그럴 만도 했다.

1년 전 그가 제안한 대로 부부 흉내 내는 놀이를 하고 있는 셈이었다.

살고 있는 집은 그가 마련했지만 그 외의 모든 것은 공평하게 나누었다. 집안일부터, 양쪽 집안의 경조사까지. 생활비도 50대 50으로 부담하고 있었다.

부부라기보다는 동반자, 협력자라는 단어가 더 어울릴 듯싶었다.

집안일에 대해 떠올리던 담비는 슬쩍 인상을 찌푸렸다.

한 가지 신경 쓰이는 것이 있었다. 1년 동안 한집에서 생활했지만 그는 그의 팬티를 세탁기에 던져 놓은 적도, 건조대에 걸어 놓은 적도 없었다. 물론 서로가 바쁘기에 빨래는 각자 해결했지만 그도 사람인지라 한 번쯤은 실수를 할 법도 한데.

엄마가 하신 말씀이 생각났다. 아빠 팬티를 손으로 직접 빨았을 때 진짜 부부가 되었다는 것을 실감했다고.

그와는 부부 흉내를 내는 사이일 뿐인데 왜 이리 마음이 답답한지. 그가 말한 1년이 다가오는데 뭐 하나 확실한 게 없었다.

"후……."

나오는 건 한숨이요, 느는 건 고민이었다.

하지만 그것도 잠시, 레지던트 1년 차의 비애이자 숙명인 호출이 울렸다.

삐익. 삐익.

그녀는 한국대학병원 간담도 췌장외과 1년 차로서의 소임을 다하기 위해 병동으로 냅다 뛰었다.

아내의 소임을 다하는 그날은 언제 올지 모르지만 말이다.

#2
사랑에 빠진 날

새벽 2시, 수술실.

대낮처럼 환하게 켜진 수술 등 아래로 의사들이 손을 정확하면서도 빠르게 움직였다.

모처럼 집에서 잠을 자고 있던 우빈은 담비의 긴급 호출을 받고 응급실로 달려왔다.

교통사고로 간이 파열된 환자가 응급실에 실려 왔다. 한철진 교수를 불러 응급수술을 시작했지만 예후가 그다지 좋지 않았다.

배를 가르고 보니 횡격막과 간 사이에 피가 고여 있었고, 간은 이미 두부처럼 으깨져 있었다. 더군다나 복막 내의 극

심한 출혈은 수술실 바닥에 겹겹이 피 묻은 거즈와 타월들을 쌓이게 만들었다.

일반외과와 간담도 췌장외과의 협진으로 진행된 수술은 생각보다 길어졌고, 출혈 부위를 찾느라 집도의 두 명의 이마가 땀으로 젖을 정도였다.

수술실에서 1년 차의 위치는 집도의 바로 옆에서 수술을 하는 데 불편함이 없도록 어시스트하는 것이었다. 하지만 오늘은 긴급 상황인지라 4년 차 우빈의 옆에서 어시스트를 하며 출혈을 줄이는 데 힘을 쓰고 있었다.

담비는 환자의 열린 복막 사이로 보이는 내장 기관들을 타월을 이용해 아래쪽으로 밀어 놓고는 디버*를 잽싸게 잡아당겼다.

그러나 환자의 두꺼운 지방층 때문에 아무리 힘을 주어 당겨도 시야가 조금밖에 보이지 않아 기어코 한 교수님에게 한 소리를 듣고 말았다.

"죄송합니다. 더 잡아당기겠습니다."

젖 먹던 힘까지 내며 그녀는 입술을 깨물었다.

얼마나 힘껏 베어 물었는지 비릿한 피 맛이 강하게 느껴질 정도였다.

---

*디버:국자 모양의 수술 기구.

다행히 수술은 순조롭게 진행되어 갔다. 중간중간 우빈의 몸놀림과 손놀림을 보며 담비는 탄성을 내질렀다.

거기다 수술복 안에 감춰진 그의 단단한 근육들의 움직임 또한 은밀한 시선으로 훔쳐봤다.

그는 정말 멋있었다. 마스크에 가려 얼굴은 정확히 볼 수 없었지만 그가 내 남편입니다, 하고 소리를 지르고 싶을 정도였다. 아니나 다를까, 그 기분에 취해 잠시 1년 차의 의무를 저버린 것을 우빈이 캐치해 냈다.

"1년 차, 뭐해? 더 잡아당기지 않고!"

"네, 알겠습니다."

한철진 교수님과 그는 최대한 살릴 수 있는 데까지 간을 자르고 지혈을 위해 봉합 작업에 들어갔다.

수술은 성공적이었으나 불안정했던 활력징후*가 정상으로 돌아오기를 기다려야 했다.

수술이 끝나자 한 교수는 스크럽 장갑을 벗으며 몇 시간 동안 자신의 옆에서 특출한 실력으로 어시스트를 해 준 우빈에게 고마움을 전했다.

수술 도중 출혈이 생긴 혈관의 끝을 신속하고 정확하게 잡아 단번에 타이를 성공시킴으로써 환자의 생명을 구할

---

*활력징후:혈압, 맥박, 체온, 호흡.

수 있었다.

4년 차였지만 수술을 집도할 만큼 완벽한 OP* 테크닉을 가졌다고 Surgery part* 과장들 모두가 칭찬할 만했다.

"잘했다. 이우빈."

"아닙니다, 교수님."

"4년 차가 잘해 줬어. 그리고 1년 차, 비만이라 지방층 당기는 데 힘들었을 텐데 잘했어."

"감사합니다."

담비는 자신의 어깨를 두드려 주는 교수님에게 인사를 한 뒤 복부 봉합을 위해 다시 수술대에 섰다.

수술실에 남은 사람은 우빈과 담비 둘뿐이었다.

"시작해."

이제는 아예 대놓고 반말이다.

담비는 그의 명령에 따라 꼼꼼하고 차분하게 복부 봉합을 하기 시작했다. 팔다리가 저리고 이곳저곳이 뻐근했지만 한 땀, 한 땀 끝까지 최선을 다했다.

그녀의 모습을 지켜보고 있던 우빈의 입가에 만족스러운 미소가 번졌다.

봉합술이 미숙해 보이기는 했지만 제 나름대로 꼼꼼히

---

*OP:수술.
*Surgery part:외과 파트.

해 나가는 모습에 고개가 절로 끄덕여졌다.

드디어 세 시간이 넘게 진행된 수술이 완전히 끝났다. 환자의 예후가 생각보다 좋을 것 같다는 생각이 들자 몸은 고됐지만 기분은 하늘 위로 날아갈 것같이 상쾌했다.

"ICU*로 옮겨."

"네, 선생님!"

"오늘 밤이 고비야. 한 시간마다 Vs check* 하고 Order 내려. 그리고 의국으로 와. 커피 한 잔 마시게."

"네!"

담비는 그의 명령에 따라 환자를 ICU로 옮기기 위해 바삐 뛰어다녔다.

그런 그녀를 따라다니는 시선.

그는 그녀에게서 시선을 뗄 수가 없었다.

우빈이 그녀에 대한 사랑을 깨달은 것은 작년 7월, 정말 무더웠던 날이었다.

무늬만 부부였던 그녀와의 사이가 급속도로 진전을 보인 것은 그녀와의 첫 번째 섹스 때문이었다.

결혼한 지 한 달이 지난 후, 모처럼 만에 같이 쉬게 된 여름 햇살이 무척 뜨겁게 느껴지던 휴일 낮이었다.

---

*ICU:중환자실.
*Vs check:활력징후—혈압, 호흡, 맥박, 체온.

그건 기적에 가까운 날이었으며 우빈의 생에 두고두고 잊혀지지 않을 날이었다.

◆ ◆ ◆

달걀을 입힌 식빵을 먹으며 거실 소파에 누워 책을 읽던 우빈은 얼굴을 비추는 햇빛에 고개를 돌렸다. 창가로 떨어지는 햇살에 거실 창문이 얼룩덜룩 더러워 보였다.

청결한 생활이 몸에 밴 우빈은 그것이 눈에 거슬렸다.

그는 벌떡 일어나 유리창 청소용 스프레이와 걸레를 집어 들고 거실 창문을 닦기 시작했다. 얼마나 닦았을까. 그가 무릎을 꿇고 거실 바닥을 닦고 있는 그녀에게로 시선을 돌렸다.

날씨가 더워서 그런지 그녀의 옷차림은 매우 간편했다. 치마를 좋아하는 그녀는 민소매로 된 하늘색 면 원피스를 입고 있었다.

결혼하기 전에는 한 번도 청소를 해 본 적 없을 것 같은 그녀의 걸레질 솜씨가 왠지 능숙해 보였다. 그래서 그런지 그 모습이 왠지 낯설게 느껴졌다.

우빈은 다시 걸레질을 하기 위해 몸을 돌렸다. 하지만 그녀가 낯설게 느껴지는 이유가 그것 때문만은 아니라는 걸

깨닫고 다시 시선을 돌렸다.

구불거리며 허리까지 물결쳐 내려오는 윤기 나는 머릿결.

병원에서는 항상 하나로 묶고 다녔기에 그녀의 머리카락이 허리까지 올 정도로 길다는 것을 처음 알게 되었다.

거기다 이쪽저쪽, 왔다 갔다 하는 움직임을 따라 그녀의 엉덩이가 살랑살랑 춤을 출 때마다 하얗고 매끈한 허벅지와 종아리가 드러났다.

불현듯 우빈은 혀를 내밀어 입술을 적셨다. 흔들리는 엉덩이 안쪽에 숨어 있는 그것의 정체를 보고 싶다는 욕망에 꿀꺽, 침 삼키는 소리까지 났다.

보고 싶다. 그녀의 향기를 마시고 싶다.

"음……."

요즘 그녀를 생각하는 마음이 결혼하기 전과는 많이 달라졌다는 것을 느끼고 있던 차였다.

편한 후배에서 아내의 자리로 승격했기에 그런 거라고 생각했었는데 그게 아니었다.

밥도 제대로 챙겨 먹지 못할 정도로 바쁘게 일하는 그녀를 지켜보면서 우빈은 마음 한구석에 한담비라는 작은 공간을 만들기 시작했다.

챙겨 주고 싶고, 잠시라도 쉴 수 있게 어깨를 빌려주고, 안아 주고 싶었다.

자꾸 시선이 갔다.

무시하고 싶었지만 자꾸 거슬릴 정도로 시선이 갔다.

자신의 아내, 한담비에게.

그녀가 남자 의사들과 얘기하고 있는 것만 봐도 두 주먹이 불끈 쥐어졌고, 자신의 눈앞에서 왔다 갔다 하는 것을 멍하니 넋을 놓고 보고 있을 때도 있었다.

점점 달라지는 마음…….

그래서 그런지 본능의 꿈틀거림을 막을 수가 없었다. 찌릿, 아랫도리가 부풀어 오르다 못해 터질 듯 팽팽해졌다. 머릿속이 하얗게 흐려졌다.

안고 싶다. 그녀와 시원하게 사랑을 나누고 싶다.

결혼한 지 한 달.

아직까지 한이불 속에 누워 잠을 자 본 적도 없는 두 사람은 초짜 신혼부부였다.

처음 결혼을 제안했을 때 마음만 통하면 한 달에 한 번 정도는 섹스를 나누어도 되지 않을까, 말한 적이 있었다. 고심 끝에 그녀도 그 제안에 찬성했었다.

그러니 그녀와 섹스를 한다 해도 문제될 건 전혀 없었다.

중요한 순간에 용기가 필요하듯이 우빈은 지금 이 순간이 다시 올 수 없을 만큼 좋은 기회라고 생각했다.

그는 손에 들고 있던 스프레이를 그녀를 향해 분사했다.

"앗, 차가워요! 무슨 짓이에요?"

"우리 부부 놀이 하는 게 어떨까 하고."

순간 그녀의 움직임이 멈췄고, 두 사람의 시선이 얽혔다.

용기를 내어 말을 내뱉기는 했지만 온몸이 떨려 오는 자신과 달리 그녀는 무척 덤덤해 보였다. 그녀의 눈동자는 정말 아무것도 모른다는 듯 아무런 변화가 없었다.

차라리 당황스러움에 얼굴을 붉혔다면 여기서 멈출 수 있지 않았을까 하는 생각도 잠시 들었다.

아니다. 절대로 멈출 수 없었다. 이제는…….

그녀가 무표정하게 되물어 왔다.

"지금 부부 놀이 하고 있잖아요!"

"내가 무슨 말 하고 있는지 알면서 왜 그래?"

그녀의 얼굴이 태양처럼 붉게 타오르기 시작했다. 펑 하고 터질 만큼.

예쁘다. 너무 예쁘다.

한담비가 이렇게 예뻤나?

더 이상 아무 말도 떠오르지 않았다.

거실 안에 아주 어색한 침묵이 이어졌다.

"너를, 내 아내를 안고 싶어."

그녀를 안을 수 있는 자격이 주어졌음에도 불구하고 그동안 정신이 없어 첫날밤을 치르지 못했다.

솔직히 말하면 어쩔 수 없는 결혼에 반항이라도 하듯 그녀에게 관심이 없는 척 지내 왔었다. 그런데 점점 그 마음이 옅어지고 그녀에 대한 호기심이 생겼다. 관심이 일었다.

아내라는 여자가 같은 병원에서, 그것도 바로 옆에서 생활하는데 어찌 눈길이 가지 않겠는가.

부부라는 것은 참 이상한 관계였다.

관심과 호기심을 불러일으키는 관계.

이전까지 그녀와는 그 어떤 스킨십도 한 적 없었다. 그러니 지금 이 감정이 어떻게 변하게 될지는 자신조차도 모를 일이었다. 지금 그는 그녀의 몸을 알고 싶었다.

그동안 바보처럼 풀이 죽어 있던 남자의 상징이 부풀어 오른 지금 이 순간부터 정상적인 남자로 태어날 테다.

남자 이우빈과 여자 한담비로서.

아니, 남편 이우빈과 아내 한담비로서 남편의 의무를 다할지어다.

잠을 자듯 조용했던 욕망이 더 늦기 전에 그녀를 갖고 싶다는 욕망으로 변화했다.

심장은 미친 듯이 날뛰었고, 눈동자는 이미 욕망으로 빨갛게 달아올라 있었다.

우빈은 얼어붙은 듯 움직이지 못하고 있는 담비를 일으킨 뒤, 벽 쪽으로 몰아세웠다. 그리고 두 다리를 들어 그녀의 몸을 압박했다.

생각지도 못한 행동에 놀란 듯 그녀가 짧은 신음을 내뱉었다.

"왜 이리 놀라는 거야?"

"놀랄 수밖에 없잖아요. 장난 그만하고 놔줘요!"

"싫다면?"

담비의 눈동자가 심하게 흔들렸다.

어쩌면 그녀도 바라고 있었는지 몰랐다. 지금 같은 상황을……

더 바짝 고삐를 당겨야 했다. 빼도 박도 못하도록. 그녀의 턱을 가볍게 움켜쥐고 시선을 고정시킨 뒤 우빈이 조용히 물었다.

"한담비, 난 너에게 뭐지?"

"뭐긴 뭐예요. 남편이죠."

"그럼 넌?"

"아내죠."

그녀는 별걸 다 물어본다는 뜻으로 살짝 양미간을 찌푸렸다. 하지만 표정과 달리 그녀의 목소리에서는 무슨 일이 일어날지도 모른다는 기대감과 호기심이 느껴졌다.

"한담비."

"왜요."

"나 떨려."

"장난 그만해요……."

그녀는 말끝을 흐리며 눈을 깜빡였다. 그녀의 검은 눈동자는 여름 햇살을 받아 숨이 멎을 만큼 매혹적이었다.

그녀를 응시하는 우빈의 눈동자가 점점 열기로 가득 차 짙게 일렁거리기 시작했다.

심장박동이 파도를 탔다. 감당할 수 없을 만큼 빨라지더니, 순식간에 느려졌다. 조용한 거실 안에는 그들의 심장소리와 호흡 소리밖에 들리지 않았다.

정신없이 뛰어 대는 심장박동에 맞춰 화르륵 달아오른 그의 체온은 너무나 뜨거웠다.

"그럼 오늘 서로에 대한 의무를 다해 보자고."

"싫어요!"

"한 달이면 많이 참아 준 건데."

"제가 싫었던 건 아니고요?"

"싫어하는 여자랑 결혼하는 남자가 세상에 어디 있냐?"

"그래서……."

그가 짙은 욕망의 갈증이 담긴 눈동자로 그녀를 바라보았다. 백자처럼 하얗던 그녀의 피부가 붉게 물들고, 항상 따지던 입술은 보란 듯이 살짝 벌어져 있었다. 반짝반짝 빛나던 눈동자 또한 몽롱하게 풀어진 것처럼 보였다.

"오늘 널 안고 싶어……."

"진심이에요?"

"어."

그녀의 붉은 입술만이 시야에 일렁거렸다. 그녀만이 보이는 세상. 좁다, 아주 좁다.

벽으로 몰아세우니 가슴팍에 느껴질 정도로 그녀의 유두가 터질 듯 일어섰다.

경험이 없는 그였지만 완전히 성숙한 여인의 몸을 느낄 수 있었다. 그녀의 몸 역시 자신을 원하고 있다는 것도 알 수 있었다.

우빈은 망설임 없이 그녀의 입술로 얼굴을 내렸다.

그 순간 그녀의 호흡이 딱 멈췄다. '그대로 멈춰라' 라는 노래 가사가 생각날 정도로 그녀는 눈만 동그랗게 뜬 채 그대로 얼어 버렸다.

있는 힘을 다해 그에게서 벗어나려고 바르작거렸지만 그러면 그럴수록 키스는 점점 더 깊고 강렬해졌다.

입술을 적시는 낯선 물질과 열기에 그녀는 몸을 뒤틀었다.

달싹거리는 입술 소리가 감질났다.

그가 입맛을 다시듯 음, 하고 신음하자 달콤함이 심장을 흔들었다.

"입술 좀 열어 봐."

"싫……."

조금 벌어진 입안으로 생생하게 그의 혀가 밀려들었다. 역동적인 힘에 그녀는 어쩔 수 없이 입술을 살짝 벌려 들어오는 혀를 맞이했다.

그는 붉은 그녀의 입술을 살짝 삼키면서 말캉말캉 보드라운 혀로 입술을 간질거렸다.

"읍, 하악……."

그리고 그녀의 입속 곳곳을 훑으며 흐르는 타액까지 모조리 삼켰다.

빨아 문 그녀의 입술은 다디달았다. 처음엔 가지런한 치열을 혀끝으로 확인하고 그 후엔 그녀의 혀를 가져와 부드럽게 빨았다.

"……담비야."

우빈이 다급하게 그녀의 이름을 불렀다.

부부 놀이를 하자고 제안해 놓고 그동안 왜 그녀를 더 깊이 알려고 하지 않았을까?

어쩌면 두려웠을지도 모른다.

마음보다 몸이 앞서 나가는 것을.

함부로 대해도 되는 여자가 아니라는 것을 알고 있었기에 그녀와 단둘이 있는 것을 피해 왔다.

그게 그녀에 대한 진심이 담긴 마음이었다는 것을 왜 몰랐을까?

바보는 그녀가 아니라 자신이었다.

우빈은 덜컥거리는 심장 소리를 들으며 그녀의 입술을 미친 듯이 탐했다.

"읍, 하아……."

그녀의 입술이 도톰하게 부풀어 오를 때까지 키스는 끝나지 않았다.

한이라도 맺힌 것처럼 그녀의 입술을 질겅질겅 씹고, 무지막지하게 입속으로 쳐들어가 당당하게 머물렀다. 침을 삼킬 여유도, 숨을 쉴 시간도 주지 않겠다는 듯 몰아쳤다.

어깨를 자꾸 밀치려는 그녀의 반항이 영 마음에 들지 않았는지 그는 혀를 더 강하게 옥죄어 왔다. 숨결을 마시고, 타액을 핥고, 치아를 훑는 동안 그녀를 놓아주지 않았다.

팽팽하게 아랫배에 힘을 준 그는 폭발할 것 같은 욕망을 애써 갈무리하며 그녀의 목덜미에 입술을 묻었다.

"하아."

그가 한 손으로 그녀의 젖가슴을 움켜쥐었다. 형태가 으그러지도록 가슴을 쥐락펴락하며 정복욕을 드러냈다. 키스로 인해 만족감이 충족되자 그는 본격적으로 그녀의 면 원피스를 위로 들쳐 올렸다.

눈앞에 그녀의 뽀얀 젖무덤이 드러났다.

숨 막히게 부푼 젖가슴을 해방이라도 시켜 주듯 그녀의 브래지어를 위로 올렸다. 두 개의 둥근달이 떠올랐다.

그녀가 창피한지 두 손으로 젖가슴을 가렸다. 그 행동 때문에 오히려 말랑말랑한 젖가슴이 터질 것처럼 손 위로 밀려 나왔다.

"가리지 마. 제발."

"우, 우빈 씨!"

출렁이는 물결처럼 유혹적인 그녀의 탐스러운 젖가슴. 그 밑엔 잘록한 허리가 있었다.

갈비뼈가 오르락내리락하는 것이 다 보일 정도로 그녀가 가쁜 호흡을 내뱉었다.

식욕보다 강한 성욕이 머리와 온몸을 지배했다.

먹고 싶었다. 빨고 핥고 씹고 싶었다.

얼마나 달콤할까? 얼마나 부드러울까? 혀에서 살살 녹을까?

"너무 예쁘다."

처녀의 유두는 분홍색이라는 말이 맞는가 보다. 이런 아름다운 젖가슴을 빨지 않는다는 건 젖가슴에 대한 모독이었다.

급한 마음에 젖가슴을 움켜쥐고 한입 베어 물었다. 타는

52

갈증은 조급함을 낳았다. 목구멍이 타는 듯 따가웠다. 그는 입안에 넣은 유두를 오물오물 빨아 당겼다. 그녀의 살결 곳곳에 연붉은 흔적이 새겨졌다.

"아앗!"

탱글탱글한 그녀의 유두를 손가락으로 꾹 누르자 금방 발딱 제자리로 다시 돌아왔다. 참 신기하고 오묘했다.

그는 호기심에 손가락 끝으로 유두를 빙글빙글 돌렸다.

손가락 사이로 탱글탱글하고 뽀얀 젖가슴 살이 비어져 나왔다. 젖가슴이 그의 손에서 놀아났다. 이지러지고 뭉개지고 야단이 났다.

벌겋게 물든 유두는 그의 타액으로 번질거렸다. 부드러움과 달콤함이 입에 달라붙었다.

삼키고 또 삼켜도 달콤한 맛에 헤어 나올 수 없었다. 유두를 빨던 우빈은 손을 점점 아래로 내렸다.

치마 속으로…….

팬티 위로 그녀의 검은 숲과 매끄러운 맨살이 바로 느껴졌다.

허벅지 사이로 그의 손이 미끄러져 들어오자 담비는 알 수 없는 창피함에 감추듯 다리를 꼬았다.

"그, 그만요!"

"만져 보고 싶어서 그래. 잠깐만."

그는 배꼽 아래로 이어지는 전율에 머릿속이 새까매지는 것을 느꼈다.

단단하고 돌덩이 같은 것이 쉴 새 없이 그의 몸을 괴롭혔다. 그것으로 자신이 얼마나 흥분을 하고 있는지 깨달았다.

그녀의 꽃잎을 슬쩍 매만지는 척하던 그가 망설임 없이 손가락을 안으로 쏙 집어넣었다.

"윽!"

이럴 줄 알았다. 델 듯이 뜨겁고, 손가락 하나도 버거울 만큼 좁고, 거부하는 듯하면서도 꽉 조여 주는 그녀의 은밀한 습지가 자신을 기다리고 있었다.

바들바들 떠는 그녀의 속살이 주는 느낌은 황홀하다 못해 불덩이 속에 들어갔다 나온 듯 뜨거웠다.

옥죄는 꽃잎에 손가락을 넣었다 빼길 반복하던 그는 괴로움과 고통, 그리고 쾌감에 일그러진 그녀의 얼굴을 보며 손가락을 빼냈다.

처음이라 흐르는 애액이 적은 탓이었다.

그가 자신의 타액을 충분히 묻힌 손가락 하나를 다시 그녀의 안으로 밀어 넣었다. 동시에 엄지손가락으로 여성의 성감대라 불리는 외로운 꽃 부분을 살살 문질렀다.

"으으으, 이상해요."

숨 쉬는 것도 잊었다.

그녀의 꽃잎은 눈이 부셔 차마 바라볼 수 없을 만큼 아름다운 보석 같았다.

그녀의 꽃잎에 입술을 붙인 그가 한참을 그곳에서 서성거렸다. 그러자 그녀가 두 손으로 잡고 있던 치맛자락을 놓으며 휘청거렸다.

"더, 더 이상은 힘들어."

우빈은 뜨겁게 타오르는 시선으로 그녀를 올려다보았다. 하나하나 불이 켜지듯 온몸의 세포들이 깨어나 아우성을 쳤다. 이제 그녀를 침대에 눕히고 마지막까지 가는 일만 남아 있었다.

우빈은 그녀를 안고 침실 안으로 들어갔다. 가는 내내 입술에 입을 맞추며 탐하고 또 탐했다.

그녀의 옷을 벗겨 내기 시작하자 완전히 드러난 뽀얀 어깨와 학처럼 긴 하얀 목덜미가 눈을 자극했다.

"이제 속옷만 남았네."

젖무덤 위에 핀 꽃봉오리를 감싼 브래지어와 거무스레한 숲을 덮고 있는 팬티만이 남았다.

둥근 가슴의 눈부신 살결과 작은 어깨가 그의 시야를 메웠다. 브래지어 버클을 풀자 흰 젖가슴의 둔덕배기가 수줍게 얼굴을 내밀었다.

따스함은 뜨거움으로, 부드러움은 곧 열망으로 변했다.

처음이었지만 본능이기에 가르쳐 주지 않아도 금방 알 수 있었다.

"으으……."

석류처럼 붉은 그녀의 유두는 터지기 일보 직전이었다. 우빈은 단물이 터질 듯한 분홍빛 유두를 힘껏 빨며 입안 가득 삼켰다.

그녀의 젖가슴에 촘촘히 박히는 그의 치열, 붉게 새겨진 잇자국들…….

그녀가 얕고 빠르게 헐떡거렸다. 보드랍고 말캉한 젖가슴이 우빈의 손안에서 이지러졌다.

그가 단숨에 옷을 벗었다.

선명하게 그어진 척추의 올곧은 선과 역삼각형의 반듯한 몸체. 떡 벌어진 몸은 근육으로 단단했고, 흥분으로 발기된 그것은 위협적이었다.

담비는 더 이상 그를 볼 수 없었다. 그와 사랑을 나누는 떨리는 이 순간이 정말로 오다니 믿어지지 않았다.

우빈은 그녀의 가슴을 한데 모아 두 개의 유두를 한입에 베어 물고는 달콤하게 핥았다. 그리고 손으론 그녀의 은밀한 숲을 더듬었다.

이런 순간을 떠올린 적은 있었지만 한 번도 실행에 옮길 수 있을 거라 생각해 보진 못했다.

"윽, 하아!"

격한 신음 소리를 낸 우빈은 손가락으로 그녀의 안을 비집고 들어가 젖어 있는 은밀한 속살을 헤집었다.

여자의 깊은 곳, 그곳은 침범되는 순간 고통이 따르는 곳이었다.

부르르. 깊은 곳에 손을 대는 순간 그녀의 몸이 진동했다.

"하아, 윽!"

작은 입술을 벌린 그녀가 더운 호흡을 힘겹게 흘렸다.

그의 몸이 닿는 것만으로도 온몸이 부들부들 떨렸고 이가 부딪쳤다.

"한담비, 이제 할 거야. 진짜로."

수줍게 벌어진 그녀의 다리 사이로 몸과 몸이 맞닿고, 은밀한 두 사람의 살이 만났다.

몸속 깊은 곳까지 들어온 굵고 뜨거운 물체.

우빈은 자신을 가로막은 얇은 막 앞에서 잠시 멈춰 섰다.

"윽……."

아픔에 가까운 신음 소리를 듣고 잠시 멈칫거리던 우빈은 이내 그녀의 일부분을 찢어 버리며 목적지에 도착했다.

뜨거웠다. 너무나 뜨겁고 단단한 무언가가 그녀의 하복부를 꽉 채우면서 참을 수 없는 통증을 일게 했다.

굳어 버린 눈동자는 섹스에 대해 잘 모르는 그녀의 심정을 고스란히 드러내고 있었다.

그녀는 물고기처럼 몸을 파닥거리더니 그의 어깨를 와락 밀쳐 냈다. 하지만 그는 철옹성처럼 꿈쩍도 하지 않았다.

오히려 그녀의 동그란 엉덩이를 도망가지 못하게 움켜잡은 뒤 작은 틈새 하나 없이 몸을 밀착시켜 버렸다.

"잠, 잠깐만요!"

몸을 뒤트는 것 또한 자극적이었다. 서투른 그녀의 몸짓이 오히려 그를 흥분하게 만들었다.

텅 빈 곳을 채웠다 다시 비우는 격렬한 그의 몸짓이 시작되었다.

목이 말라 와 혀를 내밀어 입술을 축이자 그가 다가와 그녀의 입속에 타액을 흘렸다.

들어오고 나가는 뜨거운 그의 몸짓에 숨을 내뱉고 삼키기를 여러 번, 열기를 견디지 못한 그녀는 결국 신음을 부끄럽게 내지르고 말았다.

"윽, 하아!"

몸과 몸이 하나로 어우러져 갔고 마음과 마음이 서로에게 녹아들어 하나가 되었다.

점점 거세지는 그의 몸짓에 쾌락의 농도는 짙어졌고, 폭풍우에 휩쓸리는 작은 나뭇잎처럼 몸의 떨림이 시작되었다.

따스한 봄볕 사이에 강렬한 빛이 내리쬐다 또다시 구름을 만들었다. 두둥실 떠다니는 구름 속에서 황홀함을 만끽하는 순간 온몸에서 비가 흘렀다.

발갛게 이슬을 머금고 피어난 붉고 탐스런 꽃 살 안에 그의 몸이 빨려 들어갔다 나올수록 그녀의 몸은 점점 더 뜨거운 불덩이로 타올랐다.

온몸이 형체를 잃어버린 채 녹아내리는 것처럼 다리가 흐물흐물해졌다.

그의 몸이 그녀의 안쪽 끝까지 닿았다.

역시 처음은 참기 힘들고 서툴다.

"피임은 어떡하지?"

"집에 없어요?"

"없어."

"안에다 사정해요. 가임기 아니니까."

"좋았어."

배 속에서 뜨거운 기운이 뭉쳤다.

우빈은 뒤늦게 깨달았다. 포르노에서처럼 남자의 무자비한 공격만이 여자를 절정으로 이끄는 것은 아니라는 것을······.

처음이기에 이런 시행착오를 겪을 수 있었다.

자위를 한 후 사정하는 것보다, 몇천 배 더 아찔한 쾌감이었다.

이 순간이 영원하기를 기원하며 울컥울컥 쏟아지는 정액
과 함께 그녀에게 사랑을 토해 냈다.

한 방울도 남김없이.

여자의 몸은 신비롭다는 것을 알고 있었지만 실제로 경
험을 하고 보니 그것보다 더 깊은 신비스러움을 간직하고
있었다.

뜨겁고 깊은 동굴의 파도는 끝이 없었다. 남성을 감싸 주
는 그 힘 또한 강했다.

이 순간을 기억해 두고 싶다.

이 순간만큼은 온전히 내 것인 한 사람만을 향한 욕망이
일었다.

고통스럽도록 뜨겁게 들끓던 욕망이 그녀 안에서 눅진해
졌다.

땀 냄새와 뒤섞인 비릿한 정사의 잔향이 그녀의 예민한
후각을 자극했다.

그리고 그날……

우빈은 진정한 남자, 남편이 되었다.

그는 그 후로 그녀만 보면 가슴이 덜커덩거렸다.

정확히 사랑이라는 감정이 무엇인지는 모르겠지만 이런
것일 거라고 생각했다.

보고 싶고, 안고 싶고.

어느 날 갑자기 사랑은 찾아왔다.

너무 늦게 찾아와 오히려 당황하게 됐지만.

그녀만 보면 어떻게 할 줄 모르는 바보가 됐다.

당당하게 그녀가 자신의 아내라고 말하고 싶었다.

그녀도 자신과 같은 마음일지 궁금했다. 사랑을 하게 되면 상대방에 대해 모든 것이 궁금해진다더니 정말 그녀에 대해 완벽하게 알고 싶어졌다.

첫 관계를 떠올리자 그녀의 입술 맛과 느낌이 기억나 급작스럽게 갈증이 엄습했다.

아주 정상적이고 당연한 반응이었다.

하고 싶다. 그녀와 사랑을······.

1년이 지나도 그녀와 헤어지고 싶지 않았다. 애인이 없다고 알려져 있는 그녀였기에 병원 남자들의 먹잇감이 될 수도 있었다.

또한 예쁘고 능력 있는 여자였기에 마음이 점점 불안해졌다.

이젠 무늬만 부부가 아닌 진짜 부부 놀이를 하고 싶어졌다.

우빈은 1층 채혈실 복도에 있는 자판기에서 커피를 뽑기 위해 발걸음을 재촉했다. 한국대학병원에서 제일 맛있는 커피는 바로 자판기에서 나오는 2% 부족한 카페모카였다.

그녀가 가장 좋아하는 카페모카.

그녀와 단둘이 있을 수 있다는 생각만으로 그의 입에서는 기분 좋은 흥얼거림이 흘러나왔다. 하지만 그가 양손에 카페모카를 들고 의국으로 들어갔을 때 그녀는 녹다운되어 소파에 기대 앉아 있었다.

그녀에게 잠이란 사랑보다도 더 절실한 것이었다. 어찌 보면 저놈의 잠이 그녀와 자신의 사이를 갈라놓는 가장 큰 장벽일지도 몰랐다.

우빈은 종이컵 두 개를 테이블 위에 올려놓고 그녀의 옆에 조용히 앉았다. 그리고 잠에 취해 이리저리 움직이는 그녀의 머리를 잡아 자신의 어깨 위로 내려놓았다.

"잘 자라, 한담비."

#3

질투

지옥 같던 100일 당직이 끝난 담비는 모처럼 맛난 저녁으로 배를 든든히 채웠다. 거기다 덤으로 보호자들이 우빈을 위해 바리바리 사 온 과일에, 커피, 케이크까지 완벽하게 시식해 날아갈 듯한 기분을 느꼈다.

이런 기분으로 오늘 하루를 좋게 마무리할 수 있기를 바라며 보호자에게 내일 있을 수술 Permission을 받기 위해 병동으로 가려고 일어났다.

그때 의국 문이 거칠게 열렸다. 3년 차 김찬우 선생이었다. 성격 좋기로 소문난 그였지만 오늘따라 이상하게 웃음기가 전혀 없었다.

"한담비 선생."

"네, 선생님."

"이우식 환자 Foley catheter insert 누가 했어? 또 이우빈 선생님이 한 거야?"

분을 삭이지 못하는 그를 보며 담비는 멋쩍은 표정으로 뒤통수를 긁었다.

"죄송합니다."

"너 의사 맞아? 아무리 이우빈 선생님이 한다고 했어도 네가 강력히 거절했어야지."

"죄송하다는 말밖에 드릴 말씀이 없습니다."

"환자들도 성차별 하는 거 싫어해. 인턴이 없으니까 네가 말단이잖아. 제 할 일은 해야 병동이 돌아가지."

"네, 다음부터는 제가 꼭 하겠습니다."

"알았어. 나가 봐."

찬우의 눈썹이 미묘하게 뒤틀렸다. Foley catheter insert를 대신해 주면 어떻고, 안 해 주면 또 어떠리. 하지만 그 대상이 담비일 땐 문제가 있었다.

올해 간담도 췌장외과를 지원한 인턴이 없는 관계로 허드렛일은 모두 1년 차의 몫이었지만 뭔가 구린 냄새가 났다.

우빈은 멘사 출신에 뭐 하나 빠질 게 없는 영특한 의사였다. 한국대학병원 전설의 의사님이 아니신가.

며칠 전 간 파열 환자 응급수술 때도 특출한 대처 능력으로 한철진 교수님을 감동시켰다는 소문이 자자했다. 전문의 합격은 안 봐도 뻔하니 여러 대학병원에서 서로 모셔 가려고 줄을 서 있을 텐데.

그런 그가 담비에게 Foley catheter insert를 시키지 못하는 것은 아무리 생각해도 그녀를 여자로 여기고 있기 때문인 것 같았다.

자고로 남자는 사랑하는 여자를 위해 상상할 수도 없는 일을 저지르는 단순한 동물이었다.

"후!"

찬우의 입술 끝에 걸려 있던 씁쓸함과 답답함이 조금씩 터져 나왔다.

바늘로 찌르면 피 한 방울 나오지 않을 것 같은 우빈이었다.

수술실에서도 그는 빈틈이 없었다. 집도의보다 더 날렵한 스킬과 판단력으로 수술을 이끌어 나갈 때도 있었다. 그런 그가 그녀에게는 다른 성향을 보이다니.

찬우는 담비를 좋아하고 있음에도 단 한 번도 그녀가 남자 환자의 그것을 만지고 있다는 것에 거부감을 느낀 적이 없었다.

우빈의 행동에서 독점욕보다 더 무시무시한 욕망과 본능이 느껴졌다.

막강한 경쟁자가 생겼다. 아무래도 그녀에게 좋아한다고 고백하는 게 나을 듯싶었다.

찬우는 의국을 나서는 그녀를 다시 불러 세웠다.

"한담비 선생, 잠깐만!"

"네, 선생님!"

"혹시 이우빈 선생님이 너한테 추근거리는 것은 아니지?"

"네, 아닙니다."

"그래. 만약 그런 일이 발생한다면 나한테 보고하도록 해."

"알겠습니다."

"그리고 언제 시간 좀 내. 밥 한번 같이 먹자."

"밥, 밥이요?"

"그래, 네가 제일 좋아하는 제육볶음 사 줄게. 서비스로 달달한 카페모카까지."

"알겠습니다."

"한담비, 파이팅이다!"

의국 문을 열고 나간 담비는 벽에 몸을 기댔다.

순간 찬우가 이상한 낌새를 눈치챈 것은 아닐까 하는 생각이 들었다.

"음, 그런데 내가 제육볶음이랑 카페모카 좋아하는 건 어떻게 아셨지?"

갑자기 생각이 많아졌다. 찬우의 과잉 친절이 부담스럽다는 생각과 함께 '이우빈 이 남자는 내가 제육볶음과 카페모카를 좋아한다는 것을 알고 있을까?' 하는 현실적인 궁금증이 떠올랐다.

"신경 쓰지 말자. 내 앞가림하기도 벅차니까."

담비는 고개를 돌려 의국 문 쪽을 응시했다.

하지만 그냥 넘기려고 해도 찬우의 행동이 마음에 걸렸다.

혹시, 설마 하는 마음.

또 한 가지 걱정이 생겨 버렸다.

한담비는 이우빈의 아내였다. 정상적인 부부라고는 말할 수 없지만 어쨌든 그는 자신의 남편이었다.

사랑하고 있는 것 같은, 사랑하고픈 남자.

그렇기에 그의 앞에서는 더욱 당당한 여자이자 의사이고 싶었다.

▼   ▼   ◆

유리창에 부딪치는 햇살이 산산이 부서져 눈이 시리도록 아름다운 여름날이었다.

우빈은 쨍하게 맑은 하늘을 올려다보았다. 그의 시선은 어딘지 모르게 불안했다. 머릿속에 수많은 생각들이 얽히고설켜 있었기 때문이다.

그러다 보니 휴대폰이 울리는 줄도 몰랐다.

몇 번의 신호음이 울리고 나서야 전화가 오고 있다는 걸 알아챈 그는 통화 버튼을 눌렀다.

이지영. 그녀는 우빈의 넷째 누나로 올해 서른네 살에 접어든 노처녀였다.

전화기 너머로 기차 화통을 삶아 먹은 듯한 목소리가 들려왔다.

—너 전화를 왜 이리 늦게 받아? 지금 한가한 시간 아니야?

어찌나 스케줄을 잘 꿰고 있는지. 같은 병원에서 일하고 있는 담비보다 더 잘 알고 있는 듯했다.

우빈은 씁쓸한 미소를 지으며 의자를 뒤로 밀곤 편안한 자세를 취했다.

"또 성질부린다. 전화한 용건만 간단히 말하고 빨리 끊어."

—왜 까칠 모드야.

"까칠 모드는 누나 전문이잖아."

—너 혹시 손가락 부러졌어? 어떻게 먼저 연락하는 법이 없냐? 그 손으로 수술은 어떻게 하는지 몰라.

"노처녀 히스테리 부리는 중이야? 바빴어, 알고 있으면서 왜 그래?"

—이런 놈을 아들이라고 먼저 장가보내 주고 난 여자라고 찬밥 신세니.

"이지영 씨, 무슨 일 있구나?"

—무슨 일은. 너희 얼굴 보기가 하늘의 별 따는 것보다 힘드니까 그렇지.

"4대 독자가 하늘의 별보다 높은 위치란 걸 알면서 또 따지시네."

—야, 너랑 담비는 뭐하는 거니? 아무리 바빠도 그렇지, 전화 한 통도 못 해? 아버지, 엄마는 너희 목소리 듣는 게 낙인데.

"1년 차는 잠잘 시간도 없어. 밥 먹을 시간도 없는걸?"

—너희 부부 관계는 하고 사니? 무늬만 부부 아니야?

"처녀가 못 하는 말이 없어."

—너 이상하다. 결혼 안 했다고 해서 처녀라고 생각하면 큰 오산이야!

"알았어. 알았다고."

—빨리 대답해! 무늬만 부부야?

"그건 아니야. 이우빈을 뭘로 보고."

—그럼 다행이네. 손자 기다리시는 부모님을 생각해서 일 한번 저질러. 그리고 바빠도 시간 내서 집에 좀 들러.

"알았어. 시간 맞춰 볼게."

—지랄.

"끊는다. 더 통화할 시간 없어."

—나도 바쁜 몸이야. 끊어!

그녀는 이런 식으로 가끔씩 전화를 걸어와 자신이 결혼 했다는 사실을 인지시켜 주었다.

결혼. 익숙한 단어지만 낯설게 들리는 건 왜일까?

전화를 끊고 나자 괜스레 부아가 치밀어 올랐다.

"쳇, 아기는 나 혼자 만드나?"

하늘을 봐야 별을 따는데 그러기가 너무 힘들었다.

—손자 기다리시는 부모님을 생각해서 일 한번 저질러.

어릴 적, 4대 독자는 좋은 것인 줄로 알고 자랑하고 다 녔지만 크고 나니 그것은 어깨에 멘 무거운 짐일 뿐이었다. 아들이 귀한 집이기에 아버지는 분명히 손자를 기다리고 계실 것이다.

내 마음대로 일을 저질러 버리면 그녀가 아기를 낳겠다고 하겠어?

그녀의 마음을 흔들어 놓고 싶은 못된 바람이 가슴에 불었다. 우빈은 그 바람을 모른 척하고 싶지 않았다.

그녀를 떠올릴수록 설렘과 떨림은 더 잦아지고 있었다.

명색이 남편인데 아내를 떠올리면서 쿵쾅거리는 심장을 제어할 수 없을 정도니 큰일이었다. 사춘기 학생처럼 미숙한 사랑을 시작하게 되다니 참으로 한심했다.

조금씩 더워지는 6월, 벌써 결혼한 지 1년이 다 되어 갔다.

"1년이라……."

그녀 역시 머릿속이 많이 복잡할 거라는 생각이 들었다. 처음 제안은 1년이었지만 그는 이 결혼을 확실하게 끌고 갈 생각이었다.

콩 볶아 먹듯 얼렁뚱땅 그녀와 결혼식을 올렸지만 결혼은 연애와 달랐다.

바쁜 의사 부부라 사람들의 간섭은 덜했지만 의무는 늘어났다.

선보기 싫어서 짠 결혼 작전이 오히려 몇 배의 고통으로 되돌아왔다.

일단 결혼으로 인해 파생된 가족들을 챙겨야 하는 의무

가 생겼다. 사돈의 팔촌까지 아픈 사람이 있으면 진료 날짜를 잡아 드려야 했다.

게다가 입원이라도 하게 되면 입단속은 기본이었다. 아예 입원 조건이라 해도 무방했다. 그녀와 부부 사이라는 것을 발설하면 안 된다는 조건.

이제까지는 별 탈 없이 넘어갔지만 언제 무슨 일이 터질지는 아무도 몰랐다.

부부 흉내만 내기로 해 놓고 결국 결혼 생활 유지를 위한 모든 행위들을 한 셈이었다.

연애는 밥 먹고, 영화 보고, 키스를 할 수도 있지만 섹스는 선택 사항이었다. 허나 결혼에 있어 섹스는 의무와 필수 사항이었다. 꼭 그 의무를 지킬 필요는 없지만.

그녀와 섹스를 언제 했는지, 아니, 언제 키스를 나누었는지조차 기억나지 않았다. 정말 부부가 맞는지 의심스러울 정도였다.

아이가 있는 의사들은 도대체 언제, 어떻게 아이를 만든 건지 참 불가사의했다.

마지막 섹스가 아마도 2월쯤이었던 것 같다.

그녀가 레지던트 1년 차가 되면서 100일 당직에 돌입하게 된 그 시점. 그날 두 사람은 축하 파티를 한다는 핑계로 술을 한잔하기로 했다.

술을 마시는 동안 우빈은 그녀의 이야기를 들어 주었다. 인턴 생활을 마치고 다시 죽음의 길로 들어서는 담비는 아내이자 동료였다. 투정을 들어 주는 상대가 있다는 것만으로 위로가 될 것 같았다.

부부가 되었지만 그녀와 자신의 공통점은 병원뿐이어서 그 외에는 특별히 할 얘기가 없었다.

그녀의 투정을 들어 주느라, 빈 잔을 채워 주느라 우빈은 술을 적게 마실 수밖에 없었다. 한참 술을 마시던 그녀의 입에서 이혼이라는 단어가 튀어나왔다.

"이혼에 대해서 어떻게 생각해요? 참, 우리는 어차피 1년 동안만 부부 놀이 하기로 했지?"

"네 달 정도 남았네."

"벌써 8개월이나 지났어요. 그동안 우리는 뭐하고 산 거죠?"

"글쎄."

"한 게 없어요. 오히려 혹 떼려다 혹을 붙인 격이 되어 버렸어요."

한 번도 진솔하게 얘기해 본 적이 없었는데 취중 진담처럼 내뱉는 그녀의 말에 속마음을 조금이나마 알게 되었다.

그녀는 결혼하기 싫었다고 했다.

사랑을 해도 이혼하는 판국에 심장이 뛰지 않는 남자랑 어떻게 결혼을 할 수 있냐고, 아예 결혼을 하지 말았어야 했다고 중얼거렸다.

　그 말에 우빈은 지끈 심장이 옥죄어 오는 것을 느꼈다.

　정말 이혼하겠다고 하면 어쩌지?

　만약 1년 만에 이혼을 하게 된다면 쿨하게 밥을 같이 먹을 수 있는 그런 사이가 될 수 있을까.

　그는 혀가 꼬일 만큼 술을 마신 그녀를 부축하고 집으로 향했다.

　현관문을 열자마자 그녀는 거실 바닥에 대자로 누워 버렸다. 평소와는 전혀 다른 모습이었다.

　팔을 위로 올리는 바람에 윗옷이 들리면서 배꼽이 드러났다.

　저 배꼽.

　움푹 파인 우물처럼 안으로 쏙 들어간 배꼽. 마치 술을 담을 수 있을 것 같은…….

　마시고 싶었다.

　술 때문에 갈증 난 입술을 그녀가 더욱 메마르게 했다.

　그게 시작이었다.

　그녀의 흐트러진 모습이 너무 예쁘게 보였다.

　덜커덩 심장이 울렸다.

눈앞에 있는 여자가 활활 타오르는 불로 보이기 시작했다.

하느님, 지금 제 눈이 제대로 달린 거 맞죠?

신체 건강한 대한민국의 남자, 한담비의 남편으로서 그는 더 이상 참을 수 없었다. 그 길로 술 냄새가 나도 그녀의 입술을 빼앗았다.

술기운 때문인지 별 반항을 하지 않고 그녀가 입술을 열어 주었다.

어쩌면 그녀도 이혼을 바라지 않기에 입술을 열어 준 것이 아닐까 하는 생각이 들었다.

그 기분을 다시 느껴 볼 수 있을까?

만약 피임을 하지 않고 그날 그대로 그녀의 몸 안에 사정을 했다면 임신을 했을지도 모른다는 예감이 들었다.

그 이후 우빈은 그녀에게 생리 주기를 가르쳐 달라는 한 가지 부탁을 했다.

그게 그녀와의 마지막 섹스였다.

이제는 정상적인 부부 생활을 하고 싶었다.

그녀는 지금 이 결혼을 어떻게 생각하고 있을까?

이 모든 게 자신의 탓인 것 같아 우빈은 우울해졌다.

▼　　　　▼　　　　▼

평일 저녁, 이렇게 한가한 날은 레지던트 1년 차가 된 이래 처음 있는 일이었다.

학술 세미나가 제주도에서 열리는 관계로 교수님 두 분이 병원을 비우신 탓이었다.

수술도 없으니 응급 상황이 생기지 않는 한 편히 침대에 누워 있어도 되는 날이었다.

"야호!"

담비는 레지던트 1년 차 동기인 미정과 함께 만세를 불러 댔다.

"우리 뭐하고 놀지, 한 선생?"

"글쎄. 일단 잠이나 실컷 자 둘까?"

"그러지 말고, 한 선생. 남자 친구 있어?"

"그런 김미정 선생은?"

"남자 친구는 없지만 좋아하는 사람은 있어."

"정말? 누구야. 혹시 우리 병원 의사야?"

"어, 그런데 짝사랑이야."

"누군데?"

"이, 이우빈 선생님."

미정의 속삭임에 담비는 놀라 뒤로 까무러칠 뻔했다. 예상치도 못한 당황스러움에 아무 말도 할 수 없었다.

"왜 아무 말도 안 해?"

"너, 너무 놀라서 그래. 정말이야?"

"속고만 살았어? 이우빈 선생님은 보기만 해도 눈이 즐겁잖아. 심장이 하루에도 수십 번 가라앉았다가 들떠. 이런 게 사랑 아닐까?"

"그런 게 사랑이 맞을 거야."

"그치? 그리고 이 선생님, 남자다운 섹시미가 넘치는데 가끔 보면 어린아이 같을 때도 있어."

섹시미라는 단어를 들은 담비가 큰 소리로 웃기 시작했다.

"섹시미? 이우빈 선생이? 난 잘 모르겠던데."

"한 선생 눈이 잘못된 거야. 지나가는 여자들한테 물어봐. 이우빈 선생님 정말 멋있다니까, 만지고 싶을 만큼. 그리고 병원 내에도 소문이 파다해."

"무슨 소문?"

"한철진 교수님도 그렇고 다른 교수님들도 이우빈 선생님을 수술실에 서로 데려가려 한대."

"나도 알아."

"사람들이 뒤에서 욕하면서도 막상 이우빈 선생님 앞에서는 설설 기는 이유가 뭐겠어? 난 그런 남자가 좋더라."

담비는 그제야 사태의 심각성을 깨달았다.

미정은 진심으로 우빈을 좋아하고 있었다. 탤런트 뺨치게 예쁜 얼굴에 몸매도 좋아 남자들에게 인기가 많았다. 그녀에게 고백한 타과 인턴들도 많이 있었다.

담비는 갑자기 우울해지는 기분을 숨길 수가 없었다. 아니, 화가 났다.

당당하게 자신의 속마음을 고백하는 그녀가 부럽다 못해 질투가 났다.

"김미정 선생, 허튼소리 그만하고 일이나 하자."

"허튼소리 아니야. 이우빈 선생님한테 고백하고 싶은데 두려워. 아니, 무서워."

"뭐가 두렵고 무서운데?"

"이우빈 선생님이 한 선생을 지켜보고 있는 것 같아서 말이야."

낮게 가라앉은 그녀의 눈빛은 꽤나 복잡하게 보였다. 답답함과 함께 원망의 빛이 담겨 있는 듯한 눈동자였다.

담비는 뭐라 대답을 해야 할지 몰라 잠시 망설였다.

"왜 그렇게 생각하는데?"

"여자의 직감이야. 한 선생의 마음은 어때?"

그녀의 검은 눈동자가 짙게 불타오르고 있었다.

담비는 흘끗 눈을 들어 그녀의 얼굴을 훑어보고는 후, 하고 한숨을 내뱉었다. 자꾸 자신을 속이게 되었다. 상대방이 눈치채지 못하도록 흔들리는 자신의 마음을 감추기에 바빴다.

"난 아니야."

"진짜?"

무언가를 밝혀내려는 듯 관찰하는 눈빛으로 재차 물어보는 그녀의 모습에 담비는 망설임 없이 바로 대답했다.

"그래."

"그럼, 나 고백해 볼래."

"마음대로 해."

"왜 그렇게 딱딱하게 말해? 한 선생도 사실 이우빈 선생님에게 흑심이 있는데 감추고 있는 거야?"

"아, 아니야. 아니라고."

"좋아. 알았어. 한 선생 말대로 고백해 볼게. 차이더라도 말이야."

"난 고백하라고 말한 적 없어."

"마음대로 하라며? 그 말이 그 말이지, 뭐."

도대체 무슨 짓을 했는지 모르겠다는 생각에 담비가 테이블에 머리를 박았다.

남편을 사랑한다는 여자에게 고백을 부추기는 망발을 내뱉다니.

정말 미치고 팔짝 뛸 노릇이었다.

의국 문을 열던 우빈은 우연히 두 사람의 대화 소리를 엿듣게 되었다.

한담비는 아니란다.

자신을 좋아하지 않는다고 김미정 선생에게 말했다. 그것도 두 번씩이나.

김미정 선생이 고백한다고 하면 하지 말라고 말려야 되는 거 아닌가?

미간을 바싹 좁힌 그의 얼굴이 평소보다 더욱 싸늘하게 굳어졌다. 몸을 돌려 연구실로 향한 우빈은 목을 조여 오는 넥타이 매듭을 한 손으로 풀어 헤치며 담비에게 메시지를 보냈다.

〈연구실로 와. 당장.〉

테이블을 신경질적으로 두드리던 우빈은 노크 소리에 손을 멈췄다.

"들어와."

한담비, 그녀였다.

우빈은 그녀를 보며 눈매를 딱딱하게 굳혔다.

테이블을 두 손으로 짚은 채 상체를 숙이고 있는 그의 널

찍한 어깨에 바짝 힘이 들어갔다. 온몸의 털을 세운 공격 직전의 맹수처럼 돌변한 그의 분위기에 그녀는 별다른 반응을 보이지 않았다.

"한담비, 너 뭐하자는 거야?"

"선생님, 여기는 병원입니다."

"며칠 전에 깨 버리라고 말한 것 같은데."

"도대체 무슨 일로 부른 건데요?"

"김미정 선생이 날 좋아한다면서?"

심통이 난 듯 그가 한쪽 입술 끝을 실룩거렸다. 또한 검은 눈동자는 파도치는 바다처럼 거세게 출렁거리고 있었다.

예상치 못한 질문을 들은 담비는 한숨을 쉬며 거친 말투로 말을 내뱉었다.

"어떻게 알았어요? 혹시 엿들었어요?"

"지금 그게 중요해? 날 좋아하지 않는 마음은 이해해. 그런데 고백해 보라니, 그게 할 말이야?"

"나는 고백하라고 한 적 없어요. 마음대로 하라고 했지."

"그게 그거잖아."

연구실 안을 울리는 그의 목소리에 담비는 눈썹을 바짝 치켜 올렸다.

짜증과 분노가 섞인 그의 말투를 듣고 있자 울컥 화가 치밀어 올랐다.

"왜 화를 내요?"

"화낼 만하니까 화를 내지."

"누가 듣겠어요."

애써 자신의 감정을 진정시키고 있던 우빈은 그녀의 태도에 더욱 화가 났다.

"진짜 미치게 하네. 너 머리가 돈 거 아니야? 이래 봬도 나 네 남편이야."

"1년짜리 남편도 남편인가?"

"한담비!"

"나도 알고 있으니까 자꾸 내 머릿속에 입력시키려고 하지 마요."

"입력? 하."

또박또박 당당하게 말하던 그녀의 눈동자가 순간 흔들렸다.

뚫어져라 쳐다보는 그의 시선에 그녀가 조금씩 뒷걸음치기 시작했다.

"한담비, 넌 내 아내라고. 알아?"

담비를 벽으로 밀친 우빈은 그녀의 두 손을 한 손으로 잡았다.

한담비에게 점점 미쳐 갔다.

그는 여기까지 제 발로 들어온 그녀를 조용히 보내 줄 만큼 친절한 성격이 아니었다.

꿰뚫어 보기라도 하듯 날카로운 시선을 보낸 우빈이 단숨에 그녀의 입술을 빼앗았다.

"읍, 하."

그의 입술은 전혀 뜨겁지 않았다. 마치 얼음장처럼 차가운 탄산수를 들이부은 것 같은 그의 입술은 차디찼다.

머리카락이 삐쭉 솟는 느낌이 들었다. 그의 입속에 자라난 가시들이 한꺼번에 쳐들어와 입술 곳곳을 찌르고 도망갔다.

입술과 잇몸, 그리고 마음이 아팠다.

벌을 주기 위해 키스를 퍼붓는 듯한 그의 행동을 담비는 저지할 수가 없었다.

미정의 고백 때문일까. 그를 좋아하는 사람이 있다는 사실은, 표현하진 않았지만 그녀에게도 충격이었다.

혀와 혀가 거칠게 얽힌 키스는 쉽게 끝나지 않았다. 뿌리 깊숙한 곳까지 그녀의 혀를 빨아들이려 애쓰는 그의 숨결이 더욱 거칠어졌다.

"하아, 하아."

차가웠던 키스는 결국 뜨거운 입맞춤으로 변하고 말았다.

잇몸을 매만지고 타액을 빨아 먹는, 상대방의 입술을 잡아먹고야 말겠다는 의지가 담긴 강렬하고 거친 키스였다.

그녀의 입안을 탐한 그가 타액을 꿀꺽꿀꺽 삼켰다. 뜨거운 두 기둥이 맞물려 마찰음 소리가 났다. 목이 탔다. 입안곳곳을 혀로 깨물고 핥으며 정복해 나갔지만 성에 차지 않았다.

이곳에서 그녀와 섹스를 나눈다면……. 그녀를 연구실 책상 위에 눕힌 다음 두 다리를 벌리게 하고 팬티를 벗긴다면…….

이미 몸과 마음은 가위가 되어 그녀의 팬티를 자르고 벗겨 내고 있었다.

그의 손가락 끝이 그녀의 검은 숲을 살짝 스쳤다. 팬티가 나비처럼 팔랑거리며 바닥에 떨어졌다.

무성한 수풀이 보인다. 그 수풀 속에 숨어 있는 작고 예민한 꽃잎…….

상상만으로 당장 그녀의 몸 안에 들어가도 될 정도로 흥분하고 있었다.

우빈은 한 손으로 그녀의 젖가슴을 움켜쥐었다. 비록 가운 위였지만 손안 가득 채워진 풍만한 가슴을 터트릴 듯 만지작거렸다.

그녀가 작은 비명을 지르며 몸을 비틀었다. 우빈은 한숨

섞인 신음을 길게 흘리며 그녀에게서 몸을 떼었다. 하지만 뜨거워진 몸은 쉬이 진정되지 않았다.

그는 그녀의 이마에 자신의 이마를 가져다 대며 거친 숨을 내뱉었다.

"왜, 내가 가슴 만지는 거 싫어?"

"노코멘트. 대답하기 싫어요."

"좋아. 그럼 한 가지만 부탁할게. 다음부터는 까먹지 마. 이우빈은 한담비의 남편이라고."

"선생님이나 잘 처신하고 다녀요. 이 여자, 저 여자가 기웃거리게 만들지 말고요."

"이제야 한담비답네. 그리고 나 섹시……."

담비는 그가 넥타이를 풀어 헤치며 셔츠의 단추를 풀려고 하자 얼른 그에게서 빠져나와 문손잡이를 돌려 밖으로 나갔다.

단호하고 거리낌 없는 말투로 스스로가 섹시하다며 옷을 벗으려는 그의 행동에 연구실을 나선 그녀의 얼굴에 작은 미소가 그려졌다.

한없이 냉정하고 차가울 것만 같은 겉모습을 하고 있었지만 그는 뜨거운 사람이었다. 키스 역시 처음은 차가웠지만 끝마무리는 표현할 수 없을 만큼 뜨거웠다. 질투를 하는 그의 마음이 온전히 드러나자 간지럽고 설레었다. 그리고 갈증이 났다.

담비는 벽에 잠시 몸을 기대고 섰다.

키스 한 번에 녹아내린 마음. 그의 키스를 받은 입안이 뜨거워졌다.

김미정 선생의 말대로 그는 섹시한 남자였다. 차가움과 뜨거움이 공존하는 섹시한 입술. 혀는 촉촉하고 부드러웠고 잇몸 또한 매끈했다.

붉디붉은 그의 입술을 만지고 그곳에 풍당 빠져 버리고 싶었다.

흥분한 사람은 이우빈, 그만이 아니었다.

희미하게 전율이 올라오는 것을 느낀 그녀는 자신이 흥분했다는 것을 깨달았다.

온몸이 달뜬 느낌이었다.

이래서 섹스를 하는 거겠지. 욕망, 열정, 탐욕. 저지르고 싶다. 안고 싶다. 안기고 싶다. 점점 그를 닮아 가는 건가?

이우빈을 혼자서 소유하고픈 욕심이 일었다.

그가 젖가슴을 움켜쥐었을 땐 심장을 붙들린 사람처럼 한동안 숨도 쉬지 못했다.

하지만 그것은 부부 사이에 일어날 수 있는 평범하고도 당연한 스킨십이었다.

이우빈은 남편인데 왜 이리 가까이 다가가는 게 어색할까?

'사랑해' 라고 솔직하게 제 마음을 말하면 될 것을. 뭐가 이리 어려운지 모르겠다. 그래도 조금은 한 발 다가선 느낌이 들었다.

"한담비, 넌 내 아내라고. 알아?"

생각만으로도 좋아서 심장이 출렁거렸다.

이우빈과 한담비는 뭐라 한마디로 설명할 수 없는 관계였지만 남편과 아내 사이는 맞았다. 담비는 이제 형식적인 부부 놀이는 그만두어야 할 때가 온 것 같다고 생각했다.

얽례 행사

이렇게 기분 좋은 날이 또 있을까. 3일 밤낮을 당직한 후 일주일 만에 퇴근을 한 담비는 마트에 들러 저녁 찬거리를 샀다.

갈치 한 마리, 달걀, 바나나 우유, 구운 김, 과자 몇 봉지와 여섯 개짜리 캔 맥주까지 구입했다.

"떨이요! 찬스입니다. 일단 100분만 모시겠습니다."

이곳저곳에서 주부들을 공략하는 판매원들의 목소리가 들려왔다. 매일 병원에서 살다시피 하니 생동감 있는 시끄러운 소리가 정겹게 느껴졌다.

"음. 이 냄새 아주 좋아. 이 소리도 좋아."

쇼핑을 즐기고 싶은 마음이 간절했지만 수술이 끝난 후 집으로 갈 거라는 그의 메시지를 받았기에 지체할 시간이 없었다.

집으로 돌아온 그녀를 반긴 건 도저히 사람의 솜씨라 할 수 없을 만큼 깨끗이 정돈된 거실이었다.

거실 소파 위에 놓여 있는 쿠션까지도 나란히 정렬되어 있었다.

"와우. 이 남자 정말 깨끗하게 정리해 놨네."

신발을 벗고 집 안으로 올라서려던 그녀는 신고 있던 양말을 벗었다. 집에 오면 양말 벗고 손부터 씻으라는 그의 잔소리가 생각났기 때문이다. 빨래통에 양말을 넣은 담비는 화장실로 직행했다.

역시나 화장실도 머리카락 하나 보이지 않을 정도로 깨끗했다.

재빨리 손을 씻은 그녀는 환기를 시키기 위해 창문을 열었다. 상큼한 여름 냄새가 코끝으로 밀려들어 왔다. 여름이 시작되고 있다는 것을 알리는 신호가 하나둘씩 느껴졌다. 결혼한 지 1년이 다 되어 간다는 뜻이었다.

1년. 그가 얘기했던 1년이라는 시간이 너무 빠르고 무의미하게 지나가 버렸다. 그 흔한 부부 싸움을 한 기억도 없었다.

부부 놀이 중이였지만 그동안 그를 위해 뜨거운 밥과 찌개를 제대로 차려 준 적이 없었다. 그가 가장 좋아하는 간장게장 요리법을 배워야겠다고 생각만 했지 실천으로 옮기진 못했다.

끝이 다가오는 시점이었지만 오늘은 그에게 따뜻한 밥을 지어 주고 싶었다.

"실력 발휘 한번 해 볼까?"

앞치마를 두르고 주방으로 들어간 그녀는 제일 먼저 쌀을 불렸다. 그리고 육수를 만들기 위해 무, 양파, 멸치를 냄비에 넣었다.

육수가 끓을 동안 그녀는 바구니에 잔뜩 담아 온 빨래를 꺼내 세탁기 앞에 섰다. 역시나 그의 팬티는 보이지 않았다.

"도대체 어디다 숨겼을까. 아니면 몰래 빨았나?"

안방 침대와 서랍장 등 숨겨 놓을 만한 장소를 다 찾아보았지만 그 어디에도 팬티는 없었다.

"이 남자 너무 깔끔한 거 아니야? 진짜 짜증 난다. 이러니까 내가 마누라인지 아닌지 헷갈린다고, 알아?"

우빈과 살면서 담비는 점점 높은 벽을 실감했다. 그에게 아내로서 해 줄 수 있는 게 아무것도 없었다. 그 사실에 너무 가슴이 아팠다.

저녁 8시가 지나도 오지 않는 그에게 연락을 하려고 휴대폰을 손에 쥔 순간 문이 열리는 소리가 들렸다. 그녀는 현관문을 향해 쪼르르 달려갔다.

하지만 그녀는 막상 집 안으로 들어온 그를 정면으로 쳐다보지 못했다.

매일매일 병원에서 수도 없이 마주치는 그였지만 집에서는 괜스레 서먹하고 어색했다.

아무 감정도 없던 그에게 사랑이 싹트기 시작하면서 생긴 일종의 병 때문이었다.

우빈은 자신을 똑바로 쳐다보지 못하는 그녀를 보며 입 안이 바짝 말라붙는 갈증을 느꼈다.

순결한 의사 가운이 아닌 붉은색 앞치마를 입고 있는 그녀는 단순한 동료 의사가 아니라 아내라는 위치에 서 있는 사람임을 증명하고 있었다.

이 길로 그녀를 안고 침실로 들어가 유혹하고 싶은 마음이 굴뚝같았으나 겨우 참고 말을 걸었다.

"어, 언제 왔어?"

"두 시간 전쯤에요. 빨리 씻고 저녁 먹어요."

"저녁?"

"솜씨 좀 부려 봤습니다."

"알았어. 손만 씻으면 돼."

"네, 그럼 저녁상 차릴게요."

집에서 자신을 맞아 주는 그녀를 보니 우빈은 괜스레 웃음이 일었다. 이런 거구나, 사람의 온기라는 것이. 문을 열고 들어오면 불이 꺼진 집은 외롭고 썰렁했는데 그녀가 있으니 밝고 따스한 집으로 바뀌었다.

욕실에서 손과 발을 씻고 편안한 복장으로 갈아입은 우빈이 식탁 의자에 앉았다. 결혼하고 나서 제대로 된 밥상을 받아 본 것은 처음이었다.

진수성찬은 아니지만 먹기 아까울 만큼 정갈하게 담긴 반찬들과 김이 모락모락 나는 된장찌개를 보며 우빈은 눈을 동그랗게 떴다.

"이거 진짜 네가 차린 거야?"

"그럼 우렁 각시가 와서 차리고 간 거라 생각해요?"

"너도 힘들잖아. 쉬고 싶었을 텐데."

"힘들긴 했지만 먹고 살자고 하는 짓인데요. 반찬은 어머니께서 만들어 주신 거고 계란찜은 제가 했어요. 맛은 보장 못 하지만 맛있게 드셔 주세요."

"그래."

"저, 물어볼 게 있어요."

"뭔데?"

"그게…… 물어보려니까 참 어색하네요."

무슨 말을 꺼내려는 건지는 모르겠지만 그녀의 두 뺨이 붉은 홍시마냥 붉어졌다.

"어색하다고 하니까 더 궁금하다. 빨리 말해 봐."

"우빈 씨 팬, 팬티는 어디 있어요? 아무리 찾아도 없어요."

우빈은 순간 소리 없이 숨을 삼켰다.

결혼한 지 1년이 다 되어 가지만 한 번도 자신의 속옷이나 빨래에 대해 언급하지 않았던 그녀였다.

냉정하게 감정 조절을 잘한다고 자부하던 그도 그녀의 입에서 나온 '팬티'라는 단어에 절로 얼굴이 붉어졌다.

짐승 같은 목소리가 튀어나올까 봐 최대한 건조함을 유지하며 그가 나직하게 말을 뱉었다.

"내 팬티는 갑자기 왜?"

"손빨래해서 푹 삶으려고요."

"드럼세탁기 있는데 번거롭게 그러지 마. 그럴 시간 있으면 차라리 쉬어."

"혹시 부끄러워요? 얼굴 빨개졌어요."

"네가 갑자기 엉뚱한 소리를 하니까 당황해서 그런 거야."

"그럼 당장 내놔요. 숨겨 놓지 말고."

"숨기지 않았어. 갈아입을 때 바로바로 세탁하니까."

"매일매일 세탁한다고요?"

"응, 안 그러면 찜찜하거든."

"와우! 이우빈 씨 정말 이상한 남자네. 너무 깨끗해."

"내 빨래는 내가 알아서 할 테니까 신경 쓰지 마. 식겠다, 빨리 먹자."

된장찌개를 입에 넣으며 우빈은 웃음이 나오려는 걸 억지로 삼켰다.

병원이 아니라 단둘이 있는 집이어서 그런지 그녀와 조금 더 가까워진 듯한 느낌이 들었다.

살랑살랑, 여름 바람이 불었다.

아주 조용하게.

손끝에 바람이 살짝 쥐어졌다. 아직까지는 부는 듯 마는 듯 했지만 조금만 있으면 피할 수 없을 만큼 강하게 불어올지도 모른다. 빨리 그 바람이 가슴속으로 완전히 파고들어 왔으면 좋겠다.

"아, 잘 먹었다."

"고마워요. 맛있게 먹어 줘서."

"아니야. 내가 고맙지."

우빈은 빈 그릇을 들고 자리에서 일어났다. 맛난 저녁을 대접받았으니 설거지는 자신의 몫이었다.

"설거지는 내가 할게."

"아니에요. 내가 할게요."

"소파에 가서 쉬고 있어. 금방 끝내고 갈 테니깐."

우빈은 고무장갑을 끼고 싱크대 앞에 섰다. 뽀드득뽀드득, 그의 기분처럼 맑고 경쾌한 소리가 났다. 설거지를 하는 사이 그녀가 무엇을 하고 있는지 궁금해 고개를 뒤로 돌렸다.

바삐 움직이던 그녀는 세탁기를 돌리고 안방과 욕실을 왔다 갔다 하더니 얼마 후 소파에 털썩 주저앉았다.

그녀의 옆에 있고 싶은 마음에 그는 손을 서둘러 움직였다. 성격만큼이나 깨끗하게 설거지를 마친 그는 거실로 걸음을 옮겼다.

"담비야, 설거지 다……."

그녀는 소파에 등을 기댄 채로 눈을 감고 있었다. 눈꺼풀에 전혀 미동이 없는 걸로 보아 기다리다 잠이 든 모양이었다. 3일 밤낮을 당직한 후 받은 저녁 오프였으니 피곤할 만도 했다.

그녀는 하루에 많이 자야 기껏 두 시간 정도 잘 수 있었다. 거기다 장도 보고 저녁 준비까지 했으니 정말 힘들었을 것이다.

그는 천사처럼 평온하게 눈을 감은 그녀의 얼굴을 바라보았다. 오늘도 포기해야 될지도 모른다는 실망감에 그녀의 얼굴이라도 만져 보고자 손을 들었다.

그 순간 그의 마음이 전해졌는지 그녀가 눈꺼풀을 비비며 눈을 떴다. 기쁨이 가득한 그의 눈동자가 출렁거렸다.

"깼어?"

"눈이 안 떠질 만큼 졸려요."

그녀는 손으로 입을 막으며 하품을 했다. 그녀의 붉은 혓바닥이 그의 눈에 바로 포착되었다.

목이 타들어 가는 갈증을 느낀 그가 그녀의 턱을 잡아끌었다. 가슴 깊은 곳이 뜨거움으로 번진 탓에 어지러움이 더해졌다. 설거지를 하는 내내 시선은 그녀를 향해 있었고 덕분에 아랫도리가 꼿꼿해졌다.

"그냥 잘래, 아니면 네가 좋아하는 카페모카 한 잔 마시고 잘래?"

"내가 카페모카 좋아하는 거 알고 있었어요?"

"당연히 알고 있지."

"그럼 마시고 잘게요."

"좋았어."

기분 좋아진 그녀의 목소리를 들은 우빈이 커피 머신이 있는 주방으로 발걸음을 옮겼다. 아무리 그녀가 피곤하다고 해도 절대로 잠을 자게 해서는 안 된다. 설사 내일 일에 지장이 생길지라도 그녀의 잠을 막아야 했다.

우빈은 음흉한 미소를 지으며 잔을 들고 다시 거실로 돌아왔다.

"왜 한 잔뿐이에요?"

"이 한 잔으로 둘 다 마시는 방법이 있어."

카페모카를 입안 가득 머금은 우빈이 그녀에게 가까이 다가갔다. 그리곤 엄지손가락으로 그녀의 입술을 매만졌다.

호흡이 가빠졌다.

덜커덩, 흔들거리는 심장…….

그의 시선이 미칠 듯 온몸을 파고들었기에 그녀는 눈을 제대로 뜰 수 없었다. 빨리 입술을 열어 달라는 무언의 눈빛과 함께 그가 입술 위에 달콤한 카페모카를 묻혔다.

그녀는 자신도 모르게 입술을 벌렸다. 그리고 입술을 빨아들이는 그의 숨결에 팔을 소파 아래로 축 늘어뜨렸다.

커피 향이 느껴졌다.

"읍, 맛……."

우빈은 그녀의 입속을 샅샅이 헤집으며 부드러운 살갗이 주는 감촉을 마음껏 소유했다. 오랜만에 찾아온 기회를 놓칠 수 없었다. 틈새 없이 깊게 맞물린 두 입술이 더욱 열렬하게 움직이기 시작했다.

이대로 시간이 멈춰 버렸으면 싶었다. 지독한 갈증에 그녀의 입술을 탐하고 또 탐했다.

"하아."

달싹거리는 붉은 입술을 지나 하얀 목덜미에 입을 맞춘 우빈은 한 손으로 그녀의 젖무덤을 움켜쥐었다.

"우, 우빈 씨, 천천히요."

젖무덤을 만지던 그의 손이 그녀의 윗옷을 가슴 위로 올렸다. 그리곤 팽팽히 부풀어 오른 유두를 부드럽게 쓸며 입을 가져갔다.

"아, 아!"

그녀의 비음 섞인 목소리를 듣는 순간 팬티에 감금되어 있는 아랫도리가 창피할 정도로 젖어 갔다.

이래서 팬티를 아무 곳에나 던져 놓을 수 없는 것이다.

언젠가는 당당히 그녀에게 팬티를 던져 줄 날을 생각하며 그는 은밀한 곳으로 손을 내림과 동시에 세게 유두를 빨아 당겼다.

"아프지 않아?"

아무런 반응이 없다. 몸은 달아오를 대로 달아올랐건만, 그녀가 왜 이다지도 조용한지 신경이 쓰였다.

거친 숨을 몰아쉬며 입술을 뗀 그는 그제야 그녀의 쌕쌕거리는 숨소리를 들었다. 갑자기 온몸에 힘이 쭉 빠졌다.

"담비야. 한담비. 한 선생! 자는 거야?"

이미 잠에 빠져 버린 그녀가 대답을 할 리 없었다. 가장 중요한 일이 남았는데 잠이 들다니.

"일어나. 일어나라고!"

몸을 흔들고 입을 맞추어도 그녀는 눈을 뜨지 않았다. 그렇게 한참을 깨워 보았지만 요지부동이었다.

"이건 배신이라고. 배신이야."

죽은 듯이 잠에 빠져 있어도 의사는 항상 응급 상황에 대처하기 위해 귀를 열어 둬야 했다. 그런데 아무리 깨워도 그녀는 일어나지 않았다.

레지던트 1년 차에게 잠은 사랑하는 연인보다도 우선순위였다.

"나 오늘 기대하고 왔다고……."

그는 레지던트 1년 차 아내를 둔 남편의 비애를 느꼈다. 또 이렇게 좋은 기회를 놓치고 말았다.

우빈은 잠시 그녀의 입술, 젖가슴, 그리고 그곳을 눈에 담았다. 눈으로만 담고 있기엔 심장이 흥분으로 터져 버릴 것 같았다. 가슴은 제멋대로 날뛰고 충족되지 않은 욕망으로 가득 찬 숨소리가 거실 가득 메아리처럼 퍼지고 있었다. 하지만 더 이상의 진행은 불가능했다.

그는 어쩔 수 없이 욕실로 뛰어 들어가 온몸을 찬물로 구석구석 빡빡 씻고 거실로 나왔다.

혹시나 그녀가 잠에서 깼을까 했지만 그건 헛된 기대였다.

그녀를 대신하는 온갖 단어들이 머릿속에서 마구 터져 나왔다. 여우, 마녀, 악녀. 그리고 세상에서 제일 귀여운 악마. 순진하진 않지만 순진한 척 굴며 상대방을 괴롭게 만드는 여자.

"너무 잘 잔다."

우빈은 그녀를 덜렁 안아 침대 위에 눕히고 한쪽 팔을 뻗어 팔베개를 해 준 뒤 그녀를 품에 끌어안았다.

그녀의 고른 숨소리가 들려왔다. 우빈은 다시 한 번 그녀의 어깨와 귓불에 입을 맞췄다. 그래도 반응이 없자 윗옷을 들추고 젖무덤 주위를 핥았다.

여전히 그녀는 아무런 미동도 없었다.

다신 놓치고 싶지 않은 마음에 그는 다리를 들어 그녀의 허리와 엉덩이를 휘감았다. 비록 만리장성은 쌓지 못했지만 그녀의 속마음을 조금은 알 수 있는 날이었다.

팬티라니. 남편 팬티를 직접 손으로 빨아야 진짜 아내가 된 것 같다고 생각하는 여자들이 있다더니 그녀도 마찬가지인가 보다.

귀여운 한담비, 온몸을 쪽쪽 빨아도 시원찮을 판이다.

이제는 그녀 앞에서 조금 더 당당해질 수 있을 것 같았다.

우빈은 그녀를 품에 더욱 끌어당겨 몸을 밀착시켰다. 정겨운 그녀의 향기가 맡아졌다. 마치 숲 속에 있는 것같이 편안하고 아늑한, 아니, 지옥의 불구덩이에 푹 빠진 느낌이었다.

온몸이 또다시 불타올랐다.

똘똘 뭉친 욕망이 한 여자에게로 향하고 있었지만 자는 그녀에게 화를 낼 순 없었다.

어쩔 수 없이 우빈은 침대 밑으로 내려와 차디찬 바닥에 누웠다.

가뜩이나 더운 6월, 평소 몸 관리 하나만큼은 자신 있었던 그였는데 오늘은 통제 불능이었다.

야릇한 그녀의 숨소리가 들려왔다. 그 소리를 듣고 있자니 헛웃음이 절로 났다.

"한담비, 달아난 내 잠까지 푹 자 둬. 오늘은 참아 줄 테니까."

다음 날, 수술실에서 나오는 담비의 발걸음은 꽤나 무거웠다. 지난밤에 잠을 푹 잤지만 오늘 아침부터 시작된 생리 때문에 기운이 쭉 빠진 상태였다.

힘겨운 걸음을 옮겨 병동으로 향한 그녀에게 김 간호사는 언니가 찾아왔으니 1층 커피숍으로 내려가라는 말을 건

넀다.

"언니요?"

"네. 늘씬하고 예쁘시던데요? 선생님과 닮았어요."

담비는 누군지 몰라 의아한 표정을 지으며 1층 커피숍으로 헐레벌떡 뛰어 내려갔다.

담비를 발견한 우빈의 둘째 누나인 지윤이 자리에서 일어났다. 그녀는 네 명의 누나 중 성격이 제일 좋았다. 초등학교 선생님이다 보니 매사에 친절하고 푸근했다. 담비는 쪼르르 달려가 그녀의 손을 덥석 쥐었다.

"형님!"

"어, 왔어?"

"그동안 어떻게 지내셨어요. 여기는 어쩐 일로 오셨어요. 혹시 편찮으신 건 아니시죠?"

"천천히 한 가지씩 물어봐."

"죄송해요."

"그런데 형님이라 불러도 되는 거야? 난 일부러 언니가 왔다고 했는데."

역시 센스 있고 마음 넓은 둘째 형님이었다. 우빈과 결혼했다는 사실을 병원에 숨기고 있다는 걸 배려해 '형님'이 아니라 '언니'라는 호칭을 사용한 것이다.

아차 싶었던 담비는 주위를 두리번거리다 겸연쩍은 웃음

을 지었다.

"지금은 괜찮은 것 같네요."

"그럼 다행이고."

"죄송해요. 자주 연락드리지 못해서."

"아니야, 이렇게 바쁜데. 근데 얼굴이 많이 상한 것 같다. 우빈이가 괴롭히는 거야?"

"아니에요. 잘해 줘요."

"잘해 주긴. 내 동생 성격을 내가 모를까 봐?"

"정말 괜찮아요. 그것보다 여긴 무슨 일로…… 아, 뭔가 드실래요? 아메리카노 시킬까요?"

"그게……."

담비의 말에 지윤은 얼굴을 붉혔다. 동생 부부는 결혼한 지 1년이 다 되어 가도 아기 소식이 없건만, 자신은 또 임신을 했기 때문이었다.

"나, 커피 안 마셔."

"왜요? 커피 좋아하시잖아요."

"사실은 셋째, 아니, 넷째 가졌어……. 쌍둥이래."

"네에? 축하드려요!"

"축하는 무슨. 진료받으러 왔다가 잠깐 보고 가려고 부른 거야."

"몇 개월이래요?"

"이제 8주야. 초음파 사진 볼래?"

지윤은 가방을 뒤적거려 초음파 사진을 꺼내 앞으로 내밀었다.

"와, 두 배로 축하드려요."

"창피해서 원……."

담비는 그녀의 손을 맞잡고 함박웃음을 지었다. 그때, 휴대폰이 울렸다.

곤란한 표정을 짓자 지윤이 자신은 신경 쓰지 말고 받으라는 제스처를 취했다. 담비는 살짝 웃으며 전화를 받았다. 역시 콜이었다.

"빨리 오래?"

"네, 죄송해요."

"아니야. 얼굴 봤으니 가야겠다."

"이렇게 가시게 해서 어떡하죠? 우빈 씨 불러서 점심이라도 같이 드시면 좋을 텐데."

"괜찮아. 어차피 며칠 뒤 엄마 생신이잖아. 올 수 있지?"

"네, 당연히 가야죠. 며느리인 제가 생신 상 차려 드려야 하는데……."

"괜찮아. 바쁜데 그런 것까지 신경 쓸 필요 없어."

"형님……."

"쉿! 누가 듣겠다. 나 갈게. 수고해."

"몸조심하시고요."

"그래."

담비는 병원을 나서는 지윤의 뒷모습을 보며 무거운 발걸음을 돌렸다. 명색이 시누이라 며느리 노릇을 소홀히 하는 자신에게 싫은 소리를 할 법도 한데 그녀는 오히려 일을 방해해서 미안한지 서둘러 자리를 피해 주려 했다.

병동으로 향하던 담비는 핸드폰을 들어 우빈에게 메시지를 보냈다.

〈둘째 형님 임신하셨대요.〉

얼마 지나지 않아 그에게서 답장이 왔다.

〈그래서 나보고 어쩌라고.〉

아침부터 뭔가 냉랭한 기운을 풍겼지만 별다른 말을 하지는 않았기에 대수롭지 않게 넘겼는데, 아무래도 화가 나있는 모양이었다. 수술 중 한 번도 자신에게 시선을 주지 않았던 그의 모습을 생각하며 담비는 다시 메시지를 보냈다.

〈무슨 일 있어요?〉

〈잠자는 숲 속의 공주 같은 여자랑 무슨 말을 하겠어. 누나는 동생 속도 모르고. 부럽다, 부러워.〉

"잠자는 공주?"

담비는 어젯밤 일을 떠올렸다. 소파에서 그와 키스를 한 것까지는 기억이 나는데 그 뒤론 아무 생각이 나지 않았다.

누가 업어 가도 모를 정도로 잠에 취해 버렸다.

"이런 바보!"

그와 좀 더 가까워지기 위해 절대로 잠을 자서는 안 됐는데. 이놈의 잠 귀신과 접신을 하는 바람에 무릎을 꿇고 말았다.

지윤을 만나 좋아졌던 기분이 한순간 우울해졌다. 아이를 갖고 싶다는 생각은 아직 없었지만 주위에서 임신 소식이 들려올 때면 자꾸 불안해졌다.

"나도 하고 싶었다고, 진짜로! 나는 석녀가 아닌데."

그제야 어제 일로 화가 나 있는 그가 지윤의 임신 소식을 반가워할 리 없다는 것을 깨달았다. 부러워하는 듯한 우빈의 메시지를 보며 그도 아기를 기다리고 있을지도 모른다는 생각이 문득 들었다.

1년만 유지하기로 한 결혼에 아기라니. 임신을 하려면 이 결혼을 계속해서 유지하겠다는 의지가 있어야 했다. 그 생각에 심각해졌던 담비는 이내 방긋방긋 웃는 아기를 떠올리며 입가에 미소를 지었다.

"아들이면 아빠 닮아 잘생겼을 테고 딸이라면 예쁠 거야, 나 닮아서. 헤헤."

담비는 두 손을 배 위에 조심스레 올려놓았다.

오늘 아침부터 시작된 월례 행사 때문에 배가 살살 아팠고 컨디션도 엉망이었다.

만약 임신하게 되면 힘들고 피곤한 생리를 안 해도 되는건데……

담비는 처음으로 임신이라는 것에 아주 조금 관심이 생기기 시작했다.

픽턴*을 했음에도 불구하고 레지던트 1년 차 생활은 지옥이었고 모든 일에 서툴기만 했다.

간담도 췌장외과를 선택한 데에는 우빈의 입김이 50% 정

---

*픽턴: 'Fixed intern'의 줄임말. 인턴이 어느 과에서 레지던트 수련을 받을지 정한 후 마지막 한두 달간 서로 스케줄을 바꾸어 미리 1년 차 레지던트 연습을 하는 것.

도 작용을 했다. 하지만 담비는 자신의 선택을 후회하지는 않았다.

모든 질병이 다 그런 건 아니지만 외과 특성상 수술로 문제를 단박에 해결할 수 있는 명쾌함이 좋았다. 아픈 병변을 잘라 내고, 출혈이 있는 곳을 찾아 재빨리 묶으며 환자를 치료할 때 보람을 느꼈다.

담낭 절제술을 연속해서 두 건이나 하고 수술실을 나온 담비는 시계를 봤다. 오후 1시 20분이었다.

허리가 아파 왔다. 생리 중에 오랜 시간을 서 있으니 더욱 힘들었다. 미리 진통제도 먹고 만반의 준비를 했지만 아프기는 매한가지였다.

그녀는 화장실로 가 탐폰을 생리대로 교체한 후 어쩌면 점심을 먹을 수도 있겠다는 생각에 김미정 선생과 함께 구내식당으로 쏜살같이 뛰어갔다.

인턴을 가리켜 삼신이라 부르는데 레지던트 1년 차도 별반 다르지 않았다. 먹는 걸신, 자는 귀신, 일하는 등신. 바쁜 탓에 언제 밥을 먹을 수 있을지 모르기 때문에 최대한 많이 먹어 둬야 했다.

"나이스!"

점심 메뉴는 그녀가 좋아하는 제육볶음과 샐러드였다. 식판 두 칸에 제육볶음을 담고 나머지 반찬을 담은 담비는 비어 있는 테이블을 찾아 자리에 앉았다.

"빨리 먹자, 김 선생."

"응, 맛있게 먹어."

앞에 누가 앉아 있는지조차 살필 여유가 없던 담비는 제육볶음 한 점을 입에 털어 넣었다. 식욕이 절로 솟아나는 것을 느끼며 계속해서 제육볶음으로 젓가락을 옮겼다.

"맛있습니까, 한담비 선생?"

"네, 맛……."

대답을 하던 담비의 입술이 그대로 멈췄다. 우빈이었다. 어제 둘째 누나의 집에 갔다 온다는 그의 메시지를 받고도 답장을 하지 못했다. 오늘 있을 수술을 준비하느라 정신이 없었기 때문이다.

우빈은 말없이 다시 밥을 먹는 데 열중하는 담비를 보며 그녀가 무슨 핑곗거리를 댈까 궁금했다.

"어제 많이 바빴습니까?"

그녀의 긴 머리카락에서 향기로운 샴푸 향이 나는 것으로 보아 그다지 바쁘지는 않았던 것 같았다.

"네……."

"머리를 감은 걸 보니 핑계 같은데 아닙니까?"

담비는 대답을 거부하겠다는 듯 입안에 제육볶음을 연거푸 집어넣고 씹기 시작했다.

생각보다 날이 서 있는 그녀의 태도에 우빈은 기분이 묘하게 씁쓸했다.

어제 둘째 누나의 집에 혼자 다녀왔다. 임신을 축하해 주기 위해 가족들이 모였는데 그녀만 오지 못했다.

임신을 하고 좋아하는 누나를 보니 자신이 아빠가 된다면 어떨까 하는 궁금증이 일었다.

집으로 돌아와 혼자 잠을 자려던 그는 짜증이 났다. 담비가 바쁘다는 건 알았지만 함께 있는 시간이 적어 속상했다.

다른 의사 부부들은 아이들을 쑥쑥 낳으며 잘 기르던데 자신들은 그러지 못하는 것 같아 한심했다.

"왜 대답을 안 하십니까?"

"어서 빨리 식사나 하십시오."

담비는 되새김질하는 소처럼 제육볶음을 먹으며 심통을 부리고 있었다. 마치 싫증 난 장난감이라도 보는 것처럼 야멸찬 태도였다.

입맛이 없어진 우빈은 무심코 자신의 식판을 내려 봤다. 제육볶음 한 점을 입에 넣었지만 식욕을 당기지는 못했다.

반대로 그녀는 정말 맛있게 식사를 하고 있었다. 자신의 마음을 몰라주는 그녀가 너무 야속했다.

"한담비 선생, 제육볶음 많이 드십시오."

우빈은 젓가락으로 자신의 식판에 있는 제육볶음을 그녀

의 밥 위에 모조리 올려 준 후 자리에서 일어났다. 주위의 시선이 두 사람에게 향했다. 반찬을 덜어 타인에게 준다는 것은 굉장히 친밀한 행동이었다.

담비는 사람들의 시선이 집중된 이 불편한 상황을 어찌 해야 할지 몰라 어색하게 웃었다. 그녀의 눈동자가 흔들리는 사이, 옆에 있던 미정이 제육볶음을 한 움큼 덜어 갔다.

"저도 먹어도 되죠?"

"네, 김미정 선생도 함께 드십시오."

"고맙습니다. 답례로 제가 커피 한 잔 사 드려도 될까요?"

"됐습니다. 커피는 마신 걸로 하죠, 그럼."

"하, 하지만……."

목울대가 울릴 만큼 꿀꺽 마른침을 삼킨 미정의 어깨가 움츠러들었다. 그 모습을 지켜보고 있던 담비는 고개를 돌렸다. 냉정히 거절하는 그의 눈빛은 지독히도 시리고 매서웠다.

'커피 한 잔 정도는 마셔 줘도 되는데'라는 생각을 하고 있던 찰나였다. 갑작스런 그의 목소리에 놀란 담비가 반사적으로 자리에서 일어났다.

"한담비 선생님, 맛있게 드세요. 제 몫까지."

"아, 예. 안녕히 가십시오."

고개를 숙여 인사를 한 담비는 의자에 앉으려다 그의 뒷모습을 멍하니 보고 있는 미정을 발견했다.

미정에게 미안해 아무런 말도 할 수 없었다. 우빈을 좋아하고 있다는 고백을 들은 뒤부터 미정에게 더 마음이 쓰였다.

"김미정 선생……."

"어, 내가 잠깐 정신을 놓고 있었네."

미정은 슬픔을 참고 있는 것 같아 보였다. 생각보다 그를 향한 그녀의 마음이 크다는 것을 알게 되었다.

섣불리 위로를 해 줄 수도, 우빈을 나쁜 남자라고 욕할 수도 없는 노릇이었다.

낮은 신음을 삼키며 자리에 앉으려는 순간, 한층 날카롭게 좁혀진 눈매로 담비를 바라보던 미정이 귀를 살짝 잡아당겨 속삭였다.

"한 선생."

"왜."

"이우빈 선생님은 정말 한 선생을 좋. 아. 하. 고. 있나 봐."

장난스럽게 이를 드러내며 웃은 미정이 음절마다 강한 악센트를 주어 말했다. 허나 담비는 왠지 서늘하고 살벌한 그녀의 말이 장난스럽게 들리지 않았다.

담비는 대답 대신 자리에 앉아 제육볶음을 꾸역꾸역 입에 넣기 시작했다.

"왜 아무런 대답을 안 해."

"대답할 가치를 못 느껴서. 빨리 밥이나 먹자."

"맞다니까. 여자의 직감은 속일 수 없어."

그녀를 바라보는 담비의 눈이 어지러이 흔들렸다. 여자의 직감으로 예상하건대 미정의 시선은 질투로 활활 타오르고 있었다.

어찌할꼬. 가슴이 얼어붙는 것 같았다.

9시가 다 돼서야 수술을 끝낸 우빈은 피곤한 몸을 이끌고 의국으로 향했다.

수술에 연달아 참여해서 그런지 피로가 한꺼번에 몰려왔다.

이런 날 와인 한 잔 마시며 뜨거운 욕조에 몸을 푹 담그고 아내와 사랑을 나누면 얼마나 좋을까?

우빈은 진료실의 불을 끄고 의국 문을 살짝 열었다. 안에는 담비 말고도 1년 차 선생들이 두 명 더 있었다.

응급 상황도 없고, 수술도 없어 모처럼 여유가 있는 밤. 1년 차들은 서로의 고충을 얘기하며 수다 삼매경에 빠져 있었다.

우빈은 조잘조잘 떠드는 담비의 모습을 몰래 지켜보면서 빙그레 웃었다.

담비가 동기들과 저렇게 말을 많이 하고 지내는지 처음 알았다. 수다스러운 여자를 별로 좋아하지 않는 편이었으나 담비가 말하는 모습은 무척 예쁘게 보였다.

담비가 웃는다. 그 미소가 너무나 빛나 우빈은 한참 동안 넋 놓고 바라보았다.

담비의 웃음소리가 자신의 심장 소리와 함께 울리는 듯해 꿀꺽 마른침을 삼켰다. 가슴 한구석이 뻐근해지며 바라봐도 또 보고 싶었다.

오늘따라 몸이 뭔가를 더 요구하는 듯했다.

눈앞에 아내를 두고도 욕구를 풀지 못하는 신세라니 참으로 답답하기 그지없었다.

조금 여유가 있어 보이는 오늘, 담비와 함께 집으로 가 월례 행사를 했으면 하는 마음이 들었다.

우빈은 휴대폰을 꺼내 담비에게 메시지를 전송했다.

〈이틀 전에 못 했으니 오늘 한번 어떻겠습니까?〉

곧 메시지가 왔다.

〈2days ing…….〉

섹스와 생리는 두 가지 공통점이 있다. 월례 행사라는 점과 몸을 고통스럽게 한다는 것.

꼭 해야 할 일이건만 점점 그 의미가 퇴색되는 느낌이다. 이틀 전에도 키스를 하면서 겨우 분위기를 고조시켰건만 그녀가 자는 바람에 밤새 염불을 외워야 했다.

또다시 이런 일이 없도록 아예 날짜를 정하는 건 어떨까?

요리조리 머리를 써 봐도 답은 쉽게 나오지 않았다.

#5
어떡하면 좋을까?

우빈은 허탈함에 중얼거렸다.

"생리라……."

오늘 낮에 담비가 왜 그리 걸신처럼 폭식을 하며 기분이
저조했는지 알 것 같았다.

어제부터 생리를 하고 있는 중이었다. 지난달엔 5월 15일
에 생리를 시작했으니 주기가 불규칙해졌다. 몸이 피곤하
고 스트레스를 받았기 때문일 것이다.

우빈은 마치 그녀인 것처럼 손끝으로 액정을 어루만지다
메시지를 보냈다.

〈몸조리 잘해. 오늘 난 전공의 기숙사에서 잔다.〉

전공의 기숙사로 발걸음을 옮기던 우빈은 급하게 방향을 돌려 자신의 진료실로 들어갔다.

내일 있을 수술을 미리 모니터 하기 위해 환자의 MRI를 차근차근 살펴보던 그가 책상 앞에 놓인 달력으로 시선을 돌렸다.

6월 20일에 동그라미가 쳐져 있었다. 1주년까지 2주도 채 남지 않았다. 담비와의 관계를 개선할 변화가 필요했다.

이벤트를 한번 해 볼까? 어떤 이벤트가 좋을까?

이런저런 생각을 하던 우빈은 책상 서랍을 뒤져 찜질팩을 꺼내 들고 의국으로 발걸음을 옮겼다.

생리하는데 수술실에 오래 서 있었으니 힘들 게 분명했다. 담비가 진통제는 먹었는지 걱정이 되었다.

의국 문을 여니 담비의 모습은 보이지 않고 타이 연습을 하고 있는 김미정 선생과 2년 차 석주민 선생만 보였다.

"이우빈 선생님!"

우빈은 자신을 향해 쪼르르 달려와 반갑게 인사하는 미정을 보며 인상을 찌푸렸다. 자신을 좋아한다는 것은 알고 있었지만 그건 어디까지나 그녀만의 짝사랑이었다.

그런 것까진 신경 쓰고 싶지 않아 내버려 두었는데 점심

때부터 자꾸 엉겨 붙는 모습에 한마디를 해야 하는 건지 고민이 됐다. 만약 그녀가 담비와 친한 사이가 아니라면 고민할 가치도 없는데 말이다.

"김미정 선생, 한담비 선생은 어디 갔습니까?"

"생리 중이라 힘들어하는 것 같아 전공의 기숙사에서 쉬라고 했어요."

"알았습니다."

"선생님, 잠깐만요!"

"뭡니까?"

눈썹을 치켜 올리며 되묻는 그에게서 평소보다 더 서늘한 냉기가 감돌았다. 그의 얼굴을 보던 미정의 미간이 살짝 꿈틀거렸다.

우빈은 언제 봐도 가슴이 두근거릴 만큼 멋있었다. 동갑이지만 나이 차가 있다고 느껴질 만큼 그는 대단한 실력을 가지고 있었다.

특히 수술실에서 그 능력이 빛을 발하는 그는 미정의 롤모델이나 마찬가지였다.

미정은 고백까지는 아니더라도 그의 곁에 잠시 있을 수 있는 기쁨을 누리고 싶었지만 점심때의 일이 떠올라 뒤로 한 걸음 물러섰다.

다른 여자를 마음에 두어 자신을 투명인간 취급하고 심

한 모욕감까지 주고 간 남자였다.

거기다 수술이 끝나자마자 지친 몸을 이끌고 담비를 찾으러 왔으니 그가 바라보는 여자가 누군인지는 확실해진 상태였다. 하지만 지금 상황으로 봐서는 그 혼자만의 감정일지도 모른다는 생각이 들었다.

그렇다면 승산이 있어 보였다. 아니, 그가 한담비와 연인이 되는 걸 가만히 보고 있지는 않을 생각이었다.

"커피 언제 사 드릴까요?"

"커피는 마신 걸로 친다고 했었는데……."

"저는 아닙니다."

"김미정 선생, 불편합니다. 무슨 말인지 아시죠?"

"선, 선생님!"

"필요 이상으로 말 걸지 마세요. 일과 관련된 질문만 받겠습니다. 알겠습니까?"

우빈은 단호하게 거절했다. 이미 결혼을 한 데다 마음속은 한담비로 가득 차 있으니 다른 여자가 눈에 보일 리 없었다.

설사 담비와 결혼하지 않았다고 해도 미정은 아니었다. 그녀의 마음이 더 커지기 전에, 더 큰 상처를 받기 전에 멈출 수 있도록 해야 했다.

"너무하세요. 어떻게 그런 말씀을."

"한담비 선생과 친구니까 이 정도로 그치는 겁니다. 수고하세요, 그럼."

우빈은 의국을 나와 전공의 기숙사로 걸음을 재촉했다. 의국을 재빨리 벗어난 이유는 미정이 울지도 모른다는 생각 때문이었다.

우빈은 그런 타인의 감정까지 신경 쓸 여유가 없었다.

자신에게 안식을 줄 수 있는 여자를 빨리 찾아야 했다.

담비가 쉬고 있을 1년 차 기숙사 방문을 두드렸으나 아무런 대답이 없었다. 아무래도 잠이 든 모양이었다.

우빈은 조심스레 문을 열었다. 방 안엔 네 명이 쉴 수 있는 2층 침대가 두 개 있었다.

이내 우측 침대 아래 칸에 누워 있는 담비의 모습이 보였다.

그는 주변을 둘러보며 또 다른 누군가가 있는지 살폈다. 다행히 아무도 없었다.

"한담비 선생."

침대 옆에 앉은 그가 이름을 불렀으나 그녀는 눈을 뜨지 못했다. 잠결에 끙끙 앓는 소리가 났다.

그녀의 배 위에 찜질팩을 올려 준 그가 아랫배를 살살 쓰다듬었다. 그 손길에는 애정과 관심이 듬뿍 담겨져 있었다.

"아프지 마라. 한담비."

아프다고 칭얼거리는 아이의 배를 어루만지는 엄마처럼 우빈도 담비의 배를 매만져 주었다. 그러다 움직이던 손을 멈추고 자신의 이마를 짚었다.

불현듯 솟구치는 욕망, 자신을 쿡쿡 찌르는 듯한 불편한 감각이 온몸으로 퍼져 나갔다.

"후, 그거 아니? 내가 너 생리 못 하게 만들어 주고 싶다. 진짜로."

자궁 안에 씨를 뿌려 아기가 생기면 열 달 동안 그녀는 생리를 안 해도 된다.

임신을 하려면 섹스를 해야 되니 욕망도 분출하고, 생리 통도 겪지 않을 수 있었다. 게다가 아빠 엄마가 되는 것이 니 일석삼조였다.

둘째 누나의 임신 소식을 듣고 나서부터 아빠가 되는 것을 줄곧 상상해 왔다.

만약 담비가 임신을 한다면 1년짜리 계약 결혼을 평생 동안 유지하며 혼인신고도 할 수 있었다.

"담비야, 나 아빠가 되고 싶다."

그녀는 오늘따라 조금만 힘을 줘도 부서질 것같이 가냘 프게 보였다.

보호해 주고 싶기도 했지만 그런 그녀를 한 손에 움켜쥐 고 남김없이 빨아들이고 싶은 강렬한 욕구가 치밀어 오르기도 했다.

위험했다. 감춰 왔던 남자의 본능이 드러나는 순간이었다.

그동안 잘 참아 왔지만 이제는 참는 것 자체가 곤혹스러웠다. 이러다 생리가 끝난 그녀를 어디론가 끌고 가 강제로 겁탈할 수도 있겠다는 미친 생각까지 들었다.

우빈은 손끝을 들어 그녀의 뺨을 지나 목으로, 그리고 그 아래로 내렸다. 곧 그의 손이 대담하게 가운 안쪽으로 향했다.

그녀의 젖가슴을 살짝 그러쥐자 마치 바람이 나뭇잎을 싣는 소리처럼 사각이는 소리가 들렸다.

"하, 읔."

그녀의 입술 사이에서 흘러나온 얕은 숨결과 흥분으로 터져 나오는 그의 신음 소리가 잠시 허공에 맴돌았다.

우빈은 고개를 숙여 그녀의 입술을 머금었다. 하루 종일 내내 이러고 싶다는 생각뿐이었다.

오랫만에 닿은 입술은 아까워서 함부로 맛볼 수 없을 만큼 다디달았다.

아찔하고 달콤한 숨결을 맡던 그는 이대로 그녀를 깨워서 안고 싶은 욕망을 애써 억눌렀다.

계속 보고 있어도 모자란 듯하고, 자꾸만 뭔가 하고 싶어

욕심을 내게 되는 목마름…….

사랑하려고 노력한 적 없었기에 언제부터인지 모르겠지만 물 흐르듯 자연스레 그녀가 가슴에 콕 박혔다. 생각하다가, 고민하다가, 결국 사랑까지 도달한 이 느릿한 걸음이 우빈을 설레게 했다.

사랑은 하면 할수록 좋고 행복하지만 때로는 자신을 바보로 만들었다.

사랑하는 매 순간이 행복하고 즐겁지 않은 건 확실했다. 늘 그녀의 앞에선 감정을 숨기고 참아야 했지만 이제는 참고 기다릴 여유조차 남아 있지 않았다.

만족할 정도는 아니었지만 그녀와의 키스에 그는 갈증이 해결되는 느낌을 받았다.

지금껏 마음속에 설렘, 머뭇거림, 두려움, 안타까움, 가슴앓이, 그리움을 숨겨 두기만 했다. 우빈은 그동안 말로 하지 못했던 자신의 감정을 입술을 통해 뜨겁고 열렬하게 아낌없이 쏟아부었다.

허나 그는 알지 못했다. 그녀에게 키스하는 걸 훔쳐보는 이가 있다는 것을…….

♦   ♦   ♦

"어머님."

"우리 아가 어서 와."

양순은 담비를 끌어안아 주었다. 한가족이 되었건만 바쁜 탓에 얼굴을 보기가 힘들었다.

"왜 이리 말랐어. 밥은 제대로 먹고 다니는 거야?"

"네, 잘 먹고 다녀요. 어머님, 생신 축하드려요."

"고맙다. 이렇게 와 줘서 얼마나 고마운지."

"죄송합니다. 자주 찾아뵙지 못해서요."

"괜찮아, 일단 앉아라."

"네, 어머님."

겨우 시간을 내어 약속 장소에 도착한 담비는 이미 와 있는 우빈을 바라보았다.

반가운 척도 하지 않고 무뚝뚝한 얼굴로 자신을 보고 있는 그를 향해 발걸음을 옮겼다.

"우빈 씨."

"왜 이리 늦었어."

"수술 때문에 늦은 거 알면서 왜 그래요?"

"그래도 그렇지. 오늘 어머니 생신이거든?"

타박하는 우빈의 목소리가 들려오자 양순이 소리를 질렀다.

"저놈, 지 와이프한테 한다는 소리가. 애가 너처럼 한가

한 사람인 줄 아냐?"

"어머니, 저도 의사거든요?"

"그래도 넌 담비보다 덜 바쁘잖아."

"한담비, 뭐해? 빨리 내 옆에 와서 앉아."

"담비는 내 옆에 앉을 거야. 넌 누나들이랑 같이 먹어."

우빈은 몸을 돌려 양순의 옆자리에 앉는 담비를 보고 애써 웃음을 참았다.

어머니 생신 때 가족끼리 모여 식사를 하자는 큰누나의 명령이 떨어졌다.

최 교수와의 수술이 잡혀 있었기에 당연히 못 올 줄 알았는데 와 준 그녀가 고마웠다.

우빈은 양순의 옆에 앉아 식사를 하는 담비의 모습을 바라보았다.

그녀는 얘기를 나누느라 밥도 제대로 먹지 못하고 있었다.

"어머니, 담비 배고파요. 그만 말씀하시고 밥 좀 먹게 해 주세요."

"오랜만에 만나서 그렇지. 내가 죽을죄를 지었다."

양순은 타박하는 그에게 한마디 내뱉고 담비에게 맛있는 반찬을 이것저것 밀어 주었다.

진수성찬이 차려져 있었지만 우빈은 음식을 먹는 둥 마

는 둥 하며 담비에게서 시선을 떼지 못했다. 맛있게 음식을 먹는 담비의 모습을 보니 먹지 않아도 배가 불러 오는 것 같았다.

한참을 그러고 있자 옆에 앉아 있던 큰누나 지민이 한마디 했다.

"야, 이우빈. 그리 좋냐?"

"뭐가?"

"와이프 온 뒤부터 네 얼굴에 꽃이 폈다, 꽃이 폈어. 언제 한번 와라. 내가 너희 사진 제대로 찍어 줄 테니."

지민의 직업은 사진작가였다. 매형과 함께 세계 여러 곳을 돌아다니며 사진도 찍고, 돈도 벌고, 사랑도 하는 운 좋은 여자였다.

"시간도 없으면서."

"시간은 너희가 없지. 오면 찍어 줄게. 아니, 아예 조카를 낳아 오든가. 내가 출생 앨범을 만들어 주지, 공짜로."

"누나나 빨리 조카 만들어 줘. 매형이 기다리고 있을 텐데."

"안 그래도 배 속에 만들어 놨다."

"정말?"

"그래, 너만 모르고 있었어. 엄마가 너한테 스트레스 주지 말라고 하셔서."

"그랬었어?"

"이우빈, 임신하는 데 가장 필요한 게 뭔지 알아?"

그걸 모르는 바보가 어디에 있을까. 하지만 그것은 남자와 여자가 만나야만 가능한 얘기였다.

"알잖아, 바쁜 거."

"알아. 하지만 타이밍이 더 중요해. 수억 마리 중에서 딱한 마리. 두 마리도 아니야. 그러니 한번 시도해 봐."

우빈은 지민의 말을 가슴에 새기며 양순과 얘기를 하고 있는 담비에게로 시선을 돌렸다.

그러고 보니 둘째 누나도 셋째 누나도 모두 매형의 옆자리에 앉아 끈끈한 부부애를 과시하고 있었다. 혼자 앉아 있는 사람은 자신과 넷째 누나뿐이었다.

넷째 누나는 솔로라 그렇다 치더라도 자신은 분명히 유부남이었다. 우빈은 괜스레 짜증이 치밀어 올라 밥을 깨작거렸다.

저녁 식사를 끝낸 가족들은 헤어지기 전 인사를 나누느라 정신이 없었다.

우빈의 누나들이 기어코 담비를 붙잡고 한 소리씩 했다. 바쁘더라도 연락 좀 하고, 빨리 기쁜 소식을 전해 달라는 잔소리에 그녀는 미안하다, 죄송하다는 말을 연신 내뱉었다.

타인에게 담비는 싹싹하고 따스한 여자였다. 그런데 유독 자신에게만 고집을 부리는 이유가 뭘까. 그는 그 이유에 대해 곰곰이 생각해 보았다.

길고 긴 인사가 끝난 후 잠시 그녀와 둘만 남게 되었다.

담비가 차에 올라타려고 하자 우빈이 그녀의 팔을 잡았다.

"그냥 갈 거야?"

"어머님 생신이라 잠시 나온 거예요. 바로 들어가 봐야죠."

"내가 말해 줄게. 너 오늘 안 들어가도 되게."

"싫어요. 나 때문에 다른 전공의들이 고생하는 건 싫거든요."

"한담비!"

"나 내 힘으로 레지던트 1년 차 무사히 마칠 거니까 신경 끄세요."

"큰누나 애기 가졌대. 너 알아?"

"정말이에요? 축하한다고 전화해야겠네요."

"그것뿐이야?"

"왜요. 또 다른 소식도 있어요?"

"없어."

"이제 가족 모임이 더 시끌벅적해지겠어요."

"후, 그렇겠지."

우빈의 목울대가 꿈틀거렸다. 답답함으로 숨이 막혀 오는 것을 느낀 그가 넥타이를 느슨하게 풀고 후우, 하고 짧게 숨을 내쉬었다. 그 모습을 이상하다고 생각한 담비가 물었다.

"무슨 일 있어요?"

"아니."

"그럼 왜 자꾸 한숨을 쉬어요?"

"한담비, 한번 안아 보자."

"지, 지금? 시간 없는데요."

그녀의 안색이 어둡게 변했다.

안아 보자는 말을 다른 뜻으로 해석한 것 같았다. 하긴 그동안 철부지처럼 몇 번이나 섹스를 하자고 말했던 것 같다.

우빈이 짧게 혀를 찼다.

"쯧쯧, 바보야. 그냥 안아 보자고. 우리 마누라 잘 있나 하고."

"난 또. 매일 보면서 왜 어린애처럼 투정하고 그래요?"

매일 보면 뭐하냐고, 그림의 떡인데.

우빈은 그녀의 몸을 끌어당겨 품에 안았다.

이제야 안심이 됐다. 오늘은 저녁이라도 챙겨 먹였으니

다행이었다. 하지만 담비는 그 마음도 몰라주고 그를 밀어 품에서 빠져나가 버렸다. 우빈은 할 수 없이 그녀를 놓아주어야 했다.

"나 그만 들어가 봐야 할 것 같은데요."

"그래."

"그래도 임무 한 건 완수했어요."

"뭐?"

무슨 뜻으로 한 말인지 알아챈 우빈은 차에 올라탄 그녀에게 잘 가라는 인사도 하지 못했다. 그녀 역시 마찬가지였다. 집에 조심히 들어가라는 말도 하지 않은 채 바로 떠나 버렸다.

틀린 말은 아니었지만 왜 이리 화가 나는지. 가슴속에서 거센 바람이 부는 것처럼 무언가가 들끓었다.

'임무'라는 말을 하며 선을 그어 버리는 그녀의 태도가 거슬리는 것을 보면…….

혼자 남은 우빈은 한참 동안 그 자리에서 움직이지 못했다.

연구실과 기숙사에서 키스를 나누며 조금씩 그녀와 가까워졌다고 생각했는데 아닌 모양이었다. 어깨를 축 늘어뜨린 우빈은 멀리 부모님이 서 있는 곳으로 걸음을 옮겼다.

"아버지, 저랑 목욕탕 가실래요?"

"그럴까?"

우빈은 모처럼 만에 만난 아버지와 함께 근처 찜질방으로 향했다.

"아버지, 등 밀어 드릴게요."

"오냐."

우빈은 아무리 바빠도 한 달에 한 번 정도는 아버지와 함께 목욕탕에 갔다. 다섯 살 때부터 해 온 행사였다.

예전에는 일주일에 한 번씩 목욕탕에 다녀왔지만 인턴이 된 이후부터는 월례 행사가 되어 버렸다. 더 자주 다니지 못해 아버지께 죄송할 따름이었다.

"어허, 시원타. 시원해."

범기는 아들이 등을 밀어 주자 마음이 뿌듯해졌다.

귀한 4대 독자 녀석이 자신의 아들이라고 자랑하고 싶었기에 그는 어린 우빈을 어디든지 데리고 다녔다.

게다가 우빈은 웬만한 연예인보다 훨씬 잘생겼으며 어엿한 레지던트 4년 차였다. 전문의 따는 것은 식은 죽 먹기일 테고 떡두꺼비 같은 손주 하나만 낳아 주면 금상첨화일 텐데…….

"우빈아."

"네, 아버지."

"요새 많이 힘들지?"

"아닙니다. 4년 차는 주로 시키는 담당이라."

"그럼 새아가가 많이 힘들겠구나."

"그렇겠죠."

"옆에서 도와줘. 힘이 되어 주거라."

"네, 아버지."

"내년에는 고추 달린 놈 안아 봤으면 좋겠는데……."

우빈은 아무런 대답도 하지 못하고 아버지의 등을 밀었다.

건강한 체구로 듬직하게 아랫사람들을 호령하던 아버지는 어느새 연세가 들어 새하얘진 머리와 주름이 자글자글한 얼굴을 하고 있었다. 어느새 왜소하고 볼품없는 노인으로 변한 아버지를 보자 마음이 울적해졌다.

우빈은 아버지의 등을 다 밀고 엉덩이와 팔꿈치 쪽을 밀기 시작했다. 어릴 적 아버지께서 자신에게 해 주신 그대로.

"됐다. 등만 밀면 돼."

"아니에요, 아버지. 제가 다 밀어 드릴게요."

"됐다니까. 너 힘들어."

"혼자 목욕탕에 오실 땐 목욕 관리사에게 관리받으세요. 힘들게 밀지 마시고요."

"그래, 알았다. 이제 내가 밀어 주마."

"네, 아버지, 그리고……."

등을 돌리고 앉은 우빈은 등을 밀어 주는 아버지의 손힘이 약해졌음을 확연히 느꼈다.

아직까지 낳아 주시고 길러 주신 은혜를 다 갚지 못했는데 벌써 이리 늙으셨다니…….

"왜?"

"건강하세요. 제 아들이 결혼해서 아들 낳는 것까지 보셔야 해요."

"그때 되면 벽에 똥칠할지도 몰라."

"그래도요."

범기는 자신보다 훨씬 튼튼하고 넓은 아들의 등을 바라보며 흐뭇한 미소를 지었다.

"아버지, 목욕 끝나고 설렁탕 먹으러 갈까요?"

"좋지."

우빈은 다음 달에는 아버지와 함께 목욕탕을 더 자주 왔으면 하고 바랐다. 하지만 범기는 한 달에 한 번, 이렇게 아들 얼굴을 보며 부자의 정을 나눌 수 있는 것만으로도 더 바랄 게 없을 만큼 행복했다.

◈　　◈　　◈

뇌사자의 깨끗한 간을 두 명의 환자에게 나눠 주는 것은 무척이나 힘들고 어려운 수술이었다. 하나의 고귀한 생명이 두 생명을 살리고 죽음을 맞이했다.

6번과 8번 방에는 공여자가 기다리고 있었고 7번 방에서는 뇌사자의 간 적출이 이뤄지고 있었다.

담비는 6번 방에서 우빈과 함께 이 교수의 수술 팀으로 대기 중이었다.

적출된 간을 타인의 몸에 이식하는 것은 매우 정교한 기술을 필요로 했다. 그 중심에 우빈이 있었다. 이 교수의 어시스트를 준비하는 그의 모습은 마치 전체적인 수술을 총괄하는 집도의처럼 보였다.

간은 재생 능력이 탁월해 70% 정도 이식을 해 준다 해도 금방 자라나기 때문에 수술을 원하는 환자들이 늘어나는 추세였다.

보통 기증자의 배에 0.5cm 크기로 다섯 개의 구멍을 뚫어 복강경으로 간을 잘라 공여자에게 들고 간다. 힘든 결정을 해 줬기에 흉터를 최대한 작게 남기는 것이 의사들이 기증자에게 감사함을 표현하는 방법이었다.

그런데 오늘은 뇌사자의 간이라 그럴 필요가 없었다. 뇌사자의 배를 열어 필요한 장기를 하나씩 하나씩 적출해 새 생명을 살리는 데 기증했다.

뇌사자의 간이 도착하자 40대 박성철 환자의 간이식 수술이 시작되었다.

우빈의 손은 신이 내린 것 같았다. 민첩하고 정확하게 동맥은 동맥끼리, 정맥은 정맥끼리 연결하며 단 한 방울의 피도 흘러나오지 않도록 봉합했다.

수술실을 나오니 벌써 5시였다.

담비는 가슴이 벅차올랐다. 두 생명이 다시 태어날 수 있었던 것은 뇌사자의 희생과 의사의 힘, 그리고 사랑 덕분이라는 생각이 들었다. 담비는 이럴 때 의사가 된 것을 잘한 선택이라 생각했다.

이우빈. 그래, 다 그 남자 때문이다.

평소라면 잘난 그가 부러웠을 법도 한데 오늘은 아니었다. 의사가 된 것에 대한 자부심과 뿌듯함으로 그의 뒷모습을 보고 있을 때였다. 때마침 고개를 돌린 그와 정면으로 시선이 부딪쳤다.

"뭐야?"

"네에?"

"왜 나를 보고 있냐고."

"안 보고 있었습니다."

"그럼 뭘 보고 있었나. 이곳은 감상할 풍경이 없는 것 같은데……."

수술이 성공적으로 끝나서 그런지 그의 말투가 조금은 편안해져 있었다. 말끝을 흐린 우빈은 조금만 움직여도 맞닿을 만큼 가까이 고개를 숙였다.

시야에 갑자기 그의 얼굴이 커다랗게 들어와 또 그녀의 마음을 심란하게 만들었다.

심장에 조금씩, 조금씩 무게를 늘리며 파고드는 이 남자. 이러다 숨길 수 없을 만큼 그의 대한 마음이 커진다면 어떻게 될까.

"회진 준비하러 가겠습니다."

담비는 이 자리가 불편한 듯 걸음을 재촉했다. 한 걸음씩 내딛을 때마다 바닥이 자신을 끌어당기기라도 하듯 무겁고 힘들었다.

"한담비 선생."

자신을 부르는 소리에 담비가 고개를 돌렸다. 그곳엔 우빈이 아닌 김찬우 선생이 있었다.

"네, 선생님."

"오늘 저녁에 밥 먹자. 내가 살 테니."

"네?"

담비는 무의식적으로 멀찍이 떨어져 있는 우빈에게 시선을 돌렸다. 그러자 가까이 다가온 찬우가 그녀의 손목을 확 끌어 잡았다.

"이우빈 선생님. 오늘 제가 한 선생에게 저녁을 사려고 하는데 잠시 데리고 나가도 되겠습니까?"

순간 우빈이 얼굴을 돌처럼 굳혔다. 그녀의 손목을 끌어 잡은 찬우의 손을 뚫어져라 보고 있자니 속에서 뜨거운 불이 활활 타올랐다.

자신도 쉽게 만져 볼 수 없는 아내의 손목을 감히 만지다니. 저놈의 손가락을 부러뜨리고 싶을 정도였다.

"그 말, 무슨 뜻이지?"

"한 선생을 제가 좋아하고 있습니다."

찬물이 끼얹어진 듯 수술실 복도가 조용해졌다. 이곳엔 간담도 췌장외과가 아닌 다른 과들의 수술도 있었기에 드나드는 전공의와 간호사가 많았다.

때 아닌 사랑 고백에 지나가던 다른 과 전공의들이 부러움의 시선을 보냈다. 장난스럽게 밥 한번 같이 먹게 해 주라는 말까지 들려왔다.

담비의 얼굴은 붉어지다 못해 사색이 되어 버렸다.

과연 우빈이 어떻게 나올까 하는 궁금증에 그녀가 시선을 슬쩍 올렸다. 그러나 그의 얼굴 표정엔 별다른 변화가 없었다.

너무 기가 막혀서 그런 걸까. 아님 그럴 수도 있다고 편하게 생각하는 것일까.

그는 평소보다 고요하고 흔들림 없는 눈빛을 하고 있었다.

우빈이 팔짱을 끼며 시큰둥하게 말했다.

"김찬우 선생, 1년 차에게 연애할 시간은 없다는 거 잘 알고 있지 않나?"

"그래도 밥은 먹고 살아야 하잖습니까. 오늘 얼마나 오랫동안 수술실에 있었는지 뱃가죽이 등에 딱 붙었습니다. 한담비 선생도 마찬가지입니다."

찬우는 아예 그의 심기를 건드리려고 작정한 사람처럼 그녀의 허리를 한 손으로 바짝 잡아당겨 안았다.

"이게 사람 허리입니까? 개미허리 같습니다."

그러고 보니 예전보다 마른 것 같기도 했다. 바람이 불면 날아갈 것 같은 하늘하늘한 몸매의 소유자는 아니었지만 제법 날씬하고 예뻤다.

그렇다고 허리를 만지다니. 애써 냉정함을 유지하려 했던 우빈의 눈동자에 찬물이 퍼부어진 듯 냉기가 어렸다.

"김찬우 선생, 그 손 좀 놓으시지? 한 선생이 성추행으로 고소라도 하면 어떻게 하려고."

"한 선생이 가만있는 걸 보니 싫지만은 않은 것 같은데요? 그리고 치프님께선 지금 반말을 하고 계십니다."

"그래서?"

"그건 치프님이 제정신이 아니라는 뜻 아닙니까."

"그래, 맞아. 너 같은 놈에게는 반말도 아까워, 알아? 어디 1년 차 여의사의 몸을 더듬어?"

그제야 자신이 찬우의 품에 안겨 있다는 것을 알게 된 담비는 잽싸게 그의 품을 벗어났다.

역시 말보다는 행동이었다. 찬우가 좀 더 자극적인 방법을 시도하자 그도 어쩔 수 없는 남자였다는 것을 보여 주듯 눈동자에 독기가 가득 찼다.

우빈이 질투하는 모습은 참으로 보기 좋았으나 다른 남자와의 접촉은 사양이었다.

"김찬우 선생님, 다음부터는 이러지 마십시오."

"미안해. 어쩔 수 없는 상황이었어. 이해해 줄 거지?"

"무슨 말씀인지 모르겠습니다."

이러지도 저러지도 못하고 있는 그녀의 모습을 보던 찬우가 다시 한 번 용기를 내었다.

"기숙사에서 치프님이 한 선생에게 무슨 짓을 했는지 다 봤습니다."

우빈이 어깨를 움찔했다.

그날, 우빈이 자신에게 키스를 했다는 것을 담비는 알고 있었다. 하지만 일부러 모른 척하며 되물었다.

"무슨 짓을 했는데요?"

우빈은 아무 대답도 하지 않았다. 아내에게 키스한 게 어때서. 아무런 문제가 되지 않았다. 그러나 그 사실을 다른 의사들이 알게 될 경우 걷잡을 수 없을 만큼 소문이 퍼질 것이었다. 그럼 그녀와 부부 사이라고 고백할 수밖에 없었다.

하지만 우빈은 지금 물러서는 것은 남자다운 행동이 아니라고 생각했다.

"한 선생."

"네."

"눈 감아."

"네에?"

우빈은 그녀의 팔을 잡아당겨 자신의 품에 안고 입술을 빼앗았다.

"읍……."

순식간에 벌어진 일이었다. 복도에서 그녀에게 키스를 한 것은 백 마디 말보다 한 번의 행동이 더 큰 파급 효과를 준다는 것을 실천한 셈이었다.

주변에 있던 의료진은 그들의 키스를 보느라 넋이 나갈 지경이었다.

눈꺼풀을 깜박이던 담비는 화들짝 놀라 그를 밀어내려 했다. 하지만 우빈은 꿈쩍하지 않았다. 오히려 두 손을 올려 그녀의 얼굴을 감싼 뒤 더욱 거세게 입술을 움직였다. 하지만 그녀의 입술은 굳게 닫혀 있었다.

그는 할 수 없이 그녀의 뒷머리를 움켜잡고 입술을 훔쳤다. '이 여자는 내 아내다'라고 말을 하지 못하니 다른 대응책이 절실히 필요한 순간이었다.

주위에 사람이 있다는 것조차 아무런 문제가 되지 않았다. 그녀의 입술이 자신의 것임을 증명하듯 물고 빨았다. 그리고 입속으로 혀를 밀어 넣어 몇 번이나 깊게 감아올리기를 반복했다.

그의 뜨거운 숨결이 온몸을 뜨겁게 달궜다.

"우, 우빈……."

어디선가 박수 소리도 들렸고, 화를 내는 소리도 들렸다.

담비는 가까스로 정신을 차렸다. 난감하고 수습할 수 없는 지금의 상황을 어떻게 정리할 수 있을까 고민했지만 떠오르는 것은 없었다.

자신 하나 살자고 그의 뺨을 때리고 싶지는 않았다. 자신이 화가 났다는 것을 알려 주는 것밖에는 방법이 없었다.

키스가 끝나자 우빈은 눈이 튀어나올 것처럼 굳어 있는 담비의 얼굴을 내려다보았다.

그녀의 눈빛은 바라보고 있는 것만으로도 통증이 느껴질 만큼 화가 나 보였다. 아니, 화가 났다는 말로도 부족했다.

자신을 죽일 듯이 노려보고 있었다.

우빈은 우물 속 같은 짙은 눈빛으로 담비를 내려다보며 나직한 음성을 내뱉었다.

"한 선생, 그 눈빛 거두지?"

"무슨 짓입니까."

"그날 내가 한 선생한테 한 짓을 고대로 보여 준 거야."

"이우빈 선생님."

"일단 김찬우 선생에게 할 말은 해야겠어."

우빈은 찬우에게 바로 시선을 돌렸다. 정말 이곳에서 키스를 할 줄은 몰랐는지 그는 넋이 나간 모습이었다.

"기숙사에서 한담비 선생에게 키스했어. 왜, 불만 있어?"

"키스의 의미는 무엇입니까?"

"김찬우 선생, 바보 아니야? 남자가 잠든 여자에게 키스한 이유를 정말 몰라?"

"모르겠습니다."

"그럼 말해 주지. 될 수 있으면 빨리 감정 접어. 절대로 두 사람은 이루어질 수 없으니까."

"그 이유는요?"

"이 자리에선 말해 줄 수 없어. 오늘은 양보를 해 주지. 키스하게 해 준 상이라고나 할까?"

"양보요?"

"그래. 한 선생과 한 시간 동안만 밥 먹으러 갔다 오는 걸로."

결혼 사실을 고백하기엔 아직 무언가가 부족했다. 그렇다고 찬우의 만행을 지켜보고만 있을 순 없었다. 우빈은 조금씩 새어 나오는 담비에 대한 사랑을 다잡으며 자리에서 벗어났다.

복도를 걸어 나가는 우빈의 뒷모습이 시야에서 완전히 사라질 때까지 담비는 조금도 움직이지 못했다. 강인함이 느껴지던 그의 넓은 어깨와 커다란 등이 축 늘어져 보였다. 보란 듯이 키스를 했는데도 우울한 걸까…….

"후……."

생리통이 심해 기숙사에 잠시 쉬러 갔던 담비는 그곳에서 아예 잠이 들어 버렸다.

얼마 뒤 잠결에 따스한 숨결이 느껴지자 깊은 잠에 취한 척했다.

레지던트 1년 차의 잠귀는 밝았기 때문에 입술을 빨아 당기는 그를 모를 리 없었다.

단둘만 있었던 기숙사와 수술실 복도는 그 의미가 달랐다.

키스를 했다. 그것도 혀와 혀가 얽히는 진한 키스를. 남들 앞에서 쉽게 할 수 없는 위험 수위의 키스였다.

또 말 많은 여자들의 입방아에 오르내리게 생겼다. 그때 수술실 수간호사 이현주 선생이 담비의 어깨를 툭 쳤다.

"한 선생, 좋겠다."

"뭐가요?"

"우리 병원 킹카의 마음을 잡아서. 한 선생도 이우빈 선생을 좋아하는가 봐?"

"왜 그렇게 생각하는데요?"

"급작스런 키스를 했는데도 별 반응이 없잖아. 뺨이라도 때렸어야 하는 거 아니야?"

"아, 맞다. 뺨이라도 때렸어야 했는데……."

"뒷북치고 있네. 언제부터야?"

"뭐가요?"

"이우빈 선생과 언제부터 썸 탄 거냐고."

"선생님, 그만하세요."

"찐한 키스 나눌 때는 언제고. 지금 와서 내숭 떠는 것 좀 봐. 날짜 잡으면 연락해. 결혼식 갈 테니까. 알았지?"

담비는 한쪽 눈을 찡그리며 사라지는 현주를 보며 이내 옅은 미소를 지었다.

결혼한 지 1년 만에 처음으로 그의 눈에 불꽃이 튀는 걸 목격했다.

부부라고 말은 못 했지만 결혼할 수도 있는 가까운 사이라는 것은 공표한 상황이 되었다.

　김찬우 선생에게 감사해야 하나?

　우빈이 달라지기 시작했다. 그 변화가 무척 즐겁고 반가
웠기에 담비는 방금 전과는 달리 가벼운 발걸음을 옮겼다.

#6
왼쪽으로 걷는 남자,
오른쪽으로 걷는 여자

　우빈은 계속해서 시계를 바라보았다. 벌써 8시 10분이었다. 담비가 찬우와 저녁을 먹으러 간다고 병원을 나선 지한 시간 하고 정확히 10분이 지났다.

　늦은 병동 회진을 마치고 진료실에 앉아 그녀가 오기만을 기다리며 책을 뒤적거리던 그가 다시 자리에서 일어났다.

　저녁을 먹을 기분이 아니었다. 감히 자신이 있는 자리에서 담비를 좋아한다고 찬우가 큰 소리로 말했다. '한담비는 김찬우의 여자가 될 것입니다'라고 공표한 것이나 다름없었다.

병원 내에선 우빈을 향한 질투와 동정의 시선이 가득했다. 가는 곳마다 정말 담비와 키스를 했는지에 대해 궁금해했고, 교수들까지 그녀와 잘해 보라며 그의 어깨를 두드리고 지나갔다.

병원 직원들은 한 여자를 사이에 두고 두 남자가 벌이는 사랑싸움을 재미있게 지켜볼 심산이었다.

그녀의 입술을 빼앗으며 확실하게 경고를 날렸지만 찬우는 자신을 경쟁자쯤으로 여기는 것 같았다.

눈앞에서 아내를 빼앗긴 기분은 말로 표현할 수 없을 만큼 더러웠다.

이 여자는 내 아내라고 외치고 싶은 걸 꾹 참느라 입술을 깨물어 상처가 생겼다. 그 상처는 가슴속까지 파고들어 와 쓰리고 아픈 흔적을 남겨 버렸다.

이렇게 아플 줄 몰랐다. 그녀와 결혼한 사실을 비밀로 해야 했기에 오늘 같은 일이 또 일어날 수도 있었다. 그때도 참아야 할까? 그는 더 이상 참고 싶지 않았다.

불안한 마음에 이리저리 서성이던 우빈은 휴대폰 통화 버튼을 누를까 말까 망설이고 있었다. 그러다 이내 결심했는지 빠른 걸음으로 의국으로 향했다.

의국 문을 열어 봐도 그녀의 모습은 보이지 않았다. 혹시 기숙사로 갔나 싶어 그녀의 방문을 열었으나 그곳에도 없었다.

"약속한 시각에서 20분이나 지난 8시 20분이라고."

더 이상 인내심이 남아 있지 않았다. 전화를 하기 위해 통화 버튼을 누르자 가까운 곳에서 벨소리가 들려왔다. 소리가 들리는 곳으로 걸음을 옮기려던 순간 그녀가 한 손에 칫솔을 든 채 화장실에서 나왔다.

"한담비 선생, 언제 온 거야?"

"우, 아니, 선새니……."

우빈은 엉망진창인 발음으로 알은척을 하는 그녀의 손목을 다짜고짜 잡아끌고 화장실 옆 샤워실로 떠밀었다.

그는 구석에 있는 세면대를 손가락으로 가리켰다.

"뭐해. 빨리 입부터 헹구지 않고."

강제로 끌려오다시피 한 담비가 칫솔을 내려놓고 입을 헹구려다 번쩍 고개를 들었다.

그가 이곳으로 올 거라는 것은 이미 예상한 일이었다. 수술실 복도에서 사람들의 시선에도 아랑곳하지 않고 강제로 키스한 남자였기에.

울렁울렁. 심장이 흔들거렸다. 하지만 담비는 애써 가면을 쓴 척 무표정으로 무뚝뚝하게 되물었다.

"여긴 왜 왔어요?"

"언제 온 거야."

"5분 전쯤에요."

"왜 연락 안 했어?"

"내 맘이에요."

"내 맘이라……. 김찬우 선생이랑 먹는 밥은 맛있었어?"

"맛있었어요. 왜요?"

또박또박 당당하게 말하던 그녀의 눈동자가 흔들리기 시작했다. 그리고 분노로 일그러진 얼굴과 태울 듯이 자신을 보는 그의 시선에 조금씩 뒷걸음쳤다.

"우빈 씨."

"나는 누구 때문에 저녁도 굶었는데……."

흔들리는 그의 눈동자에 바람이 불고 불꽃이 이글거렸다. 그 눈빛이 너무나 뜨거워 시선을 마주 보는 것이 힘들지경이었다. 차라리 얼음처럼 차가운 시선을 견뎌 내는 것이 더 수월할 것 같았다.

"김찬우 선생 좋아해?"

"대답하고 싶지 않아요."

"좋아. 그럼, 밥 먹는 동안 내 생각 났어?"

"안 났어요."

우빈은 어이가 없다는 듯 담비를 바라보았다. 그녀가 정말 자신을 남편으로 알고 있기는 한 건지 의심스러웠다.

우빈은 병신같이 그녀에게 아무 말도 못 한 자신이 더 못

났다는 생각이 들었다. 그녀가 자신을 투명인간 취급하는 것 같아 불쾌감이 가슴속에서 들끓고 뒤엉켰다.

"한담비, 너 내가 누구라고 생각해?"

"이우빈 씨."

"그거 말고."

"남편……."

"분명 네 입으로 남편이라 했다."

"그래서요?"

그의 입가에 어렴풋이 미소가 드리워졌다가 사라졌다. 치약이 묻은 그녀의 입가는 마치 카푸치노 거품이 묻은 것처럼 달콤해 보였다. 그녀에게 빠져 숨 쉬는 것을 잊은 것은 바로 그 순간이었다. 허공에서 춤을 추고 있는 수많은 먼지들도 일순 정지한 것 같았다.

우빈은 손을 들어 샤워실의 문을 잠갔다.

똑딱. 그 소리에 놀란 담비가 눈을 동그랗게 떴다.

"지금 뭐하시는 거예요."

"조용히 해."

"이, 이우빈, 읍……."

그는 거친 손길로 그녀의 손목을 잡아당기며 붉은 입술에 자신의 입술을 내렸다. 칫솔질로 인해 차가워진 그녀의 입술에서 민트 냄새가 났다.

우빈은 화가 났다. 내 여자가 다른 남자에게 관심을 받고 있는 것을 알게 되는 기분이 이렇게 더러운지를 처음 느꼈기 때문이다.

"읍…… 하아."

부딪친 두 사람의 숨결이 뜨겁게 새어 나왔다. 그가 말캉말캉하고 보드라운 그녀의 혀를 쭉쭉 빨아들였다. 끝날 줄 모르던 지독한 입맞춤이 부드럽게 변하기 시작했다.

우빈의 혀가 주는 달콤함에 담비는 잠시 휘청거렸다. 손에 쥐고 있던 칫솔이 바닥에 떨어졌다. 뭐라도 잡지 않으면 주저앉을 것 같아 그의 두 팔을 잡아야 했다.

입안에 맴돌며 섞이는 타액이 너무 달콤해 맛있는 꿀이라도 맛보듯 그의 혀를 거칠게 빨아들였다.

태풍이 부는 날, 모든 것들이 어지러이 휘날리는 것처럼 그녀의 눈동자가 심하게 흔들렸다. 마치 즙이 많은 과일을 깨문 것처럼 더욱 깊은 맛을 느끼고 싶은 욕망이 가슴속에서부터 불붙는 듯했다.

한참 후에야 두 개의 입술이 떨어졌다. 거칠고 사정없었던 그의 혀 놀림 때문에 부풀어 오른 그녀의 입술에 생채기가 났다.

"아, 아파……."

"아파?"

"네."

우빈은 담비의 입술을 엄지손가락으로 가볍게 쓸었다. 타액이 묻어 반질반질해진 그녀의 입술은 물기에 젖어 있는 딸기처럼 붉으면서 향긋한 냄새가 났다.

아쉬움에 그는 그녀의 입술을 살짝 베어 물었다. 심장이 제 박자를 잃어버렸다. 기다림도 하나의 고문이었다.

"한담비, 내 마음은 더 아프다. 내가 왜 이런 것 같아?"

"몰라요. 말을 해 줘야 알죠. 그냥 김찬우 선생이랑 밥 먹지 말라고 한마디만 하면 되는 것을. 그게 그렇게 어려웠어요?"

순간 그의 얼굴에 혼란스러운 기색이 번졌다. 우빈은 작게 욕을 내뱉었다. 담비가 찬우와 보란 듯이 저녁을 먹고 온 이유를 깨달았다.

담비는 찬우와 밥을 먹으러 가지 말라는 그 한마디를 해 주길 바랐던 것이다.

우빈은 잠시 넋을 놓고 그녀를 보았다. 용기를 내어 수술실 복도에서 키스를 한 사람은 자신이었다. 그러니 그녀도 안 가겠다는 말 정도는 해 주었어야 했다.

"나는 사람들 많은 곳에서 키스를 했어. 김 선생과 밥을 안 먹겠다는 말쯤은 네가 할 수도 있잖아."

"하기 싫었다면 어쩔래요?"

"그 말을 하기가 그리 어려워?"

"이우빈 씨는 왜 안 했는데요."

"젠장, 아무도 우리 관계를 모르는데 어떡하라고!"

"그래서 입을 다무셨다고요?"

"그래. 생각 같아선 소리를 지르고 싶었어. 한담비는 내 아내라고."

두 사람의 대화는 점점 지기 싫어하는 자존심 싸움처럼 변해 갔다. 담비는 어금니를 꽉 문 채 잠시 입을 다물었다. 그와 대화를 하면 할수록 자꾸만 깊어지는 거리감에 당황스러워 화가 났다.

"키스해 놓고 그게 말이 되는 변명이에요? 이미 병원 안에 소문이 파다할 텐데."

"그래. 덕분에 넌 두 남자에게 동시에 사랑받는 행복한 여자가 되었지."

"행복한 여자 좋아하시네요. 분명히 이런 관계를 제안한 사람은 당신이에요."

"뭐?"

"그리고 내 일에 간섭하지 마세요. 나도 의사거든요?"

"누가 뭐랬어?"

"그냥, 예전의 이우빈 선생님으로 돌아가세요."

"예전의 나?"

어이없다는 표정을 짓고 있는 그를 보며 담비가 몸을 돌렸다. 그리고 흐트러진 옷매무새를 정리하며 샤워실을 나와 문을 꽝 닫았다.

그녀의 얼굴에는 그가 앞에 있었다면 절대로 짓지 못할 묘한 미소가 나타났다 사라졌다.

초조해지면 싸움에서 지는 법. 그가 점점 자신의 감정을 드러내자 그동안의 일들이 머릿속을 스쳐 지나갔다. 담비는 보상을 받은 느낌이 들어 또 한 번 미소를 지었다.

반대로 샤워실 안에 혼자 남은 우빈의 팔엔 파랗게 힘줄이 솟아났다. 그는 자신이 점점 이상하게 변해 가는 것을 느꼈다. 차분하고 냉정하기로 소문난 의사이건만 그녀와 함께 있으면 감정을 컨트롤할 수 없었다.

왜 자꾸만 그녀와 어긋나는지 알 수 없었다. 그녀에 대한 마음은 한구석에 차곡차곡 쌓여 가는데 말이다.

병원 안에서 담비에게 시선을 주지 않기 위해 얼마나 노력하는지 그녀는 모르는 것 같았다.

정말 그녀는 자신의 마음을 몰랐다. 그녀에게로 향하는 이 마음을……

▼　　　▼　　　▼

우빈은 텅 빈 침대를 보며 뒷목을 긁적였다. 이 자리의 주인이 오기를 기다렸지만 담비는 어젯밤도 집에 들어오지 않았다.

싸늘한 침실의 기운과는 달리 아침 햇살은 강하게 그를 내리쬐고 있었다. 다정한 손길로 어루만져 주는 것처럼 창가를 때리며 다가오는 그 햇살이 싫지 않았다.

사진 속 그녀의 미소처럼 맑고 따스했다.

"담비야! 우리 밥 먹······."

따스한 아침 햇살에 취한 그는 그녀가 곁에 없다는 사실을 그새 깜빡 잊어버렸다.

우빈은 쉬는 날이었지만 그녀는 쉴 수가 없었다. 그는 예정된 수술이 없었기에 주말 오프를 신청했다. 수술실 복도에서의 일이 있은 후 그녀는 오프도 반납하고 의도적으로 그를 피해 다녔다.

이우빈, 김찬우와 한담비가 삼각관계라는 소문이 병원 내에 퍼졌다.

우빈이 담비에게 고백했으나 차이고 그것을 알게 된 찬우가 기회를 잡았다는 식으로 말이 와전됐다.

담비가 찬우와 함께 저녁을 먹게 만든 건 그 자신이었다. 가는 그녀를 잡지 못하고 남자답지 못한 행동을 해 버렸다. 우빈은 토라진 그녀의 마음부터 돌려놓는 것이 급선무라고 생각했다.

주방으로 간 우빈은 냉장고 문을 열었다. 어제 양순이 들렀다 갔기에 냉장고 안은 반찬으로 가득했다.

물통을 꺼내 입을 축였다. 찬물이 식도를 타고 내려가자 가슴에서 싸한 느낌이 피어올랐다.

그는 결혼을 했으나 병원에선 총각 행세를 해야 했고, 집에서는 홀아비 신세를 면치 못했다.

설상가상 누나들은 아이는 언제 낳을 거냐고 자꾸 재촉을 했다. 미안함에 직접 말씀을 못 하는 엄마를 대신해 찔러 보는 것이었다.

그럴 때마다 무척 속상했다. 레지던트인 그녀에게 아이를 낳으라는 말은 의사를 그만두라는 것과 마찬가지였다.

시간만 되면 선보러 가라고 양순이 등을 떠밀어 결국 생각도 없었던 결혼을 하게 됐는데 그게 자신의 무덤이 될 줄은 몰랐다.

우빈은 결혼을 강요한 이유가 무엇이었는지 양순에게 따지듯 물었다.

이유는 아주 간단했다. 4대 독자를 끊기 위해서였다.

결혼할 여자가 있다는 것을 안 양순이 담비의 사주를 들고 유명하다는 점집을 돌아다닌 모양이었다.

우빈과 담비 사이에 아들 네 명, 딸 두 명이 있다고 무당이 말했다고 한다. 그걸 곧이 믿는 부모님의 속을 모를 리 없지만 현실을 생각하면 불가능했다.

아들 하나쯤은 낳아 줄 수 있다 쳐도 그다음은 가능성 제로였다.

그는 절로 나오는 한숨을 쉬었다.

"후……."

오늘따라 그녀의 빈자리가 더욱 크게 느껴졌다. 그는 병원에서 혼자 고군분투하고 있을 그녀에게 메시지를 보냈다.

〈오늘은 기분이 좀 어때?〉

담비에게서 답장이 온 건 그로부터 10분 뒤였다.

〈죽을 맛입니다.〉

돌아온 메시지를 보니 꽤나 바쁜 것 같았다.

의사라면 누구나 지옥 같은 레지던트 생활을 겪어야 했다. 그 고충을 모르는 것은 아니나 남편의 메시지에 이렇게 무뚝뚝하게 답을 하는 아내가 도대체 몇 명이나 될까.

우빈은 순간 심술이 났다.

〈한담비에게 이우빈은 어떤 존재야?〉

그 뒤로 답이 없자 우빈의 얼굴이 딱딱하게 굳어졌다. 창밖을 향해 시선을 돌리는 그의 입술에서 탄식 같은 한숨이 흘러나왔다.

아직까지 그녀에게 사랑한다는 말 한마디를 해 본 적 없었다. 하고 싶은 맘은 굴뚝같았다. 하지만 갑자기 생뚱맞게 사랑한다고 고백하면 그녀가 믿어 줄까 걱정이 앞섰다.

같은 직장에 있는 것도 한몫했다. 한담비는 항상 이우빈의 옆에 있으니까. 하지만 그녀는 꼭 옆에 있어야 하는 존재였다. 없으면 서운할 만큼 껌 딱지 같은 존재.

점점 그녀에게 물어보고 싶은 것이 많아진다. 자신을 어떻게 생각하냐고. 아니, 사랑하고 있냐고 말이다.

▼   ▼   ▼

평온한 토요일, 의국 구석에서 한 시간가량 쪽잠을 자던 담비는 일어나 우빈이 보낸 메시지를 중얼거렸다.

〈한담비에게 이우빈은 어떤 존재야?〉

"글쎄, 어떤 존재일까? 남편은 분명하고. 부부……. 쳇! 부부 좋아하네."

표현하자면 그와 자신은 걸으면 걸을수록 자꾸만 멀어지는 왼쪽으로 걷는 남자, 오른쪽으로 걷는 여자였다. 절대로 만나지 못하는 평행 관계보다 더한 관계였다.

그가 자신을 사랑해서 결혼한 것이 아니라 선보기 싫어 어쩔 수 없는 선택을 한 것을 알기에 어떠한 희망도 품지 않았다. 그게 그와의 관계가 더 나아질 수 없는 이유였다.

"후……."

그런데 요즘 들어 그가 달라졌다. 그녀는 그의 얼굴에서 '질투'라는 것을 확실히 보고 말았다. 김찬우 선생과 저녁을 먹고 들어온 날. 그는 감정을 고스란히 드러내며 샤워실 안으로 그녀를 잡아끌더니 한 번도 경험해 보지 못한 격정적이고 거친 키스를 퍼부었다.

혹시 그의 마음에 어떤 변화가 오기 시작한 것일까.

담비는 그가 어쩌면 자신을 사랑하고 있을지도 모른다는 생각이 들었다.

그렇다면 자신은?

이런저런 생각에 머릿속이 복잡해지자 담비는 지난밤 마치지 못했던 처방을 내리기 위해 자리에서 일어났다. 그러나 병동에서 곧 콜이 왔다.

종양외과 병동이다 보니 터미널 환자가 많아 어레스트*일지도 모른다는 생각에 담비는 재빨리 의국을 나와 병동으로 뛰어갔다.

호흡을 추스르며 스테이션 앞에 도착하자 찬우가 차트를 뒤적거리고 있는 것이 보였다. 이틀 전 만남 이후로 조금은 그가 부담스러웠지만 담비는 애써 그 감정을 잊어버리려 했다.

1년 차 본분에 맞춰 숨이 차도록 달려 나온 담비를 향해 찬우가 밝은 웃음을 보였다.

"뭐가 그리 급해?"

"호출 받았습니다. 무슨 일 있습니까?"

"그 호출 내가 했어."

"네?"

"시간 있을 때 빨리 가서 밥 먹고 오라고. 아직 아침 못 먹었잖아."

"선생님!"

앞으로 더 바빠질 테니 배를 미리 든든하게 채워 두라는 의미였다.

---

*어레스트:Arrest, 심정지 또는 호흡 정지.

담비는 그날 저녁 식사 자리에서 그에게 연애를 하고 싶은 마음이 없다고 말했다. 그 자리에서 자신이 결혼한 유부녀라는 말을 할 순 없었다. 분명히 거절을 했음에도 그는 기다려 준다고 했다.

자신을 진심으로 걱정해 주는 그를 속였다는 미안함에 담비는 고개를 푹 숙인 채로 몸을 돌렸다. 이렇게 착한 남자를 속이고 있다는 것이 죄스러울 정도였다.

그때 한 남자가 머릿속에 떠올랐다. 우빈이었다.

"이 남자, 밥은 먹었을까. 오프니까 아마 집 안을 다 뒤집어 놓고 청소를 하고 있을지도 몰라."

우빈의 생각을 하자 절로 불평이 쏟아졌다.

우빈은 참 무심한 남편이었다. 그와의 거리는 1년 차와 4년 차의 거리보다 훨씬 더 멀어 보였다.

'많이 힘들지, 힘들어도 참아'라고 다정한 메시지를 보내 주면 어디가 덧나나?

분명 한 발 다가오는 느낌이 들었는데 또다시 후퇴하는 것 같은 우빈의 모습에 구내식당으로 내려가는 담비의 발걸음이 무거워졌다.

우빈은 그동안 쌓였던 집 안의 먼지를 털어 내고 걸레질까지 마쳤다.

할아버지께서 돌아가셨으니 망정이지 만약 살아 계셨다면 집안이 발칵 뒤집혔을 일이었다. 4대 독자가 집안일을 하다니. 하늘이 두 쪽 나도 있을 수 없는 일이었다.

그러나 그에게 청소쯤은 아무것도 아니었다.

가사를 반반 나눠서 하기로 했지만 자연스레 집에 들어오는 횟수가 더 많은 그의 몫이 되어 버렸다.

청소를 마친 후 온몸이 땀으로 범벅된 우빈은 샤워를 하고 옷을 챙겨 입었다. 그리고 부엌으로 가 밥과 반찬을 도시락에 넣었다. 담비 생각이 났기 때문이다.

밥 짓는 것은 쉬웠다. 반찬이 문제였다. 그나마 다행히 매주 엄마와 장모님이 교대로 밑반찬을 만들어 주셨다.

어제는 엄마가 왔다 가셨다. 며느리 밥을 얻어먹을 팔자가 아니라 오히려 차려 줘야 한다며 투덜거리셨지만 담비를 위해 보약도 지어 오셨다.

먹고 죽은 귀신이 때깔도 곱다는 말이 있다. 아침도 못 먹었을 담비를 위해 우빈은 한 손에 도시락을 들고 집을 나왔다.

병원에 도착한 우빈은 의국부터 들렀다. 그러나 담비의 모습은 보이지 않았다.

"어디 갔지? 벌써 점심 먹었나……."

들고 온 도시락을 보면서 한숨을 내쉬던 우빈은 혹시나 하는 생각에 구내식당으로 가기 위해 발걸음을 옮겼다.

주말이라 엘리베이터 앞은 병문안을 온 사람들로 북적였다. 할 수 없이 비상구 문을 연 우빈은 계단으로 내려가며 휴대폰을 꺼내 들었다. 몇 번의 신호음이 가고 그녀의 목소리가 들려왔다.

그런데 아주 가까이에 그녀가 있는 것 같았다. 전화가 끊긴 상태에서도 서로의 목소리가 들릴 만큼 가까운 거리에.

"한담비!"

계단을 터벅터벅 내려가고 있던 그녀가 몸을 돌려 고개를 들었다.

"선생님, 여기 어쩐 일이세요?"

우빈은 도시락을 흔들며 성큼성큼 계단을 내려가 담비의 앞에 섰다. 그 모습에 놀란 담비가 눈을 동그랗게 떴다.

"왜. 내가 못 올 데라도 왔어?"

"아니, 그런 건 아닌데……요."

"점심 같이 먹자."

"점심이요?"

우빈은 어이가 없다는 듯 담비를 보았다.

이 여자, 정말 자신을 남편으로 알고 있기는 한 건가? 아내는 열심히 일하고 있는데 자신은 집에서 두 다리 쭉 뻗고 잠을 자고 있을 거라 생각하다니.

자신을 나쁘고 철없는 놈으로 취급하는 것 같아 불쾌함을 느끼며 그가 그녀의 얼굴 앞에 도시락을 들이밀었다.

"믿기지 않나 보네. 정말 도시락 싸 왔어."

"어, 정말이네요."

"점심은 먹었어?"

"지금 먹으러 가는 중이었어요."

"다행이다."

우빈은 가슴을 쓸어내리며 웃음을 지었다. 두 계단 위에 서 있다 보니 그녀와 시선을 맞추기 어려워 그가 고개를 숙였다. 갑자기 그의 시선이 가깝게 느껴지자 그녀가 한 계단 밑으로 내려갔다.

"왜요?"

"어디서 먹을까?"

"옥상으로 올라가요."

"그래."

우빈은 아직도 어리둥절해하는 담비의 손을 잡고 계단을 올랐다. 올라가는 내내 묘한 침묵이 그들의 위로 내려앉았다. 뒤에서 들려오는 작고 가벼운 그녀의 발걸음 소리가 자꾸만 그의 귓가와 심장의 가장 깊은 곳에 파고들었다.

우빈은 잠시 걸음을 멈췄다.

"한담비."

"네?"

"도대체 우리가 부부가 맞긴 한 건가?"

우빈이 알 수 없는 표정으로 담비를 바라보았다.

아주 가끔 그가 보여 주는, 딱히 뭐라 표현할 수 없는 표정이었다. 혼란스럽고 슬픈, 불안한 것 같기도 한 모습이었지만 그녀는 그 의미를 헤아려 보기도 전에 고개를 돌려 버렸다.

"결혼했잖아요. 양가 가족들 앞에서."

"그랬지. 그런데……."

그는 차마 우리가 언제 마지막으로 섹스를 나누었는지 기억하냐고 물어볼 수 없었다.

부부임을 확인하는 단계.

서로의 친밀도를 높여 주는 관계.

언제인지 기억할 수 없는 행위.

섹스는 그렇다고 쳐도 얼굴을 맞대고 기분 좋게 얘기를 한 적이 있는지조차 기억나지 않았다.

불과 며칠 전 엄마 생신날에도 따로 앉아 밥을 먹었다. 같이 밥을 먹는 것도 어려웠고, 함께 영화를 본 적도, 마트를 가 본 적도 없었다.

아무것도 함께한 것이 없었다. 점점 참을 수 없는 단계에 이르렀다.

사랑하는 아내인데 쉽게 안을 수 없는 상황이 되어 버렸다는 것이 속상했다. 우빈은 더 이상 속앓이를 하지 않기 위해 대놓고 물어보기로 결심했다.

"부부 놀이 이제 지겹지 않아?"

"무슨 뜻이에요?"

담비의 눈동자가 춤을 추는 것처럼 흔들렸다.

우빈은 아무 대답도 하지 않았다.

'바보야. 너를 사랑하게 되었다는 뜻이지.'

하지만 그 말은 입속에서만 뱅뱅 맴돌 뿐 밖으로 나오진 못했다. 고백하진 않았지만 그녀를 사랑하고 있는 건 분명했다.

사랑한다고 말하면 그녀는 과연 어떤 대답을 할까. 왜 이리 그녀에게 감정을 내비치는 일이 어려울까. 사랑을 고백하는 것은 그에게 간이식 수술을 하는 것보다 더 어렵고 진땀 빠지는 일이었다.

그가 선뜻 입을 열지 못한 이유가 있었다. 이런 식으로 이런 장소에서 그녀에게 고백하게 될 거라고는 상상도 한 적이 없기 때문이다.

그가 갈등하는 사이, 그녀의 표정은 점점 어두워졌다.

"그럼 수술실 복도에서 키스한 이유는 뭐예요?"

"그건 김찬우 선생이 너에게 고백을 했으니 그렇지. 감히 내 앞에서 고백을 해?"

담비는 우빈이 사람들이 보는 앞에서 키스를 한 건 자신을 사랑했기에, 내 여자를 다른 남자가 넘보지 못하도록 하기 위해서라 생각했었다. 그래서 내심 그것이 기쁘고 행복했다.

그런데 그게 아니었나 보다. 찬우를 내리누르기 위해 과시용으로 한 모양이었다. 찬우가 아직 못 해 본 키스를 자신은 했다는 걸 알리듯이.

순간 담비의 두 눈에 눈물이 핑 돌았다. 그가 너무 미워서 심장이 부서지는 것 같았다.

"이우빈 씨, 당신 진짜 구제 불능이다."

"뭐?"

"바보 머저리라고."

"그런 넌 나를 어떻게 생각하는데?"

"대답하기 싫어요."

담비는 우빈이 그랬던 것처럼 자신의 감정을 완벽하게 속이고 마음의 문을 닫아 버렸다. 그렇게 그들은 감정을 숨기고 또 한 번 서로에게 상처를 주고 말았다.

시선이 얽히자 두 사람은 서로 고개를 돌려 버렸다. 그녀는 계단 아래, 그는 계단 위에 서서 서로를 똑바로 바라보지 못했다.

결국 그날 점심도 두 사람은 식사를 함께하지 못했다.

때마침 콜이 울렸다. 담비는 기다렸다는 듯 잽싸게 비상
구를 나섰다.

창으로 들어온 여름 햇살이 그녀가 떠난 자리에 반사되
어 사방으로 흩어졌다. 절대로 한곳으로 모일 수 없을 정도
로.

그것은 두 사람의 사이와 정말 비슷했다.

이우빈이라는 남자

오늘은 담비가 집에 오는 날이었다.

우빈은 담비가 집에서 마음 편히 쉴 수 있도록 집 안 청소를 마친 다음, 식사 준비를 했다.

그날 그녀와 점심 식사를 같이 먹지 못한 것이 마음에 걸렸기 때문이다.

하지만 담비는 밤 9시가 되도록 집에 오지 않았다. 전화를 했으나 받지 않아 결국 우빈은 주차장 앞에서 기다리기로 마음먹었다.

그녀를 기다리는 그의 모습에서 지독한 외로움의 그림자가 엿보였다.

얼마쯤 기다렸을까. 그녀의 차가 모습을 드러냈다. 반가운 마음에 우빈은 달려가 차 문을 열었다. 하지만 운전석에 앉아 있던 사람은 담비가 아니라 대리 운전기사였다. 우빈이 굳은 표정으로 입을 열었다.

"얼마죠?"

"2만 원입니다."

"여기 있습니다."

기사에게 2만 원을 건넨 우빈은 뒷좌석에 비스듬히 앉아 있는 담비를 붙잡아 일으켜 세웠다.

그러나 그의 손길에 그녀는 매몰차게 몸을 틀었다.

"이거 놔요."

"술 많이 마셨어?"

"조금 마셨어요."

"나랑 같이 마셨으면 좋았을 텐데."

"나 혼자 마시고 싶어서 마신 것뿐이니 상관 마세요."

차에서 내려 걸어가는 그녀의 뒷모습은 무척이나 위태로워 보였다. 결국 그녀는 얼마 걷지 못하고 그의 손에 어깨를 잡혔다.

"잘 걷지도 못하면서 그만 튕기시지."

"이거 놔요."

"더 소리 질러 봐. 내가 어떻게 그 입을 막는지 알려 줄 테니깐."

우빈은 비틀거리는 담비를 덜렁 안고 집으로 향했다.

집 안으로 들어선 그는 거실 소파에 그녀를 내려놓았다. 흐트러진 그녀의 모습을 본 그는 가슴속이 아리는 통증에 어금니를 사리물었다.

"물 받아 줄 테니까 씻고 자."

"후, 그래요."

발작처럼 날카로운 담비의 말소리가 거실 안을 떠돌며 불안한 공기를 더욱 차갑게 만들었다.

담비는 답답함에 가슴을 움켜쥐었다. 소리를 지르고 싶을 정도로 이 상황이 답답했다.

우빈은 조심스레 숨을 몰아쉬며 아무렇지 않은 표정을 짓기 위해 애썼다. 하지만 쉽지 않았다.

"많이 취했네. 화도 낼 줄 알고. 화내는 건 내 특기인데."

"너무 따분해. 재미없어."

"재미없다고? 그럼 재미있는 건 뭔데!"

결국 우빈도 소리를 지르고 말았다. 자신의 마음을 몰라주는 그녀가 너무 미워서 화를 낼 수밖에 없었다. 담비는 바싹바싹 마른 그의 날카로운 음성이 온몸을 찔러 피가 날 것만 같았다. 지독하리만큼 아팠다. 그 아픔이 가슴속까지 파고들어 오는 느낌이 들었지만 상관하고 싶지 않았다.

"나도 몰라요. 그걸 내가 어떻……."

우빈은 담비의 턱을 올리고 바로 입을 맞췄다.

"읍……."

뜨거운 그의 혀가 현란하고 잽싸게 자신의 입안에서 움직이자 담비는 마비된 듯 꼼짝할 수 없었다. 그는 입술을 떼었다가 부딪쳤다가 또 오물오물 깨물었다가 혀를 들이밀어 마음껏 그녀의 입술을 가지고 놀았다.

"천, 천천히."

"실컷 먹을 거야."

담비의 입술에선 술맛이 났다. 우빈은 그 맛을 더욱 느껴보기 위해 담비의 입술과 혀를 물어뜯듯이 빨아들였다. 그는 뜨거운 두 기둥이 맞물려 마찰음 소리가 날 정도로 입안을 탐하며 타액을 꿀꺽꿀꺽 삼켰다.

그것으로 모자랐는지 도리질 치며 벗어나려는 담비의 반항을 조금도 용납하지 않겠다는 듯 입안을 휘저으며 혀가 끊어져라 빨았다. 허락을 구하는 키스가 아닌 약탈하듯 강한 입맞춤이었다.

커다란 그녀의 눈망울이 그를 원망하며 눈물 속에 잠겼다. 혀끝이 아리도록 아팠고, 넘어가는 눈물은 서러웠다.

어렵게 입술을 뗀 그에게서 참지 못한 신음이 흘러나왔다. 오롯이 그녀에게 고정된 그의 검은 눈동자는 격랑에 휩

쏠린 듯 거세게 일렁이고 있었다.

"오늘은 거부하지 마. 나도 내가 어떻게 변할지 모르니까."

"우빈 씨."

그의 눈이 슬프게 흔들렸다. 바람에 흔들리는 가녀린 촛불처럼 발갛게 타오르면서도 위태로워 보였다. 분노와 아픔이 절절히 묻어 나오는 그 눈빛을 보지 않기 위해 그녀는 눈을 감았다.

하지만 눈을 감아도 그의 모습이 또렷이 보였다. 자신을 뚫어져라 보고 있는 그의 뜨거운 시선이…….

우빈은 담비의 옷을 벗기기 시작했다. 담비의 몸부림에도 아랑곳하지 않고 마지막 속옷까지 벗겨 버렸다.

그 역시 완벽한 나신이 되었다. 그의 몸은 건강하고 탄력이 넘쳤고, 그녀의 작은 몸은 하얗게 빛났다.

그녀를 침대에 눕히고 그가 그 위에 올라탔다.

두 사람은 건강한 남자와 여자였다. 그동안 욕망을 감추고 있었으니 몸과 마음이 다친 상태였다.

"하아."

머뭇거림은 없었다. 손바닥을 빠듯하게 채울 만큼 풍만하고 탄력적인 젖가슴이 그의 손안에서 일그러졌다. 그는 손가락을 내려 그녀의 안을 비집고 들어가 젖어 있는 꽃잎을 조심스럽게 드나들었다.

탄력적이고 불덩이처럼 뜨거운 그녀의 길이 그의 손가락을 강하게 움켜쥐었다.

그는 그녀를 옴짝달싹 못하게 가둔 채 거침없이 손을 움직였다.

아래로, 아래로. 깊이, 더 깊이.

"으으으."

서로가 서로를 원했다. 두 사람 사이에 부끄러움은 온데간데없이 사라졌다.

우빈은 앙증맞게 솟아오른 담비의 유두를 덥석 물고 빨았다. 이곳에서 자신의 아기가 먹을 젖이 나온다면 얼마나 맛있을까 하는 생각에 온몸의 열기가 더욱 뜨겁게 흘러내렸다.

그녀의 열매에서는 끊임없이 과즙이 흘러나왔고, 그의 손길과 입술이 닿은 몸에는 뜨거운 열꽃이 쉼 없이 피어났다.

이미 부풀대로 부풀어 달래지 않으면 터지기 일보 직전인 남성의 끝에 맑은 이슬이 맺혔다. 검고 풍성한 비밀의 숲 역시 그에게 다가오라며 입구를 살짝 열고 유혹을 해 왔다.

그가 그녀의 엉덩이를 번쩍 추켜올렸다. 탱글탱글한 둥근 박 사이에 피어 있는 호박꽃을 보니 입이 절로 벌어졌다. 숨 쉬기가 어려울 정도로 벅찼다.

꿈이라 해도 믿을 수 없을 것 같았다. 꿀을 따는 벌처럼
그가 한순간에 그곳으로 날아들었다.

쪽쪽. 게걸스럽게 그녀를 탐했다. 촉촉하고 끈적끈적한
꿀을 핥아 대니 정염의 샘이 주르륵 흘러 그의 입안을 뜨겁
게 달구었다. 속살을 핥는 그의 뜨거운 입술과 혀에 그녀의
엉덩이가 들썩거렸다. 델 듯 뜨거운 호흡이 은밀한 곳으로
모조리 모이는 기분이었다.

"하아, 제발 그만해요."

"좋다고 말해 줘."

"좋, 좋아요!"

숨이 넘어가는 그녀의 애원이 들렸지만 우빈은 멈출 수
없었다. 본능에 따라 혀를 미친 듯이 움직이자 그녀가 머리
를 흔들며 몸부림쳤다.

그가 동굴 절벽에 외로이 피어 있는 한 송이 꽃을 혀끝으
로 톡 건드리자 그녀가 몸을 뒤로 움찔거렸다. 이곳이 성감
대라는 게 맞는 듯했다.

우빈은 그곳을 집중적으로 홀짝거렸다. 입술 끝으로 살
짝 씹고 빨며 핥기도 했다. 입안 가득 빨아들인 그녀의 속
살을 혀로 꼼꼼히 맛보았다. 꽃잎에서 드디어 말간 물이 흘
러내렸다.

그는 그것이 무슨 맛일까 궁금해 혀로 길게 쓰윽 핥아 올렸다. 어디에서도 맛볼 수 없었던 내 여자의 맛. 사람을 미치게 만드는 달콤하면서도 알싸한 맛이었다. 그는 그녀가 자꾸만 욕심이 났다.

그녀의 꽃잎은 눈이 부셔 차마 바라볼 수 없을 만큼 아름다운 보석이었다.

"더 이상 못 참겠다."

우빈의 남성이 그녀의 안으로 밀고 들어갔다. 너무 오랜만이라 그런지 안은 비좁았다. 하지만 그는 포기하지 않고 여러 번의 진입을 시도하며 그녀의 몸 안에 들어가 완벽하게 자리를 잡았다.

"으으으윽!"

담비의 신음 소리가 들렸지만 우빈은 한 치의 빈틈도 없이 그녀와 하나가 되었다는 사실에 가슴이 터질 지경이었다.

강철 같은 남성이 만들어 내는 존재감은 지독히 자극적이었다. 담비의 엉덩이를 양손으로 꽉 잡은 우빈은 능숙하게 허리를 움직였다. 처음엔 느릿느릿 움직이다 곧 리듬을 타며 속도를 내기 시작했다. 움직임이 강렬해지면서 빨라지자 그의 몸이 바닥으로 꺼질 듯 가라앉았고, 그녀는 어지러움에 눈을 감았다.

"으음……."

"하아…… 하악."

맨살끼리 부딪치는 느낌이 이렇게 좋은 것이었던가.

분홍빛 속살들이 빈틈없이 남성을 물고 잡아당기는 통에 그의 허리짓은 점점 더 격렬해졌다. 위험스러울 만큼 격렬하고 거친 쾌감의 회오리가 한 몸이 된 그들의 모든 것을 삼켜 버린 듯했다.

우빈은 담비의 다리를 자신의 어깨에 올렸다. 온전히 자신을 받아들이는 그곳을 쉴 새 없이 왕복하면서 그 끝이 어디인지 알고 싶은 마음에 더욱 깊이 파고들어 갔다.

철썩철썩. 파도 소리가 점점 거칠고 빠르게 변할수록 그 위험 수위는 높아져만 갔다. 그녀는 삼키면 삼킬수록 갈증이 남는 불꽃 같았다.

"천, 천천히!"

"너무 오래 참아서 힘들어."

몸이 분열되는 것 같은 격정적인 움직임에 그녀는 그의 어깨를 꽉 움켜잡았다. 그의 말대로 너무 오래 참았다. 섹스는 고통스러움을 동반하기도 했지만 욕망을 마음껏 분출할 수 있는 쾌락의 향연이기도 했다.

자르르 온몸에 전기가 흐르면서 배 속에서 간질간질하고 몽글몽글한 무언가가 마구마구 번져 나갔다.

오르가슴이었다. 이내 감당하기 힘든 절정의 순간이 다가오자 뜨거운 것이 세차게 그녀의 안으로 뿜어져 들어왔다.

"윽, 윽!"

피임을 하지 않은 채 그는 자신의 그것을 그녀의 안으로 속사포처럼 쏟아부었다.

사랑이 아니고선 이해할 수 없는 것들. 사랑이기에 할 수 있는 불같은 행동들……. 그게 바로 지금 같은 섹스였다.

"하아, 하아."

가쁜 숨을 쉬는 두 사람의 몸이 오르락내리락하며 기쁨의 행진이 서서히 끝나고 있음을 알렸다.

한차례의 격정적인 시간이 지난 후 우빈은 담비를 품에 안고 식지 않은 여운을 즐겼다. 붉게 상기된 두 뺨과 흐트러지지 않은 그녀의 숨소리가 귓가에 아름다운 선율로 들려왔다.

하지만 탄력적인 젖가슴과 엉덩이를 매만지는 그의 손길은 여전히 움직이고 있었다. 한 번으로는 부족하다는 신호였다.

"너무 예쁘다."

"그만 만져요. 나 졸려요."

"한 번으로 끝내려고? 안 되는데……."

"나 잘 거니까 괴롭히지 마요."

지쳤는지 담비는 금세 잠에 빠져 버렸다.

잔잔한 물줄기가 졸졸 흘러 작은 길이 생기듯 우빈과 새롭게 시작하고 싶었기에 했던 섹스였다. 한번 흘러내린 물은 절대로 거꾸로 올라갈 수 없듯이 결혼을 없던 일이라 할 수 없다는 걸 그녀도 잘 알고 있었다.

우빈은 잠이 든 담비를 보고는 미안한 마음이 들었다. 참았던 욕망을 마음껏 그녀의 몸 안에 풀어냈지만 아이러니하게 가장 깊은 곳에 도달한 안도감과 만족감 뒤로 슬픔이 찾아왔다.

사랑한다는 말도 하지 못했고, 좀 더 그녀가 느낄 수 있도록 제대로 된 배려와 사랑을 베풀지 못했다.

미안한 마음에 담비의 귓가에 우빈이 작게 속삭였다.

"사랑한다. 한담비."

▼   ▼   ▼

올해는 장마가 일찍 시작되려나 보다. 하늘에서 물을 쏟아 내는 것처럼 비가 억수같이 쏟아졌다.

진료를 끝낸 우빈은 같이 저녁을 먹자는 병원장의 전화를 받고 병원을 나섰다.

퇴근 시간이기도 했지만 비가 와서 차가 서행을 하는 바람에 겨우 약속 시각에 맞춰 도착할 수 있었다. 레스토랑에 들어간 우빈은 두리번거리며 병원장을 찾았으나 그는 보이지 않고 대신 20대 중반의 여자가 일어나 인사를 했다.

"이우빈 선생님이시죠?"

"네, 그런데요."

"저는 오동호 병원장님 딸입니다."

"아, 예……."

그제야 그는 병원장이 갑작스레 저녁 약속을 잡은 이유를 알게 되었다. 혜정은 당황스런 기색을 감추지 못하는 그에게 손을 내밀었다. 잠시 머뭇거리던 우빈은 그 손을 맞잡았다.

"만나서 반갑습니다. 오혜정입니다."

"안녕하세요. 이우빈입니다."

"앉으시죠."

우빈은 혜정의 키가 굉장히 크다고 생각했다. 운동화를 신었지만 180cm가 넘는 자신의 키와 엇비슷해 보였다.

복장 또한 자유로워 보였다. 그녀는 찢어진 청바지에 헐렁한 박스 티, 그리고 카디건을 입고 있었다.

자연스런 그녀의 모습에 마음이 조금은 편안해졌다. 그녀가 격식에 맞춰 정장을 입고 왔더라면 더욱 불편한 자리가 될 뻔했다.

"뭘 드시겠습니까?"

"아메리카노요. 뜨겁고 진하게요."

"여기 아메리카노 두 잔이요."

주문을 마친 혜정은 한숨을 내쉬었다.

도살장에 끌려온 사람처럼 침묵을 유지하고 있는 그를 향해 그녀는 할 수 없이 먼저 말을 내뱉었다.

"아버지께서 아무 말도 안 하신 모양이네요."

"네. 저녁을 같이 먹자고 하셨습니다."

"아버지도, 참. 딸 시집보내려고 하는 것 맞으신가?"

혜정은 고전적인 미인이라기보다는 도시적인 미인형으로 전반적으로 가는 몸매의 소유자였다.

그런데 왠지 느낌이 이상했다. 마른 몸매라 하기엔 온몸의 수분이 다 빠져나간 것처럼 건조하고 퍽퍽해 보였다. 카디건을 입고 있었지만 부러질 것 같은 손목과 발목까지 가릴 수는 없었다.

볼은 홀쭉하고, 살갗은 거친 느낌이었다. 화장으로 누렇게 뜬 얼굴을 애써 가린 듯했다. 혹시 어디가 아픈 것은 아닌가 하는 생각에 우빈은 다시 한 번 그녀를 바라보았다.

"혹시……."

"네?"

"아, 아닙니다."

당황한 우빈은 마침 웨이터가 가져온 커피를 한 모금 마시며 유리창 밖으로 시선을 주었다.

하늘은 그의 마음처럼 우울한 회색빛이었고 비는 체에 거르지 못한 분비물을 마구 쏟아 내며 공기를 빽빽하게 메우고 있었다.

"장마가 시작되려는가 봅니다. 한동안 날씨가 지루하겠죠?"

"네, 제 삶처럼 지루하겠죠."

우빈은 고개를 돌려 혜정을 바라보았다. 어딘가 모르게 불안해 보였다.

병원장의 딸이니 부족함 없이 자랐을 거고, 머리도 좋을 터였다. 얼굴도 예쁜 축에 껴서 그녀는 충분히 삶을 즐기고도 남을 조건을 갖추고 있었다.

그러나 혜정의 얼굴은 어둡고 우울했다.

"어제 잠을 잘 못 주무셨나 봐요."

"왜요?"

"피곤해 보입니다. 아니면 몸이 안 좋으신가요?"

"제가 아파 보이나요?"

"네, 조금."

"초면에 실례의 말씀을 하시네요."

"죄송합니다. 의사의 직감이라고나 할까요."

커피를 한 모금 마시던 혜정은 우빈을 탐색하듯 살폈다. 그는 잘생겼다는 표현만으로는 어딘가 부족했다. 선이 굵직굵직한 콧날과 단정한 입술은 그의 외모를 빛내기에 충분했다. 다만 한 가지 마음에 들지 않는 면은 그의 잘생긴 얼굴을 가리는 어두움이었다.

"우빈 씨는 제가 마음에 안 드시나 봐요."

"마음에 안 드는 것이 아니라 너무 갑작스러워서요."

"병원에서 인기 많으시겠어요."

"네?"

"이우빈 씨, 저 어때요?"

그녀의 질문으로 마주치던 두 개의 시선이 갈라졌다. 하나의 눈빛은 무척 뜨거웠고, 나머지 하나는 고민하듯 어두워졌다.

우빈은 유부남인 자신이 이곳에 와 있다는 것 자체가 죄스러웠다. 이 상황을 어떻게 처리해야 할지 난감했다.

이 사실을 안다면 담비는 어떤 표정을 지을까. 울까, 아니면 기가 막혀 웃어 버릴까.

담비의 반응과 상관없이 지금의 이 만남은 그녀를 배신하는 일임에 분명했다.

"오혜정 씨, 난 사랑하는 여자가 있습니다. 아마 병원장님께서도 알고 계실 것 같은데요."

"아버지께서 아신다고요?"

"네."

그가 아주 간단하지만 무거운 대답을 내뱉었다. 그러나 그녀는 의외로 그 대답을 당연하다는 듯 받아들였다.

"당신같이 잘나고 멋있는 남자에게 여자 친구가 없다는 것은 말이 되지 않죠."

여자 친구가 아니라 아내가 있다는 말을 하고 싶었으나 우빈은 입을 다물었다. 병원장은 수술실 복도에서 있었던 키스 사건을 남자들의 기 싸움쯤으로 인식하고 있는 듯했다. 일이 더 커지기 전에 병원장님께 하루 빨리 결혼 사실을 알려야 겠다는 생각이 들었다.

우빈은 채 식지 않은 아메리카노를 단번에 마셔 버렸다. 진한 카페인이 녹아 있는 뜨거운 커피가 목구멍을 타고 흘러 내려가자 복잡했던 머리가 약간 맑아지는 듯했다.

"식지도 않은 커피를 한꺼번에 다 드시다니요. 괜찮으세요?"

"뜨거운지도 몰랐습니다."

"김 간호사님께 아메리카노를 더 뜨겁게 가져다 놓아 달 라고 해야겠네요."

"설마 책상 위에 있던 아메리카노?"

"네, 제가 김 간호사님께 부탁드렸습니다."

놀란 우빈은 머리를 맑게 하기 위해 급히 심호흡을 했지만 오히려 가슴이 더욱 조여 옴을 느꼈다.

한 달 가까이 아침을 편안하게 시작하도록 해 준 커피의 주인공이 혜정이라는 사실을 알게 되자 당황스러웠다. 한편으로는 더 이상 그녀를 속이면 안 되겠다고 생각해 조심스레 입을 열었다.

"오혜정 씨, 저는……."

"누군지 얘기를 못 하시는 걸 보니 같은 과 레지던트인가 보죠?"

"네, 맞습니다."

"좋아요, 이우빈 씨. 우리 거래하죠."

"거래요?"

"이우빈 씨에게 비밀이 있는 것 같은데 더는 캐묻지 않겠습니다. 대신 날 세 번만 만나 줘요."

"싫습니다."

"싫어요?"

"네. 만약 제가 혜정 씨를 만난다는 걸 알면 제 여자 친구가 울 겁니다. 그녀를 울리고 싶지 않습니다."

"이우빈 선생님. 저 사실은……."

뒤이어 그녀의 입에서 흘러나온 말은 충격적이었다. 마지막 말을 마친 후 울음을 참는 듯한 그녀의 떨리는 목소리가 작게 들려왔다.

우빈은 잠시 밖을 내다보며 생각에 잠겼다. 역시 의사의 직감은 무시할 수가 없었다. 혜정이 세 번만 만나 달라고 했던 이유를 알 것 같았다. 아버지에게도 털어놓을 수 없는 비밀을 혹시나 의사인 자신에게는 얘기할 수 있을지도 모른다는 생각 때문이었다.

고민 끝에 그가 어렵게 한마디를 내뱉었다. 그 말밖엔 해 줄 말이 없었다.

"힘드셨겠습니다."

"이젠 다 정리했어요. 아버지께서 만들어 놓은 계획표를 따르며 더 이상 지루하게 살고 싶지 않아요. 얼마 남지 않은 인생인데 행복하게 살아야죠."

"오혜정 씨."

"동정은 필요 없습니다."

"좋습니다. 비밀은 지켜 드리겠습니다. 대신……."

"네, 말씀하세요."

잠시 머뭇거리던 우빈은 찬물로 목을 축인 뒤 천천히 입을 열었다.

"전 이미 아내가 있는 유부남입니다."

놀라움에 혜정이 눈을 동그랗게 치켜떴다. 아버지가 이런 실수를 하다니 믿을 수 없었다. 그렇다면 이 남자가 결혼했다는 사실은 누구도 알지 못한다는 얘기였다.

오랜만에 마음을 털어놓을 수 있는 남자를 만났다고 생각했는데 혜정은 참으로 안타까웠다.

"그 사실을 비밀로 했다는 건 우리 병원 의사이고, 혼인 신고는 아직 안 한 상태라는 거네요."

고개를 끄덕이는 우빈에게 혜정은 손을 내밀어 악수를 청했다.

"좋아요. 우린 이제 공범자예요."

"그렇게 되어 버렸네요."

"그런 의미로 술 어떻습니까?"

"술은 안 되고 제가 저녁을 사 드리겠습니다."

"환자라 이겁니까?"

우빈은 대답을 회피하며 호출 버튼을 눌렀다.

혜정은 모처럼 마음을 펼쳐 보일 수 있는 사람을 만나 기분이 한결 좋았다.

이런 남자를 남편으로 둔 여자는 얼마나 행복할까.

혜정은 우빈을 놓친 자신이 참으로 복 없는 여자라 생각했다.

수술실에 들어가기 위해 탈의실에서 수술복을 입던 담비

는 뒤쪽 사물함에서 다른 과 레지던트 1년 차들이 쑥덕거리는 소리에 자동적으로 귀를 기울였다.

"이우빈 선생님 얘기 들었어?"

"뭔데, 빨리 말해 봐."

"우리 과 인턴이 탈의실 잘못 들어갔다가, 이우빈 선생님 상의 탈의한 모습을 봤대."

"정말?"

"복근 예술이었대. 확 덮치고 싶을 만큼."

"멘사 출신에 곧 전문의 되지. 인물 죽이지. 착한 몸매 가졌지. 거기다 수술에서도 이 선생님 실력을 따라갈 의사가 없잖아."

"그래, 완전 짱! 도대체 무슨 복을 타고난 거지?"

"그런데 이우빈 선생님이 한 선생을 짝사랑한다는 소문이 있어. 있잖아, 그때 그 키스 사건."

"아니라는데? 김찬우 선생이 한 선생을 좋아한다고 하니까 홧김에 키스한 거라던데? 괜히 지기 싫어서."

"어떤 게 진짜야?"

"몰라. 나 미친 척하고 이 선생님 한번 꼬셔 볼까? 안 그래도 병원장님이 이우빈 선생님 눈독 들인다는 소문이 있어. 미국 유학 중인 딸 있잖아."

"진짜야? 아깝다."

"아까우면 네가 먼저 꼬리 쳐 봐."

"그래 볼까?"

"아우, 야!"

야릇한 음흉함이 넘쳐흐르는 목소리로 뭐가 그리 신나는
지 연신 속닥거리던 여의사들이 탈의실을 나갔다.

불쾌해진 담비는 가운을 신경질적으로 사물함 안에 집어
던졌다.

'남의 남편을 확 덮치고 싶어?'

생각 같아선 '그 잘난 남자가 내 남편이다'라고 말하고
싶었지만 입을 굳게 다물었다.

며칠 전 그와 섹스를 하고 난 뒤 조금은 마음의 여유가
생겼다. 술에 취한 상태로 그와 사랑을 나누긴 했지만 몸은
똑똑히 그날의 감각을 기억하고 있었다.

'병원장님까지 탐내다니. 하긴, 어지간히 잘났어야지.'

도대체 그에게 눈독 들이는 여자가 몇 명이나 되는지 모
르겠다. 요즘 들어 갑자기 싸늘한 태도로 일관하는 미정을
비롯하여 병원장 딸, 여자 인턴과 레지던트 등 수없이 많았
다.

담비는 탈의실 옷장에 달려 있는 거울을 보았다. 27년 동
안 보아 온 얼굴인데도 마치 처음인 것처럼 낯설었다.

"눈, 코, 입……."

지금까지 이렇게 얼굴을 찬찬히 뜯어본 적은 없었다. 눈은 왜 이리 작을까. 코는 왜 이리 못났을까?

남몰래 한숨을 내쉬며 탈의실을 나오던 담비는 때마침 반대편 남자 탈의실에서 나오는 우빈과 정면으로 부딪쳤다.

"후……."

빨리 수술실로 들어가 수술 준비를 마쳐야 했기에 다른 생각은 하지 말아야 함에도 불구하고 자꾸 머릿속이 복잡해지자 그녀는 한숨을 내쉬었다.

잘하라는 따뜻한 말이라도 건네야 하는데 탈의실에서 들었던 이야기가 생각나자 담비는 일부러 그를 모른 척하며 스크럽 스테이션 쪽으로 성큼성큼 걸어갔다.

수술실 복도를 걷고 있던 우빈은 작은 신음과 함께 이맛살을 찌푸렸다. 담비가 찬바람을 일으키며 지나갔기 때문이었다.

수술을 앞두고 긴장한 사람은 자신이었다. 잘하라 용기를 북돋아 주진 못할망정 그녀는 알은척도 하지 않고 냉랭한 모습으로 지나쳐 갔다. 완벽한 무시였다.

며칠 전 섹스로 인해 멀어진 관계가 조금은 회복되었을 거라고 생각했는데 역시나 아니었다. 서운했다. 싸늘한 그녀의 시선에 넘을 수 없는 단단한 벽 바깥으로 쫓겨나 버린 기분이 들었다.

"한담비 선생!"

분명히 자신을 부르는 소리를 들었을 텐데 그녀는 돌아보지 않고 수술실 앞에 있던 찬우와 웃으며 대화를 나눴다. 이가 드러날 정도로 환하게 말이다.

화가 난 우빈은 스크럽 스테이션의 발판을 세게 밟으며 쏟아지는 물줄기 밑으로 두 팔을 가져가 핸드 스크럽을 하기 시작했다.

오늘 복강경으로 간 절제술(Hepatectomy)을 시행할 45세 김명종 환자는 김정철 교수와 우빈이 수술을 집도하기로 했다. 마취가 시작되고 얼마 후, 수술의 시작을 알리는 등이 켜졌다.

간은 몸속의 장기 중 제일 크다. 재생 능력이 뛰어나다고는 하나 진단과 치료가 쉽지 않다. 게다가 증상 발현이 늦어 이미 병이 상당히 진행된 상태에서 발견되는 경우가 많았다.

이 환자 역시 마찬가지였다. B형 간염 보균자인 줄 모르고 지내다 20년 전 우연히 알게 되었는데 그 위험성을 모르고 관리를 하지 않았다. 그것이 결국 간 경변을 거쳐 간암 진단까지 받고 말았다.

수술에 앞서 저하된 간의 기능을 정상으로 만드는 치료

를 먼저 시행했다. 좌측 하단 3번 분절에 있는 1.5cm의 악성 종양과, 1번 분절에 위치한 0.5cm 크기의 종양 두 개를 처리해야 했다.

가장 큰 문제는 1번 분절 쪽에 있는 종양이었다. 척추와 대동맥에 가까워 제거하기가 무척 어려운 부위였다.

담비는 신속하고 정확하게 우측 간을 절제하는 우빈의 손놀림을 잠시 존경의 시선으로 바라보았다.

역시 이우빈이었다. 물론 김 교수의 집도하에 수술이 진행되기는 했지만 메스를 쥐고 앞에서 이끌어 나가고 있는 건 그였다.

간 부분 절제술의 최대 목표는 최소 절제에 있었다. 세밀하고 정확하게 종양을 절제해 나가야 했다. 그것은 섬세하고 세밀한 집도의의 능력에 달린 것이었다.

복강경으로 보니 일단 종양 하나는 간 표면에 뚜렷이 나타나 있어 어렵지 않게 부위를 가늠하고 절제에 성공했다.

뒤쪽 미상엽에 접근한 그는 종양이 표면에 가까운지 아니면 내부에 가까운지 다시 한 번 확인을 했다. MRI를 직접 재확인하며 어떻게 절제를 해야 할지 결정한 그가 수술을 시작했다.

절제와 지혈을 반복한 그는 두 번째 종양 제거에도 성공했다.

마치 직접 눈으로 보고 도려낸 듯 0.1cm 차이를 두고 단면과 붙어 있던 암을 잘라 냈다. 김명종 환자의 간은 최대한 많은 부분이 남게 되었다. 아주 성공리에 수술이 끝났다.

김 교수는 매우 만족한 표정을 지었다.

"수고했어. 이우빈 선생."

"감사합니다. 교수님."

생각보다 어려웠던 수술을 끝낸 우빈이 수술실을 나왔다.

간을 잘라 낼 경우엔 간부전과 간 기능이 떨어져 수술 후 합병증으로 환자가 위험할 수 있기에 더욱 긴장하며 수술에 임했다.

뒤따라 나오는 담비를 발견한 우빈이 그 자리에 멈춰 섰다. 덕분에 그녀는 그의 가슴팍에 얼굴을 박고 말았다.

"죄송합니다."

그는 아무런 대답도 하지 않고 냉랭하게 걸음을 옮겼다.

수술하는 내내 그녀를 보지 않기 위해 많은 노력을 했다. 눈을 동그랗게 뜨고 하나라도 더 배우려는 그녀의 자세는 예뻐도 너무 예뻤다. 아무래도 앞으론 그녀와 함께 수술실에 들어가는 것을 고려해야 할 것 같았다. 손이 떨려 하마터면 실수를 할 뻔했다.

진료실로 향하던 우빈은 자신을 기다리는 찬우를 발견했다.

그는 2년 차 박명식 선생이 모친상으로 5일 동안 출근을 하지 못해 당직 근무표를 새로 짜야 한다는 것을 알려 주기 위해 찾아온 것이었다.

문득 담비가 20일에 오프를 신청한 것이 생각난 우빈은 설마 하는 마음으로 근무표를 펼쳤다. 그리고 곧 화가 머리 꼭대기까지 올라오는 것을 느껴야 했다.

20일은 박명식 선생이 당직을 서는 날이었다. 그럼 누군가가 그를 대신해 당직을 서야 했다.

"20일엔 누가 대신 당직을 서지?"

"20일에 한담비 선생의 오프를 줄 수 없을 것 같습니다."

"다른 방법은 없어?"

"없습니다. 가뜩이나 인원이 없는 데다 2년 차 한 놈이 강릉으로 파견을 나갔……."

"알았어."

결혼기념일 밤을 혼자 보내게 생겼다는 생각에 우빈이 얼굴을 찡그렸다. 그날을 생각하며 하루하루를 견뎌 왔는데.

아무리 뛰어난 의사라 해도 우빈은 한 여자에게 사랑받고, 사랑을 베풀고 싶은 남자였다.

"의국으로 다 모이라고 해."

"네, 알겠습니다."

집합 명령을 받은 간담도 췌장외과 레지던트들은 침묵으로 일관하며 우빈의 눈치만 살폈다.

존댓말을 쓰던 그가 반말을 하며 화를 내자 분위기가 더욱 냉랭해졌다. 무섭게 변한 그의 얼굴은 곧 다가올 재앙을 말해 주고 있었다.

레지던트들의 위계질서는 군대와 맞먹을 정도로 철저했다. 게다가 의대 시절부터 쭉 수석을 해 왔던 우빈은 다른 의사들은 감히 넘보지 못할 만큼 단단하고 높은 벽이었다.

"야! 너희 내가 누구라고 생각해?"

"간담도 췌장외과 치프이십니다."

두 줄로 선 레지던트들이 한목소리로 합창했다. 하지만 우빈의 귀에는 들어오지 않았다. 오로지 왜 그러냐는 듯 자신을 이상하게 쳐다보고 있는 담비의 얼굴만 또렷하게 보일 뿐이었다.

우빈은 그녀에게 굶주린 한 마리의 짐승이자 선배, 그리고 치프로서 그 권리를 즐길 생각이었다.

그는 참으로 나쁜 마음을 먹고 말았다.

"그동안 모두들 꽃길을 걸어왔어. 지금 이 순간부터 너희는 지옥의 불구덩이를 걸어야 할 거야."

처음 보는 그의 흥분한 모습에 의국 안은 웅성거리기 시작했다.

평소 그는 늘 차분하게 앞뒤 상황을 따져 가며 상대방의 잘못을 지적하고 시정하기를 권했었다. 후배들은 그런 그를 무서워했다. 감정을 앞세워 말도 안 되는 야단을 치며 소리를 질렀다면 '개새끼'라 욕하고 끝내면 될 터였다. 하지만 아무런 반박을 하지 못할 만큼 그가 하는 지적은 구구절절이 다 옳았다.

의국 안에 썰렁한 기운이 맴돌기 시작했다. 듣고 있던 미정은 이 상황이 너무나 화가 나는지 결국 반항적인 어조로 묻고 말았다.

"치프님, 집안에 우환 있습니까?"

"뭐?"

"저희가 무엇을 잘못했는지 지적해 주세요. 가타부타 설명도 없이 이러지 마시고요."

"김미정 선생, 20일에 당직 못 하는 이유 대 봐."

"죄송합니다. 그날은 아버지 기일이라서."

"그래. 김미정 선생은 제외시키고."

20일에 당직을 하지 못하겠다고 서로 미루는 바람에 이 사달이 났다는 것을 알게 된 레지던트들은 담비를 향해 시선을 모았다.

그중 3년 차 하우종이 손가락으로 담비를 가리키며 입을 열었다. 그 순간 우빈의 눈살이 찌푸려진 것도 모른 채.

"여기 한담비 선생 있지 않습니까. 1년 차는 이럴 때 쓰는 겁니다."

"이럴 때 써? 1년 차가 물건이야? 쓰고 말고 하게!"

"죄송합니다."

"내일 미비 차트 확인할 테니 모조리 다 해 놓도록. 이상."

날카롭고도 신경질적인 그의 목소리가 의국 안을 울리자 군데군데에서 '나 죽었다' 하는 소리가 들려왔다.

그때 잠자코 있던 하만철이 손을 들며 한 발자국 앞으로 나왔다.

"치프님."

"왜. 무슨 할 말 있어?"

"내일이라니, 그건 너무한 처사이십니다. 가뜩이나 박명식 선생이 빠져서 더 바빠졌는데."

"하 선생 것은 내일 제일 먼저 검사하도록 하지."

"치프님!"

"그동안 내가 너무 많이 봐준 것 같군. 몇 달 동안 꽉 잡을 거니까 그리 알아."

확고한 음성을 내뱉은 우빈은 담비에게 시선을 돌렸다.

하지만 그녀는 미동조차 하지 않았다. 예상한 대로 가운 자락을 꽉 비틀어 쥐고 있을 뿐이었다.

뭐라고 대들고 싶지만 참고 있는 듯한 그녀의 모습에 그는 은근히 기분이 좋아졌다.

그래. 그래야 한담비지. 널 내 손안에 꽉 움켜쥐고 싶다. 정말로.

#8

오픈 바디, 오픈 하트

찬우는 휴게실 소파에서 이어폰을 귀에 끼고 잠들어 버린 담비를 가만히 내려다보았다. 당장 내일 우빈이 미비 차트를 검사한다는데도 태평하게 잠을 자고 있다니. 역시 한 담비다운 모습이었다.

한국대학교 의대를 수석으로 졸업해 당연히 NS* 쪽으로 갈 줄 알았던 그녀가 옴으로써 간담도 췌장외과엔 수석 졸업생이 두 명이나 되었다.

예쁘고 능력 있는 그녀 덕분에 간담도 췌장외과는 인기

---

*NS:신경외과.

있는 과가 되어 버렸다.

인턴 중에 췌장외과에 관심이 생긴 녀석들도 꽤 있어 전망이 무척이나 밝은 셈이었다.

찬우는 지금처럼 잠든 그녀의 얼굴을 자세히 본 적이 있었다. 담비가 간담도 췌장외과에 온 지 한 달 정도 되었을 때였다.

병동에서 콜을 불렀건만 깜깜무소식인 그녀를 찾기 위해 그는 의국에 들렀었다.

그녀는 어이없게도 소파에 앉아 자고 있었다. 무릎에 깍지 낀 손을 다소곳이 올려놓은 채 정면을 보고 목석같이 잠에 빠진 상태였다. 눈을 감지 않았더라면 야단맞는 사람처럼 보였을 것이다.

그녀는 인턴 때부터 요령 없고, 꾀부릴 줄 모르고, 책임감 강하기로 유명했다. 그래서 완벽주의라 소문이 났었다.

그런 그녀가 콜도 받을 수 없을 만큼 잠에 취해 있다니. 잠이 부족한 레지던트들은 잘 수만 있다면 화장실 안이라도 상관하지 않았다. 그러니 푹신한 소파가 있는 의국은 천국과도 같았을 것이다.

늘 있는 일이라 대수롭지 않게 생각하며 담비를 깨우려던 그는 그녀의 얼굴을 보고 마음을 바꾸었다. 핏기가 하나도 없는 것이 마치 Transfusion*을 받아야 되는 환자처럼 보였다. 24시간 넘게 잠을 못 잔 티가 역력했다.

꿀잠을 자는 그녀를 위해 찬우는 대신 콜을 받았다. 그 사실을 안 그녀는 다음 날 사과의 의미로 수줍게 카페모카를 내밀었다.

원두 그대로의 맛을 좋아했기에 찬우는 평소 카페모카를 마시지 않았다. 그러나 커피숍에 가 직접 커피를 사 온 그녀의 성의를 생각해 카페모카를 한 모금 입에 넣었다. 의외로 달달한 것이 먹을 만했다.

그는 새침데기처럼 조용했던 그녀가 이 세상의 모든 짐을 다 짊어 멘 사람처럼 한숨을 푹푹 쉬며 뜨거운 커피를 마시는 것을 바라봤다. 왠지 그런 그녀가 측은했다.

그때부터였다. 한담비를 눈에 넣기 시작한 것이.

그날 이후로 찬우는 아메리카노 대신 달달한 카페모카를 찾게 됐다.

아마 그녀가 지금 이렇게 마음 편히 잘 수 있는 건 미비 차트가 없기 때문일 것이다. 찬우는 일에서만큼은 완벽을 추구하는 담비가 참으로 예뻐 보였다.

담비의 옆에 앉은 찬우는 그녀가 끼고 있던 이어폰을 자신의 귀에 꽂았다. 소음을 막기 위해 낀 것인지 아무런 소리도

---

*Transfusion:수혈.

들리지 않았다.

찬우는 다시 담비의 귀에 이어폰을 끼워 주고 얼굴을 찬찬히 훑어보았다. 남자라면 한 번쯤 쳐다볼 만큼 예쁜 얼굴이었다.

그는 잠결에 그녀의 목이 이리저리로 움직이는 것을 보곤 입가에 미소를 지었다.

"많이 피곤했나 보군."

찬우는 한 손으로 담비의 머리를 받쳐 자신의 어깨 위에 올려놓았다. 잠시라도 달콤한 휴식을 같이 공유하고픈 마음이었다.

하지만 그 짧은 시간도 허락할 수 없는 한 사람의 등장으로 작은 평화가 깨지고 말았다.

우빈을 발견한 찬우는 자리에서 일어났다. 보아하니 그도 담비를 찾아다닌 듯했다.

찬우는 미비 차트 사건의 주원인은 담비 때문이라고 생각했다.

추측하건대 우빈은 20일에 그녀와 데이트를 하려고 미리 계획을 짜 놓았다가 깨질 위험이 생기니 그 화풀이를 레지던트들에게 하는 것 같았다.

이우빈도 역시 남자였다.

"선생님이 여기는 어�쩐 일로."

"꽃이 있으니 나비가 올 수밖에."

소파에 앉은 우빈은 담비의 머리를 자신의 어깨에 올려 놓은 뒤 작은 몸을 감싸 안았다. 그리고 보란 듯이 그녀의 입술에 살짝 입을 맞추었다.

그보다 더한 장면을 두 번이나 목격했기에 찬우는 놀라지 않았다.

"선생님."

"나중에 얘기하자고. 한 선생을 깨우면 안 되니까."

그가 낮게 속삭였다. 따사롭고 감미로운 그의 시선이 그녀를 향했다.

찬우는 자신의 예감이 틀리지 않았다는 걸 확신했다.

그들은 연인이었다. 다만 그 사실을 비밀로 하고 있을 뿐……

"저는 한 선생을 포기하지 않을 생각입니다."

"쉿. 김찬우 선생은 나보다 한 선생을 덜 사랑하는 모양이야. 꿀잠을 자는 한 선생을 깨우고 싶은 걸 보니."

우빈은 뭐가 그리 자신 있는지 시종일관 당당한 태도를 보였다.

한 여자와 두 명의 남자가 대립 중일 때 한 사람은 방해자나 마찬가지였다. 찬우는 그 방해자가 자신인 것 같다는 예감이 들었다. 이것은 삼각관계의 함수가 아니라 예고된 3차

대전이었다.

찬우는 아무 말도 하지 못하고 휴게실을 빠져나왔다. 우빈에게 뒤지는 느낌이 들어 허무했다. 그는 저만치 앞서 뛰어가고 있는데, 자신만 혼자 걸어가는 것 같았다.

더 뛰어야겠다.

한담비를 잡으려면…….

찬우가 휴게실을 떠나자 우빈은 자신의 허벅지를 베고 잘 수 있게 담비를 편히 눕혔다. 모두들 컴퓨터를 잡고 미비 차트를 찾느라 정신이 없을 테니 이곳에 올 리가 없었다.

우빈은 잠시 둘만의 시간을 즐기기로 했다. 이 상황에서 잠에 빠진 담비의 머릿속은 대체 무엇으로 만들어져 있는지 궁금했다.

'남편이 왜 화가 났을까'에 대한 생각은 안 하나 보다. 한 번쯤은 물어봐도 좋을 텐데.

하지만 어쩌면 그녀가 이미 그 대답을 알고 있을지도 모른다고 생각했다. 이러니 태무심할 수밖에.

우빈은 웃음이 나왔다. 밀당은 연인들만 하는 것으로 알았는데 부부 사이에도 가능했다. 동료와 부부의 경계선에 있다고 생각했는데 이제 보니 그것보다 더 못한 관계였다.

다시 처음부터 시작해 봐야겠다. 일단 그녀의 오빠부터 만날 생각이었다. 더 이상의 오해가 없도록 자신의 생각을 정확히 그들에게 밝혀야 했다.

결혼 전 집에 인사를 하러 갔을 때 그녀의 오빠들은 마치 싸움이라도 하듯 그에게 태클을 걸어왔었다.

그때는 그들의 존재를 무시할 수 있을 만큼 그녀에게 아무런 감정도 느끼지 못했었다. 1년 후, 헤어질 거라고 생각했기 때문이다. 하지만 이제 우빈은 담비 없이는 살 수가 없었다.

헝클어진 그녀의 머리카락을 한 올 한 올 쓸고 지나가는 그의 손길은 마치 소리 없는 자장가 같았다.

우빈은 고개를 숙여 담비의 입술에 살짝 입을 맞추었다. 감질날 만큼 짧은 입맞춤이었지만 꿀보다 달았다.

"잘 자라. 담비야."

❦   ❦   ❦

담비는 오늘은 집에 갈 수 있을 거라고 생각했다. 하지만 남자 레지던트들이 박명식 선생의 문상을 가는 바람에 당직을 서야 했다. 대신 20일은 찬우가 대신 당직을 서 주기로 했다.

의국에 혼자 덩그러니 앉아 있으니 방금 전 엄마와 통화한 것이 생각났다.

"으으으, 이우빈."

그가 큰오빠와 함께 집에 다녀갔다고 했다. 술 한잔하고 자고 가라 했는데도 기어코 거절하고 돌아갔다 했다. 오랜만에 들른 처가댁에서 하룻밤 자도 될 터인데…….

게다가 오늘 그에게 미비 차트 검사를 받다 된통 혼쭐이 났다. 괜히 바락바락 대들다 그의 화만 돋우고 말았다. 손가락으로 콕콕 찍어 가며 지적당한 곳만 다섯 곳이었다.

깐깐하게 구는 우빈의 모습에 담비는 혀를 내둘렀다.

신나게 터진 레지던트 중에는 우빈을 미워하는 이도 많았다. 무엇 하나 모자란 것 없이 차고 넘치는 능력을 가진 그는 모두의 경계 대상일 수밖에 없었다.

그를 이기고 싶어 하는 전공의들은 한두 명이 아니었다. 그녀도 마찬가지였으나 그는 기본적인 자질부터 남달랐다. 병원 짬밥도 차이가 났지만 그는 외과 의사가 천직인 사람이었다.

오늘도 수술실에서 그가 탁월한 실력으로 한 건 하는 바람에 의국으로 환자의 보호자들이 음식을 들고 찾아왔다.

덕분에 레지던트들만 배불리 호강하게 되었다.

미비 차트 검사가 끝난 후 담비가 쉬기 위해 의국으로 들어갔을 때였다.

"역시, 이우빈 치프 대단하지 않냐?"

"그러게. 우리는 아무리 봐도 찾을 수 없는 걸 대강 쓱 훑어
보고 족집게처럼 찾아내는 거 봐라."

소파에 편안히 앉아 보호자가 들고 온 닭강정을 허겁지
겁 흡입한 하우종과 하만철이 말을 주고받았다.

"1년 차. 너는 어떻게 생각해?"

"뭘요?"

"이우빈 치프가 너한테 마음 있는 것 같던데. 확 잡아 버려.
몸이라도 덤벼서 말이야."

하우종 선생의 말을 듣고 있으면 담비는 늘 짜증이 나고
화가 났다. 능글맞은 목소리로 던지는 그의 말은 성희롱이
나 다름없었다.

"한 선생, 왜 대꾸를 안 해?"

"대답할 가치가 없어서요."

"역시 한 선생이야. 우리 병원 여자들은 이우빈 치프한테 옷

까지 훌러덩 벗고 달려들 기세인데 말이야."

듣고 있자니 화가 치밀어 올라 어쩔 수 없이 담비는 의국
을 나왔다. 화를 내고 싶지도 않았다.

낮에 있었던 대화를 떠올린 그녀는 우울해졌다. 그는 감
히 쳐다볼 수도 없는 높은 위치에 서 있는 능력 있는 남자
였다. 여자들이 가만둘 리 없었다.

자신의 딸이 하버드생인데 한번 만나 보면 안 되겠냐는
보호자까지 있었다. 호시탐탐 그를 노리는 적군들이 많아
지는 추세였기에 더욱 불안했다.

무슨 배짱으로 그의 결혼 제안을 받아들였는지 모르겠
다. 지금 생각하면 정신이 어디로 나간 게 분명했다.

바짓가랑이를 붙잡고 자신을 버리지 말아 달라고, 자신
을 사랑해 달라고 애원해도 모자랄 판에 우빈과 밀당을 했
다.

어쩌면 그도 감추고 있는 자신의 마음을 잘 알고 있기에
아무 말 없이 받아 주고 있는 것 같기도 했다.

담비는 그에게 부끄럽지 않은 사람이 되고 싶었다. 그렇
다면 열심히 노력하는 수밖에 달리 길이 없었다.

마음을 다잡은 그녀는 외과 의사에게 가장 중요한 스킬
인 타이 묶는 것을 연습하기 시작했다.

혼자 남아 연습에 열중하던 그녀는 그만 실을 끊어 먹고 말았다. 두 손 타이는 어느 정도 자신이 있었는데 한 손 타이는 번번이 애를 먹어 속이 타다 못해 눈물이 날 지경이었다.

너무 힘을 주면 실이 끊어졌고 그렇지 않으면 풀어졌다. 강약을 조절하는 것이 문제였다. 타이 한 번에 1~2초를 소요해야 하니 정확하고 빠르게 움직이는 것이 관건이었다.

수술실에서 수술을 하고 있는 그를 보면, 특히 타이를 매는 모습을 보고 있노라면 무척이나 꼼꼼하다는 것을 느낄 수 있었다. 그런 그의 실력이 부러웠다.

우빈의 생각을 하다 결국 또 타이를 끊어 먹고 말았다. 속상함에 담비는 연습을 중단하고 커피를 마시기 위해 자리에서 일어났다.

그때, 노크 소리와 함께 의국 문이 열리고 우빈이 들어왔다. 그녀는 놀랐으면서도 일부러 태연한 척 굴었다.

"여기는 웬일이세요. 문상 안 갔어요?"

"내가 가면 모두들 불편할 것 같아서. 나 처가댁에 갔다 왔는지 알고 있으면서 왜 모른 척하고 있어."

"흠흠. 여긴 왜 왔어요?"

"네 얼굴 보려고."

"하루 종일 봤으면서 뭘 봐요. 얼굴 봤으니 이제 나가 주세요."

담비의 어깨를 움켜쥔 우빈이 그녀를 억지로 의자에 앉게 했다. 손에 얼마나 힘을 줬는지 잡힌 어깨가 무척이나 아팠다.

"아파요."

"미안. 저녁은 먹었어?"

"먹었어요. 당신은요?"

"장모님이 닭 잡아 주셔서 맛있게 먹고 왔어."

"밥 먹었으면 집에 가서 잘 것이지 여기는 왜 왔어요."

"할 말이 있으니까 왔지. 내일 어떡할 거야. 오늘 당직 섰으니까 내일은 쉴 수 있겠지?"

"몰라요."

"몰라? 무슨 대답을 그리 성의 없게 해."

"내 마음이에요."

"한담비, 화나는 건 나라고. 수술 들어가는 남편을 못 본 척하고 생깐 게 누군데?"

"좀생이. 그래도 수술은 퍼펙트하게 마쳤잖아요."

툴툴거리며 입술 끝을 뾰족하게 옹송그리는 담비를 보고 있으니 우빈은 입맞춤을 하고 싶어졌다.

문득 그녀를 두고 본의 아니게 선을 본 것이 생각나자 왠지 나쁜 짓을 몰래 한 아이처럼 마음이 조마조마해졌다. 그냥 솔직히 털어놔야 두 다리 뻗고 잠을 잘 수 있을 것 같았다.

"한담비, 나 며칠 전에 병원장 딸 만났어."

"들었어요."

"알고 있었어?"

도저히 이해할 수 없다는 표정을 지은 담비는 답답함을 없애기 위해 손을 들어 명치끝을 두드렸다. 그래도 속이 답답해 숨을 참았다가 길게 내뱉었다. 열이 오르는 것처럼 몸이 떨리고 눈가가 욱신거렸다.

"병원에 소문이 파다하게 났어요."

"아마 몇 번 더 만나야 할지도 몰라."

"이우빈 씨!"

"조용히 해."

"내가 지금 조용하게 생겼어요?"

일그러진 그녀의 얼굴에 괴로움이 묻어나자, 오히려 그는 여유로운 미소를 입가에 띠었다.

"기분 나빠?"

"당연한 거 아니에요?"

"몇 번 더 만나야 하는 이유가 있어."

"뭔데요?"

"비밀이야."

"비밀?"

"그 여자도 우리의 비밀을 지켜 주고 있으니까."

"하아, 미치겠네."

"날 못 믿어?"

"못 믿어요."

비꼬는 대답이 마땅찮다는 듯 그의 입술에서 한숨이 흘러나왔다. 차라리 그녀가 화를 내는 게 속이 편할 것 같았다.

"아마 병원으로 찾아올 거야."

"마음대로 해요. 어차피 우리는 진짜 부부도 아닌데, 뭐."

그는 그 말에 대답하지 않고 일부러 그녀의 집요한 시선과 마주했다. 그러나 언제나 그랬듯이 그녀의 시선 속에 감춰진 진짜 속내까지는 들여다보지 못했다. 허나 그녀는 지금 질투를 하고 있는 것이 분명했다.

우빈은 테이블 위로 시선을 내렸다.

"지금 질투하는 거야?"

"아니요."

"알았어. 그나저나 실 또 끊어 먹었어?"

"상관하지 마요."

"힘이 넘쳐서 주체를 못 하는 거야? 실은 왜 자꾸 끊어 먹어? 그 힘 남편한테나 써."

"잘난 당신은 못하는 게 없지만 난 아니에요."

"또 삐딱선 탄다. 잘 봐."

담비의 머리 위에 자연스레 턱을 올린 우빈은 한 손으로 타이 매는 법을 시도했다. 그것도 아주 느릿느릿하고 천천히. 그의 길고 긴 손가락이 부드러우면서도 매끈하게 기름을 바른 듯 움직였다.

"한번 해 봐."

기분이 묘했다. 그가 내쉬는 숨결이 머리카락을 날릴 정도로 두 사람은 가깝게 닿아 있었다.

담비는 시험을 보는 학생처럼 손을 부들부들 떨며 조마조마한 마음으로 타이를 시도했다. 묶고 또 묶었다. 허나 타이는 계속 풀렸다.

"다시 해 봐. 실을 안쪽으로 넣고 그 밑에 손가락을 넣어……. 여자의 그곳을 만지는 것처럼 부드럽게. 너무 당기지는 말고."

그의 말이 끝남과 동시에 실이 뚝 끊어졌다. 그건 명백한 성희롱 발언이었다. 그녀의 인내심이 와르르 무너졌다.

커다랗게 변한 그녀의 동공이 새까맣게 타들어 갔다. 그녀는 몸을 돌려 당당히 그와 시선을 마주했다. 그러나 그의 눈을 보는 순간 어깨를 움찔하고 말았다.

차가움이 묻어나는, 어둠같이 깊은 우빈의 눈은 어딘지 모르게 슬퍼 보였다.

"이, 이우빈 씨, 지금 뭐하자는 거예요?"

"타이 매는 법을 가르치고 있잖아."

"방금 전 여자의 그곳을 만지는 것처럼, 이라고 했잖아요."

"그래서?"

아무렇지 않은 듯 중얼거리는 그의 대답에 그녀가 똑같이 되물었다.

"그래서라니요?"

"소리칠 것 없어. 내 속마음을 얘기한 것뿐이니까."

"당신은 내가 만만하죠?"

"아니. 두렵고 거리감 느껴져. 내 아내가 맞나 싶을 정도로."

언제부터 이렇게 서로의 눈치를 보게 되었을까. 우빈은 답답했다.

오른쪽으로 가자고 하면 왼쪽으로 가려고 하는 그녀. 평행선도 아닌 정반대로만 가려는 그녀. 그녀를 볼 때면 온몸으로 스며드는 찬바람을 느낄 수 있었다. 그 바람은 지독히도 차가웠다.

그나마 다행인 건 그녀가 질투라는 걸 하고 있었다.

"며칠 전 섹스는 어땠어?"

"뭐 그런 걸 묻고 그래요."

"궁금해서 그래. 네 마음이 어떤지."

우빈의 목소리가 메아리치듯 담비의 가슴 언저리에 울렸다.

누군가가 '감정이 없던 남녀에게 변화가 오는 계기가 생긴다면 그 이유는 무엇일까?' 라고 묻는다면 몸과 몸을 친밀하게 맞대는 것이 그 답이라고 말할 것이다.

한마디로 말하자면 섹스.

그와 첫 섹스를 나누던 날.

뜨거운 키스가 끝난 침실 안은 점점 더 뜨거운 불길이 타올랐다. 욕망을 견디기 힘들었는지 그의 얼굴은 딱딱하게 굳어 있었다. 갈급함에 애가 타는 것 같았다.

그 모습을 본 담비는 눈도 제대로 뜨지 못했다. 이미 그의 혀로 인해 촉촉하게 젖은 그녀의 은밀한 곳이 갈증으로 허덕이는 중이었다.

"한담비, 눈 떠."

"그냥 해요."

"이것 봐. 이거 봐야지."

어렵사리 눈을 뜬 담비는 우빈이 가리킨 곳으로 시선을 내렸다.

무릎 위에 바지가 가까스로 걸려 있었다. 그렇다면 그의 남성을 가리고 있는 건 팬티밖에 없었다.

삼각팬티, 그건 팬티라 부를 수도 없었다. 울툭 불거져 나온 그것은 그 역할의 반 정도도 해내지 못했다.

스르륵, 그가 팬티를 벗는 소리가 들렸다.

시선만으로도 옷이 벗겨지는 것 같은 느낌에 담비는 꼼짝하지 못했다. 그의 시선이 닿은 곳마다 빳빳하게 솜털이 섰다.

남자의 벗은 몸을 본 적은 있었지만 막상 한껏 부풀어 오른 남성을 보니 불길이 온몸을 태워 녹이듯 아파 왔다.

그의 남성은 고통스럽도록 팽팽해져 있었다. 벌건 심줄이 툭툭 터져 나온 음흉한 그것은 더 이상 평범한 살덩이가 아니었다.

얼마나 딱딱한지는 모르겠지만 엄지와 검지를 다 펼쳐도 모자랄 만큼 그 크기는 엄청났다.

자신의 욕망을 자랑스럽게 드러낸 거대한 남성에 담비는 부끄러우면서도 시선을 돌릴 수 없었다. 몸이 간질거리고 속이 탔다.

담비는 우빈의 시선이 한 치도 비껴가지 않고 오롯이 자신을 향해 있다는 걸 알고 있었다. 하나로 얽힌 시선은 점점 집요해지고 뜨거워졌다.

그의 몸은 섬세한 조각처럼 아름다웠다. 남자임에도 불구하고 움푹 파인 쇄골과 여섯 조각으로 나뉘어져 있는 복근, 그리고 팬티 선에 살짝 걸려 있는 치골 라인까지.

완벽한 나신이 된 그는 자세를 바꿔 두 팔로 몸을 지탱한 뒤 그녀를 내려다보았다.

뽀얗게 드러난 젖가슴이 박자를 빨리하며 오르락내리락 할 정도로 그녀는 흥분한 상태였다.

뜨겁고 달콤한 그의 숨결이 점점 더 거칠게 온몸으로 파고들자 그녀는 또다시 눈을 감았다. 밤이 아니라 낮이어서 더 부끄러운지도 몰랐다.

"눈 뜨라니깐, 한담비."

"싫어요."

그녀의 투정에 그는 두부처럼 새하얗고 보드라운 젖가슴을 한데 모아 두 손으로 꽉 움켜쥐었다.

"윽."

담비는 결국 소리를 지르고 말았다. 그는 신경 쓰지 않고 젖무덤과 유두를 축축하게 적시고 또 적셨다. 예민한 그녀의 살결을 그의 혀가 구석구석 쓸고 지나갔다.

더 이상의 주저함은 없었다. 그가 혀를 길게 빼내어 핥던 손가락으로, 그녀의 은밀한 부위를 매만졌다.

검은 숲길은 입구가 보이지 않을 정도로 좁았지만 그는 물러서지 않았다.

꽃잎에서 미끈거리는 애액이 울컥 토해져 나오자 그는 요동치는 남성의 뿌리 부분을 꽉 움켜잡고 한 줄로 갈라진 골을 향해 밀어 넣었다.

남성이 돌멩이보다 더 단단한 강철이 되었건만 그는 안으로 바로 진입하지 못했다. 뜻대로 되지 않아 애가 탈 정도였다.

"젠장. 담비야, 열어 줘."

결코 자신을 쉽게 내주지 않겠다는 듯 꽃잎은 벌어지지 않았다. 그러나 단단한 남성은 포기하지 않고 계속해서 비집고 들어갈 만한 공간을 만들었다.

그의 남성이 기를 발하며 드디어 제 갈 길을 찾아 안으로 들어갔다.

"아아악!"

온몸을 가르는 고통에 담비는 비명을 질러 댔다. 확실하
게 탄력성 있는 얇은 막이 터지는 느낌이 들었다.

그는 그녀가 이렇게 아파할 줄은 정말 몰랐다.

"미안해."

안으로 침범한 무법자를 괴롭히듯 붉은 속살들은 일시에
자잘한 주름을 만들어 가며 길을 더욱 좁히고 있었다.

"안 돼. 안 돼요."

"돼, 된다고."

허리를 둥글게 휘며 담비가 안 된다고 외쳤지만 우빈은
포기하지 않고 자신을 빨아들이고 있는 길을 향해 나아갔
다.

그의 몸은 거대한 무기이자 좁은 길을 헤쳐 나가는 난폭
한 도구였다.

순간 여성의 붉은 꽃물이 흘러내렸다.

부풀어 오를 대로 오른 남자의 욕망이 여린 살들을 짓밟으며 안으로 파고들었다.

"윽!"

이제야 완벽하게 들어맞았다. 하나로 결합된 두 개의 수풀에서 사르륵 춤을 추는 소리가 들려왔다.

"움직일 거야."
"하지 마요. 하지 말라고요."
"알잖아. 다음부터는 덜 아플 거라는 걸."
"당신 나빠요."
"알았어. 그러니까, 아아아."

서툴고 어색했지만 그는 본능에 충실했다.
제발 멈춰 달라고 담비가 애원했지만 우빈은 엉덩이를 들더니 안으로 더욱 깊게 돌진했다.

"너무 좋아, 담비야."

그의 엉덩이가 리드미컬하게 움직였다.

눈앞이 흐려진 담비는 은밀한 곳이 자꾸 움찔거리는 것을 느꼈다. 어쩔 수 없이 그는 그녀의 엉덩이가 움푹 팰 정도로 힘을 주었다.

탁, 탁. 생살이 부딪치는 소리가 이리도 야했던가.

빈틈없이 맞닿은 곳에 뭔가가 흐르니 훨씬 덜 아프기 시작했다. 그것을 그도 느꼈는지 남성을 자궁 끝까지 밀고 들어왔다. 그녀의 엉덩이가 긴장으로 굳어지고 거친 땀이 흘렀다.

"아, 아파."

"아파?"

"으, 으헉!"

미처 삼킬 틈도 없이 담비는 고통스런 신음을 토해 냈다. 그러자 그가 쾌감에 일그러진 얼굴을 그녀의 목덜미에 묻었다. 잠시 쉬어 갈 마음이었다. 하지만 그의 남성은 힘을 잃지 않고 꽃잎 속에 여전히 파묻혀 있었다.

"잠깐 빼요."

쑤욱. 바람대로 그가 뜨거운 남성을 그녀의 속살 안에서

잠시 빼냈다. 그러자 남성이 반발하듯 다시 앞뒤로 까닥까
닥거리기 시작했다.

"당신 경험 많죠?"

"아니."

"거짓말."

"남자는 원래 다 해. 본능이라고, 알아?"

그는 사악한 웃음을 지으며 그녀를 침대에 엎드리게 한
뒤 엉덩이를 들게 했다. 깊이, 또 깊이 남성을 밀어 넣는 그
는 웃고 있었다.

더, 더, 흐느껴.

더, 더, 울어 봐.

더, 더, 전율을 느껴 보라고.

담비는 그가 사랑을 나눌 때면 어떤 신음 소리를 낼지 늘
궁금했다. 직접 들은 그의 신음 소리는 무척이나 뜨거워 빨
려 들어갈 정도였다.

"핫, 으읏……."

우빈이 잘록한 허리를 끌어당기며 미친 듯이 엉덩이를

흔들었다. 담비의 신음 소리가 뿌옇게 터져 나왔다.

"아아!"

부드러움 따윈 없었다. 그는 그녀를 한순간도 놓아주지 않고 집착에 가까울 만큼 깊숙이 탐했다.

살과 살이 맞부딪치는 질퍽한 소음이 야릇하게 허공을 맴돌았다. 등골을 타고 찌릿찌릿한 쾌감이 일었다. 그가 움직이자 그녀의 젖가슴이 흔들렸다.

"후, 하아."

힘에 부친 담비는 결국 침대에 엎드렸다. 그래도 섹스를 나누는 데는 별지장이 없었다. 오히려 엉덩이와 딱 붙은 그의 사타구니 때문에 쾌감이 더해졌다.

그는 달아오른 여성 안으로 느릿하게 들락날락거렸다. 크게 원을 그리며 허리를 올리던 그가 순간 행동을 멈추었다.

온몸을 휘돌아다니던 불덩어리가 하나로 뭉쳐져 폭발 직전이 되었다.

"허억."

젖은 살갗의 마찰음이 신음을 압도했다. 손가락과 손가락이 단단히 얽혔다.

그는 목을 뒤로 꺾으며 한 마리의 짐승처럼 울부짖음을 토해 냈다. 그리고 곧 다시 안으로 들어왔다. 서로의 체온이 전해져 왔다. 열기가 뒤섞이자 심장이 날갯짓을 했다.

그가 깍지를 끼어 왔다.

귓가에 그의 숨소리가 바람 소리처럼 지나갔다. 숨이 차올랐다. 손끝에서부터 짜릿한 떨림 소리가 들려왔다.

그가 그녀의 속살 안에 정액을 마구마구 쏟아 냈다.

"윽, 으윽."

등 위로 무너지는 뜨거운 몸을 느낀 순간 담비는 그의 체취에 잠시 중독되었다.

침실 안은 한낮의 태양보다 더 뜨거운 기운이 맴돌았다. 감미로운 느낌 때문에 심장이 터질 것 같았다. 쿵쾅쿵쾅. 심장의 메아리가 강하게 울려 퍼졌다.

그 소리를 들은 것인지 그가 다시 입맞춤을 해 왔다. 그의 혀는 촉촉하고 황홀했다.

담비는 뜨거운 시간을 보낸 뒤 우빈의 품에서 긴 낮잠을 즐겼다.

그날 담비는 그와 두 번의 섹스를 나누었다.

첫 번째는 그가 주도를 했으니 그다음은 자신이 주도를 해 볼까 하는 생각에 그에게로 손을 뻗었지만 거기까지였다. 몸이 너무 떨려 와 아무것도 할 수 없었다.

역시 남자는 여자와 달랐다. 이어진 섹스에서는 그의 소유욕을 볼 수 있었다. 평소에는 한 치의 틈도 없어 보이는 남자가 이 순간만큼은 솔직하게 제 모습을 드러냈다.

"너무 커요."

"정직한 거야. 이놈이 그동안 많이 참았잖아."

"됐거든요, 읍."

뜨겁고 힘찬 혀가 타액을 가득 채우며 그녀의 입안을 쉴 새 없이 들락거렸다. 그는 갈증을 채우려는 사람처럼 그녀의 혀를 허겁지겁 빨며 할딱거렸다. 그러다 말랑하고 쫀득한 그녀의 입술과 혀를 살뜰하게 핥았다. 옭아매고 깊이 빨다가 풀어 주고 올올이 일어선 융기를 달래듯 몇 번씩 쪽쪽 핥았다.

혀끝이 화끈거리고 강렬한 느낌이 들었다. 젖가슴은 터

질 듯 부풀어 타액으로 번질거렸다.

그는 계속해서 젖무덤을 움켜쥐곤 핥고 빨았다. 마치 그 것들을 떼어 내기라도 할 듯이 강하게. 티 없는 그녀의 살 결에 붉은 열꽃이 찍혀 울긋불긋한 꽃잎들이 피어올랐다.

"느껴 봐."

못 참겠다고 울부짖는 그의 남성을 다시 받아들인 순간 그녀는 짜릿한 쾌락이 어떤 것인지 알게 되었다. 몸이 솟구 치고 또 솟구쳤다. 살과 살이 만나면 어떤 마찰을 일으키 고, 어떤 쾌감을 온몸에 선물해 주는지를 느꼈다.

찰박찰박. 물결치는 살결의 리듬이 빨라질수록 이 뜨거 움을 밖으로 표현해야 할지 아니면 무시해야 할지 갈피를 잡지 못했다.

"음, 읍, 하아."

서로를 삼킬 때마다 그의 신음 소리가 그녀의 귓가를 괴 롭혔다. 침실 안은 들뜬 신음과 야한 열기로 뜨거웠다.

다른 남자와 해 본 적이 없어 모르겠지만 여자의 본능은 이렇게 말했다.

그와의 섹스는 정말 Good!

Number one!

Best!

다른 남자와 몸을 섞는다는 상상 자체가 혐오스러울 정도로 그와의 섹스는 끈적끈적하고 친밀했다. 허나 시간은 그녀의 편이 아니었다. 레지던트 1년 차가 누릴 수 있는 행복은 딱 거기까지였다.

그때의 그 기분을 다시 느껴 보는 것도…….

"뭘 생각해?"

"아, 아니에요."

그와의 섹스를 떠올리던 담비가 황급히 표정을 바꾸었다.

"한담비, 나 오늘 여기서 잘 거야."

"집에 가서 자요."

"싫어. 여기가 좋아. 네가 있는 이곳이……."

그는 또 마음을 약하게 만들고 흔들어 놓는다.

"이우빈 씨……."

"키스해 줘. 그럼 가서 잘게."

담비가 이름을 불러 주자 우빈은 부드럽게 눈매를 휘며 침대에 털썩 주저앉았다. 그리고 그녀의 몸을 끌어당겨 두 다리 사이에 감금시켰다.

"빨리해 줘."

꼼짝할 수 없게 된 담비는 두 손을 들어 그의 뺨을 감쌌다. 두 입술이 살포시 닿았다. 그러자 그가 입술을 벌려 그녀를 맞이했다.

"읍……."

틈새 없이 깊게 맞물린 입술은 더욱 열렬해졌다. 두 입술은 서로의 것임을 증명하듯 부대꼈다.

그는 지독한 갈증에 그녀의 입술을 탐하고 또 탐했다. 두 손으로 등줄기를 타고 내리며 허리와 엉덩이, 다시 보드라운 등으로 거슬러 오르길 반복했다. 욕망으로 뜨거워진 몸과 머리는 아무것도 생각해 낼 여유가 없었다.

아랫도리는 이미 한계를 넘어섰다. 채워지지 않는 욕망은 인내할 수 있는 범위를 넘어선 지 오래였다. 그에 따른 고통은 상상을 초월할 정도로 컸다.

그의 어깨를 밀어내자 입술이 멀어졌다. 그의 눈동자에는 숨길 수 없는 아쉬움이 가득했다.

"우, 우빈 씨."

"내일을 기대해. 멋진 날이 될 테니깐."

"그래요."

그는 조용히 읊조리는 그녀를 다정한 시선으로 바라봤다.

그녀의 심장이 미친 듯이 뛰기 시작했다. 울컥 치솟는 감정에 불덩이를 삼키듯 가슴이 뜨거워졌다.

성나게 파도치며 일렁이는 그의 눈동자를 바라본 그녀는 그의 마음을 알게 되었다. 말하지 않아도 느낄 수 있는 감정이었는데 왜 그동안 말해 달라 졸랐을까. 서로가 사랑하면 느낄 수 있는 것이었는데.

따스해진 담비의 시선에 순간 우빈의 눈망울이 떨리고 눈시울은 붉어졌다. 이 모든 것이 사랑을 느낀 후에 나타나는 부작용이었다.

이제는 더 이상 미룰 수 없을 것 같았다. 우빈은 내일 정식으로 담비에게 프러포즈하며 사랑한다 말해야겠다고 생각했다.

"바보. 이우빈 씨 바보."

"그래, 바보는 네가 아니라 나였어. 그걸 너무 늦게 깨달은 거야."

"빨리 가요."

"여기서 자면 안 될까? 콜 오면 내가 대신 받아 주면 되잖아."

"내 일은 내가 알아서 해요."

"알았어, 갈게. 정말 간다. 내일 아침 9시에 병원으로 데리러 올게."

"그래 주면 좋고요."

"당연히 그래야지."

우빈은 그녀를 놓아준 후 억지로 몸을 일으켰다. 천천히 의국 문을 향해 내딛는 무거운 발걸음과 달리 그의 마음은 날아갈 듯 가벼웠다.

다정한 그녀의 대답에 가슴속 깊이 쌓인 무거운 것이 씻겨 내려가는 느낌이었다.

시간을 함께할 수 있다는 것은 시작하는 부부에겐 굉장한 장점이다. 그러는 사이 그리움과 친밀도는 더욱 커져 가고 거기다 사랑과 욕망은 서비스니까.

그녀는 예기치 않은 순간에 불쑥 생각나 눈물을 흐르게 하기도 했고, 눈앞에서 아릿거리며 설렘을 만들기도 했다. 그는 그녀를 위해 하나하나씩 시간과 마음을 맞췄다.

그녀에 대한 그리움은 뜻하지 않은 행동을 하게 했다.

이제는 단 1초도 참고 싶지 않아졌다.

내일이 정말 기다려졌다. 아무런 방해도 받지 않고 오롯이 둘만 함께하는 시간이 되길 간절히 바랐다.

Open body! Open heart!

그녀에게 진심으로 고백하리라.

결혼기념일

부모님이 결혼기념일에 같이 저녁을 먹자고 했지만 우빈은 강력한 거부 의사를 표시했다. 어떻게 잡은 기회인데 그것을 망칠 수 없었다.

오늘을 위해 영화, 레스토랑, 호텔을 예약했다. 그리고 프러포즈 준비도……

결혼기념일을 축하하듯 장마도 자취를 감춰 날씨가 무척이나 좋았다.

우빈은 아침 일찍 퇴근하는 그녀를 데리러 가기 위해 지하 주차장에 세워 둔 차에 올라탔다. 콧노래가 절로 흘러나올 정도로 기분이 좋았다.

그녀에게 집에서 출발한다는 것을 알리기 위해 휴대폰을 들었다. 그때, 혜정에게서 전화가 왔다. 사정을 알고 난 이후부터는 혜정을 피할 필요가 없었다. 우빈은 망설임 없이 전화를 받았다.

"네, 오혜정 씨."

—이, 이우, 이우빈 씨. 이, 이곳으로 와 줄 수 있나요?

"무슨 일인데요."

—여기는 삼진호텔 1209호…….

더 이상 말소리가 들리지 않았다. 아무래도 응급 상황이 생긴 것이 분명했다.

그녀는 자신이 앓고 있는 병에 대해 그에게 모조리 털어놓았다. 몸이 좋지 않아 병원을 찾았을 때는 이미 간암 말기였다고 했다. 온몸으로 전이되어 3개월 시한부 인생을 선고받은 상태였다.

간이식도 불가능할 만큼 상태가 안 좋은 그녀를 살릴 수 있는 방법은 그 어디에도 없었다.

미국에서 유학 생활을 하다 한국으로 돌아온 그녀는 아버지도 직접 만나지 못하고 통화만 나눴다 했다. 자신의 병을 알게 된 아버지가 충격을 받을까 염려됐기 때문이다.

그녀가 그를 만난 날 박스 티를 입고 나올 수밖에 없었던 이유는 복수 때문이었다. 복수는 빼도 또 차올랐다.

우빈은 시계를 보았다. 아침 7시 50분이었다. 아직 시간이 조금 남아 있었다. 담비에게 기다려 달라고 전화를 하려 했지만 교수님과 회진 중인지 휴대폰이 꺼져 있었다.

잠시 망설이던 우빈은 혜정이 있는 삼진호텔로 차를 돌렸다.

담비도 의사이니 자신을 이해해 줄 거라는 생각을 하며.

평소엔 화장할 시간이 없어서 안 했지만 오늘은 달랐다. 긴 생머리를 늘어뜨린 담비는 얼굴에 자외선 크림을 바른 후 파운데이션을 가볍게 톡톡 두드렸다. 색조 화장에도 공을 들였다. 분홍색 아이섀도를 펴 바르고 입술에도 립글로스를 발라 윤택을 주었다.

거울 안 자신의 모습이 꽤나 마음에 든 담비는 옷과 잘 어울리는 구두를 신고 병원을 나왔다.

오늘따라 날씨가 참 좋았다. 장마가 잠시 소강상태인지 해가 고개를 내밀어 데이트하기에 딱 적당했다.

담비는 환자들의 휴식 공간으로 활용되고 있는 병원 앞 공원 벤치에 앉았다. 그리고 휴대폰의 전원을 켰다.

그에게 부재중 전화가 와 있었다. 아마 집에서 출발했다는 전화를 했을 것이다.

아침 8시 50분이니 아직 그와의 약속 시각까지는 10분

정도 남았다.

담비는 이어폰을 끼고 노래를 들었다. 한 곡, 두 곡이 흐르고 약속한 9시가 되었지만 그의 모습은 보이지 않았다. 그녀는 이어폰을 빼고 손에 쥐고 있던 휴대폰의 통화 버튼을 눌렀다.

하지만 그는 전화를 받지 않았다.

무슨 일이 생긴 건지 걱정되었지만 그가 늦잠을 잘 수도 있다는 생각에 기다리기로 했다.

그렇게 10분, 20분, 30분이 흘렀다.

두 시간이 지났는데도 그는 나타나지 않았다. 아무래도 오는 동안 무슨 일이 생긴 것 같아 혹시나 하는 마음에 그녀가 응급실 쪽으로 뛰어가려 할 때였다. 낯익은 차 한 대가 급하게 병원 앞에 섰다.

분명 우빈의 차였다. 자신을 데리러 왔다는 생각에 담비는 그제야 환한 미소를 지었다.

허나 그의 손을 꼭 잡은 채로 차에서 내리는 한 여자를 보곤 얼굴을 굳혔다.

작년, 잠깐 병원에 와서 인사를 나누었던 여자였다. 모자를 쓰고 있었지만 느낌으로 알 수 있었다. 병원장의 딸 오혜정이었다.

몇 번 더 그녀를 만나야 한다고 했지만 '왜 하필 오늘이

지?' 하는 의구심이 일었다.

오늘은 결혼 1주년 기념일이었다. 그를 믿어야 하는데, 믿고 있는데 마음이 불안하고 아팠다.

혜정의 어깨를 끌어안고 병원으로 들어가는 그의 모습을 보며 단비는 단 한 발자국도 내딛지 못했다.

그들의 모습이 머리를 짓누르는 고통으로 돌아와 온몸을 덮쳤고 자신을 둘러싼 모든 것들이 빙글빙글 맴돌기 시작했다.

담비는 현기증을 느끼며 자리에 털썩 주저앉고 말았다.

▼   ▼   ▼

혜정은 병원 안으로 들어가자마자 자신을 부축하고 있는 우빈의 손길에서 살며시 벗어났다. 주위의 시선 때문이었다.

차라리 죽는 것이 나을 만큼 고통이 온몸을 공격하자 혜정은 진통제를 찾아 입에 털어 넣었다. 그러나 그것도 별 효과가 없었다.

미칠 듯이 아팠지만 옆엔 아무도 없었다. 더럭 무서워졌다. 다신 눈을 뜨지 못할 수도 있다는 생각을 한 그때 우빈이 생각났다. 그에게 급히 연락했으나 결국 정신을 잃고 쓰러져 버렸다. 이렇게까지 민폐를 끼치고 싶진 않았는데……

"미안해요, 우빈 씨. 이제 혼자 걸을게요."

"괜찮습니다. 일단 병원장님부터 만납시다."

"이럴 줄 알았으면 아버지랑 같이 살 걸 그랬어요. 엄마가 죽은 뒤, 혼자된 아버지를 두고 외국으로 떠났거든요."

"그랬군요."

"이렇게 매분, 매초 시간 가는 것이 너무 아까운데. 우빈 씨는 저처럼 그러지 말고, 사랑하는 분에게 잘해 주세요."

"알겠습니다."

"아버지께 같이 가 주시는 거죠?"

"네."

우빈은 호텔로 가자마자 바닥에 쓰러져 있는 혜정을 발견했던 것을 떠올렸다. 심한 통증에 잠시 정신을 잃은 것 같았다. 그는 다른 병원에 입원하겠다고 고집을 부리는 그녀를 설득해 한국병원에 왔다.

그녀는 앰뷸런스를 타고 싶지 않다고 했다. 응급실로 바로 가지 않고 아버지를 만나 사실을 알려 드려야 할 것 같았기 때문이다.

엘리베이터를 타고 13층에 내린 우빈은 쉽게 걸음을 내딛지 못하는 혜정을 부축해 병원장실로 향했다.

혜정을 본 동호는 온몸이 얼어붙어 버렸다. 1년 만에 모습을 드러낸 딸은 뼈대만 남아 핏기 없는 누런 얼굴을 하고 있었다. 하얗게 질려 있던 동호는 울음조차 쏟아 내지 못한 채 인형처럼 넋을 놓았다.

"혜정아, 너 왜 이리 말랐어!"

"아버지……."

"어디가 아픈 거야?"

심하게 놀랐을 때 심장이 철렁 내려앉는다는 표현을 쓰던가. 그 말처럼 머릿속에서 한꺼번에 피가 빠져나가는 기분을 느낀 동호는 딸의 몸을 이리저리 살펴보았다.

"아버지, 죄송해요."

"혹시…… 암이니."

"네, 간암 말기예요."

"혜정아!"

병원장실은 순식간에 울음바다로 변해 버렸다. 우빈은 두 사람을 위해 자리를 피해 주었다.

아픈 사람이 곁에 있다는 건 힘든 일이다. 가족이 암이라는 사실을 알고 난 뒤의 상황은 애처로울 만큼 슬프고 아픈 게 당연했다.

"나도 아프네. 아파……."

자신의 심장 언저리를 손으로 누르던 우빈은 고개를 들

어 시간을 확인했다.

11시가 넘었다. 그제야 담비에게 연락을 하지 못했다는 것이 떠올랐다.

"이런 바보."

휴대폰에 부재중 전화가 떠 있었다. 정신이 없어서 받지 못했다. 재빨리 그녀에게 연락을 취했으나 휴대폰이 꺼져 있었다.

혹시 병원에 있을까 싶어 우빈은 담비가 있을 만한 의국, 기숙사, 그리고 그 주변을 싹 뒤졌다. 그러나 그 어디에도 담비의 모습은 보이지 않았다.

당황스럽고 난감했다. 하지만 그땐 혜정의 전화를 무시할 수 있는 상황이 아니었다. 그녀가 이해를 해 주었으면 좋겠다는 생각을 하며 그는 잽싸게 병원을 나와 집으로 향했다.

그러나 집 안에서도 그녀의 모습은 보이지 않았다.

다시 그녀가 갈 만한 곳을 찾기 위해 밖으로 나왔으나 이내 그 자리에 멈춰 서고 말았다. 친정에 갔을까? 아니다, 그렇다면 장모님께 연락이 왔을 것이다.

그럼 시댁? 그곳은 더더욱 아니었다.

어디로 가야 할지 갈피를 잡지 못했다. 그녀와 단둘이 갔던 곳이 없었다. 둘만의 추억이 담긴 흔한 데이트 코스도 없었다.

현기증을 느낀 그의 눈에 티 없이 맑은 푸른 하늘이 일렁일렁 파도치듯 흔들렸다.

"담비야, 어디 갔니?"

♦   ♦   ♦

우빈에게 말 못 할 사정이 생겼을 거라 생각한 담비는 집에서 그를 기다리기로 했다. 그러나 생각하면 할수록 서글퍼졌다. 눈물이 차올라 어금니를 앙다물고 울음을 삼켰다. 울지 말자고 몇 번이나 다짐하며 일부러 휴대폰 전원을 꺼 버렸다.

집에서 나온 그녀는 코미디 영화를 보러 영화관에 갔다. 실컷 웃고 싶어 선택한 것이었는데 결국 영화를 보며 울고 말았다.

한바탕 울고 나니 속이 조금 풀린 듯해 담비는 잠시 햇살이 뜨거운 거리를 걸었다.

분명 더운 날씨였는데 온몸에 한기가 들었다.

눈앞에 서로에게 아이스크림을 먹여 주며 웃고 있는 연인이 지나갔다. 달콤함이 전해져 오자 담비는 근처 커피숍으로 들어가 아이스크림을 시켰다. 하지만 단 한 숟가락도 입에 넣지 못했다. 머릿속에 수없이 반복되는 장면 때문이었다.

아무리 그래도 그렇지 왜 자신에게 연락 한 통 없이 그녀에게 달려갔을까.

응급실로 바로 가지 않고 병원 앞까지 차를 타고 온 걸 보면 그다지 응급 상황도 아닌 것 같았다. 그렇다면 자신을 데리러 병원으로 온 뒤 그녀에게 가도 될 만한 상황이었다.

담비는 고민 끝에 결론을 내렸다. 아직까지 이우빈은 한담비가 세상의 전부일 만큼 중요하지 않다. 첫 번째가 아닌 두 번째가 될 수도 있는 존재였다.

그것을 알고 있었는데도 막상 체감하고 나니 충격은 엄청났다. 그와 자신은 결혼으로 맺어진 가족이었다. 그런데도 뒤로 밀려나 버렸다.

"이젠 어디로 가지?"

갈 곳이 떠오르지 않았다. 고민하던 그녀는 결국 집으로 발걸음을 돌렸다.

문이 열리고 담비가 모습을 드러냈다. 그녀가 오기만을 기다리던 우빈은 현관으로 달려 나갔다.

새까만 어둠을 닮은 슬프고 애잔한 그녀의 눈동자는 금세 눈물 한 방울을 떨어뜨릴 것 같았다. 그녀와 시선을 마주한 우빈도 하마터면 왈칵 눈물을 쏟을 뻔했다.

"어디 갔었어? 한참 찾아다녔잖아!"

"나를 왜 찾아요."

그녀의 눈빛이 서늘하게 변했다. 굳은 입가엔 불편한 심기가 고스란히 담겨 있었다. 그런 그녀를 보고 있는 그의 눈가가 파르르 떨리며 경련이 일었다.

"그게 무슨 말이야. 걱정돼서 그렇지. 화 많이 났어? 미안해, 정말 미안해."

"미안……하긴, 해요?"

"담……."

잘게 떨리며 갈라지는 음성에 우빈은 말끝을 흐리며 그녀를 바라보았다. 그리고 한 걸음 다가섰다. 손만 뻗으면 닿을 수 있는 가까운 거리였다. 하지만 그는 그녀를 쉽게 만질 수가 없었다.

심장이 욱신욱신 옥죄어 왔다. 연거푸 한숨을 토해 내는 그의 가슴속으로 뒤늦은 후회가 물밀듯이 밀려들었다.

이럴 줄 알았으면 그녀에게 솔직하게 사랑한다고 말할 걸. 그게 뭐 그리 대단한 비밀이라고 가슴속에 꼭꼭 숨겨 두고 표현하지 않았는지 후회가 되었다.

다급했다. 심장이 빨리 그녀에게 진실을 말하라고 재촉했다.

"한담비, 사랑해."

우빈이 울부짖듯 말을 토해 냈다. 분위기 좋은 곳에서 행복감을 만끽하며 고백하려 했지만 실패하고 말았다. 그래도 그는 진심으로 자신의 마음을 전하려 애를 썼다.

"사랑해, 진심이야."

힘껏 다물고 있는 그의 입술 사이로 흐느낌이 새어 나왔다. 한 치의 거짓도 없는 고백이었다.

나지막이 울리는 고백에 담비는 차분한 눈으로 그를 바라보았다.

'이우빈이 사랑한다고 말했다.'

가끔씩 느껴지는 따스한 행동과 진심을 전하는 눈빛, 그리고 키스를 떠올릴 때면 그가 자신을 사랑하고 있을지도 모른다는 생각을 했었다. 그런데 그의 고백을 듣고 나니 기쁨보다 당황스러움이 먼저 찾아왔다.

되묻고 싶었다. 정말이냐고 묻고 싶었다.

눈동자에 맺혀 있던 감정을 털어 내듯 빠르게 눈을 깜빡인 그녀가 처연한 눈빛으로 말했다.

"진짜예요, 날 사랑하는 게?"

"진짜야."

"그럼 이제까지 나에게 보인 행동은 뭐라 말할 거예요? 오늘 일은 최악이었어요."

"그건…… 미안해. 정말 미안하다."

"미안하다는 말, 더 이상은 듣고 싶지 않아요."

"오늘 일은 정말 어쩔 수 없는 상황이었어. 너한테 전화를 했는데 휴대폰이 꺼져 있더라고."

"그랬다면 병원으로 날 먼저 찾아왔어야 했어요."

심장이 뒤틀리듯 고통스러웠다. 담비는 사랑하기에 헤어진다는 말이 이제야 무슨 뜻인지 알 것 같았다. 사랑하지만 고통스러운 외로움을 느껴야 한다면 차라리 헤어짐을 선택하는 게 낫다는 것을.

이제야 사랑의 정의가 무엇인지 알게 되었다.

담비는 혼자서만 우빈을 소유하고 싶었다. 왜 자신보다 혜정에게 먼저 찾아간 것인지 따져 묻고 싶었다. 촌각을 다투는 응급 상황이 아니었다면 자신과 함께 가서 만났어도 충분할 거라는 생각이 들었다.

"한담비!"

"이우빈 씨, 우리 이혼해요. 아니, 헤어져요."

"뭐?"

"뭘 그리 놀라요? 당신이 먼저 1년간만 결혼을 유지하자고 했잖아요."

"그래. 그랬어."

화가 난 우빈은 담비의 턱을 손자국이 날 정도로 세게 잡아 올렸다. 하지만 그녀의 눈은 조금도 흔들리지 않았다. 고통이 짙게 밴 그의 숨결이 하얗게 말라붙은 입술 사이로 흘러나왔다.

그는 그녀가 야속할 뿐이었다. 물론 자신이 잘못을 한 건 인정했다. 하지만 이해를 해 줄 수 있는 상황임에도 그녀는 마음을 열지 않았다.

"그런데 마음이 바뀌었어. 우리의 결혼을 진짜로 만들고 싶어졌거든."

"시작은 당신이 결정했으니, 끝내는 것은 내가 결정해요."

"싫어, 안 돼. 이제야 너에게 내 마음을 고백했는데……."

"그래서 고백한 게 억울해요?"

"넌 내 아내야. 나랑 결혼했어. 평생 내 가족이라 생각하기 시작했다고."

"말 잘했어요. 가족이라고 생각한다면서 늘 두 번째일 수밖에 없는 슬픔을 당신이 알아요?"

"두 번째? 아니야. 넌 나의 첫……."

아주 짧은 순간, 우빈은 자신이 그동안 얼마나 어리석었는지를 깨달았다. 나이를 헛먹었다. 덩치만 큰 아이가 된 것 같은 느낌에 그의 눈빛이 슬픔으로 흐려졌다. 가슴은 터질 것 같은데 대꾸할 말이 딱히 생각나지 않았다.

"정말 미안해. 그 말밖에는 할 말이 없어."

"결혼 후 우리 관계는 더욱 설명하기 어려워졌어요."

"절대로 난 너랑 헤어지지 않을 거야."

"난 헤어질 거예요. 헤어지고 싶어요. 내가 두 번째인 남자를 남편으로 두고 싶지 않아요."

답답함에 그녀는 가슴을 움켜쥐었다. 한숨 넘어 또 한숨이 나왔다. 소리를 지르고 싶을 정도였다. 아무리 스스로를 다독이고 위로해도 칼에 베인 것처럼 아팠다.

"그러니 변명 따위 하지 말아요."

바락바락 목소리를 높이며 그녀가 소리를 질렀다.

두 손으로 귀를 막은 우빈은 그대로 집을 나섰다. 상처 입은 들짐승처럼 온몸이 아프고 마음이 찢어졌다.

그녀는 잔인했다. 자신을 밀어내는 그녀의 눈빛과 말을 듣고 있으려니 심장이 일시에 작동을 멈춰 버린 듯한 기분이 들었다.

우빈은 가슴 한 자락에 바람이 들어오는 구멍이 생긴 것처럼 슬프고 허무했다. 풀 수 없는 실타래처럼 엉켜 버린 그녀와 자신과의 관계.

그는 가던 걸음을 멈추고 주먹으로 거칠게 벽을 내리쳤다. 고통이 손등을 타고 저릿하게 몰려왔다. 하지만 아픈 곳은 손등이 아니었다. 가슴이었다.

245

결국 눈동자에 맺혀 있던 눈물이 뺨 위로 뚝 떨어졌다.

"담비야, 미안해……."

그녀에게 하고 싶은 말이 너무 많았다. 마음속에 가득 찬 미안함과 답답함을 다시 한 번 토해 내고 싶었지만 그녀에게 시간을 주는 것이 낫겠다는 생각이 들었다.

결국 집으로 돌아가고 싶은 마음을 접고 할 수 없이 호텔로 향했다.

우빈은 결혼한 날짜에 맞춰 예약한 602호 앞에 섰다.

색다른 프러포즈를 하기 위해 인터넷을 뒤적거렸지만 특별한 방법을 찾지 못했다. 결국 평범해도 진실한 마음을 전할 수 있는 프러포즈를 하기로 결정했었다.

호텔 방 안으로 들어가자 제 모습을 뽐내며 반짝이는 LED 촛불들이 보였다. 그것뿐만이 아니라 각종 꽃 장식과 무지개 빛깔의 풍선들이 천장에 가지런히 매달려 있었다. 바닥에는 수십 개의 초로 하트를 만들었고, 장미 꽃잎도 침대와 욕조에 뿌려 놓았다.

이곳에서 사랑한다 고백하려고 했었는데…….

모든 것이 다 물 건너갔다. 1년 동안 그녀와 자신은 소꿉놀이와 다를 바 없는 부부 놀이를 했다.

아무리 계약으로 맺어진 결혼이었다 하더라도 최선을 다하는 모습을 보였어야 했다. 서로를 믿으며 의지하고, 누구보다 그녀를 생각하는 남편의 모습을 보여 주지 못했다.

답은 언제나 마음가짐에 따른다는 것을 우빈은 조금씩 깨우쳐 갔다.

그는 이제는 달라져야겠다고 마음먹었다.

담비와 이대로 헤어질 수 없었다.

♦   ♦   ♦

"이우빈 선생님."

"아, 어서 와. 김찬우 선생."

그녀와 한바탕 전쟁을 치른 우빈은 술을 마시지 않으면 미칠 것 같아 찬우를 불렀다. 나오지 않겠다고 거절하더니 그는 30분이 지난 후 모습을 드러냈다.

찬우를 발견한 우빈은 손가락을 까닥까닥했다.

"왜 이리 늦은 거야! 치프 말이 우스워?"

이미 우빈은 술에 취한 상태였다.

"오늘 당직이었습니다. 그리고 선생님이 오라 하면 바로 와야 하는 그런 사람 아닙니다, 저."

"지금 튕기시겠다? 아, 그럼 가. 가는 사람 붙잡지 않으니까."

"하, 정말 미치겠네."

벌써 소주를 두 병이나 마신 우빈을 보며 찬우가 자리에 앉았다. 병원장 딸이 입원을 하고 있기에 병동은 초긴장 상태였다. 이럴 때 불러내다니 역시 이우빈다웠다.

2년 차 하만철 선생에게 대신 콜을 받아 달라 부탁한 후 어렵게 왔는데 그는 고맙다는 말은커녕 오히려 꼿꼿하기만 했다.

"술 많이 드셨네요."

"먹었다! 어쩔래. 김찬우 선생도 한잔할래?"

"아닙니다. 취하셨습니다."

"취하다니. 이 정도로 취할 이우빈 아니야. 아니라고!"

"모셔다 드리겠습니다. 일어나십시오."

"술 더 마실 거야."

이렇게 흐트러진 우빈의 모습은 처음이었다. 찬우는 어떻게 해야 할지 몰라 난감했다.

그는 병원에서나 사랑에서나 자신을 짓밟고 올라선 사람이었다. 경쟁자라는 표현은 적절치 않았다. 월등히 우선권을 점하고 있는 그였으니까.

그를 여기다 그냥 버려두고 갈까?

순간적으로 치솟은 감정에 찬우는 허탈한 웃음을 내지었다. 그때 우빈이 혼잣말을 중얼거렸다.

"김찬우, 너 이렇게 비겁한 놈 아니잖아."

혹시 한담비 선생과 일이 잘 안 풀린 것은 아닐까 생각됐다. 그렇다면 아주 잘된 일이었다.

우빈을 사적으로 만난 건 처음이었기에 찬우는 묻고 싶었다. 담비의 마음이 어떤지 알아볼 수 있는 좋은 기회였다.

서로 사랑하고 있는 연인 사이라면 마음은 아프겠지만 두 사람을 축복해 주어야 했다.

찬우는 우빈을 흔들어 깨워 찬물을 마시게 했다.

"정신 차리세요. 치프님."

"왜!"

"물어보고 싶은 것이 있습니다."

"해 봐."

"한 선생과는 정말 연인 사이인가요?"

"김찬우 선생, 아니, 김찬우. 우리 담비 사랑해?"

"사랑합니다. 왜요. 저를 때리시기라도 하실 겁니까?"

찬우는 상처 입은 어린 맹수의 눈빛을 하고 있었다.

우빈은 그 눈빛을 술에 취해 잘못 봤다고 여기며 고개를 저었다. 찬우와 3년 반 넘게 일을 했지만 이런 눈빛은 처음이었다. 그 역시 그녀를 많이 사랑하고 있는 것 같았다.

우빈은 술기운에 담비는 유부녀니까 넘보지 말라고 말하려다 참았다. 그 말은 그녀가 직접 해야 될 것 같았다.

"사랑하지 마. 너만 다쳐."

"길고 짧은 건 대봐야 하지 않을까요?"

"하긴, 네 말이 맞다. 우리 둘은 연인보다 더 못한……
아니, 무슨 사이이지? 나도 모르겠…….."

결국 우빈은 테이블 위로 고개를 떨구고 말았다. 찬우는
우빈을 향해 시선을 내렸다. 손등의 상처를 보는 찬우의 눈
동자는 얼음의 결정이 돋아나듯 차갑게 얼어붙어 있었다.

딱딱한 껍데기로 온몸을 무장한 바닷게처럼 속을 전혀
알 수 없는 그는 사랑에 있어선 감정을 숨기지 못했다.

잠시 고민하던 찬우는 술에 취한 우빈을 일으켜 세웠다.
큰 키와 단단한 근육질 몸매인 그를 혼자서 부축하기엔 역
부족이었다.

주변의 도움을 받아 우빈을 차까지 태웠지만 집이 어딘
지 몰라 어쩔 수 없이 레지던트 남자 기숙사로 향했다.

찬우는 침대에 우빈을 짐짝처럼 내던졌다.

"이우빈 선생님, 오늘은 제가 용서해 주겠습니다. 이런
모습은 처음이라 당황했지만 말입니다."

찬우는 자신을 대신해 당직을 하고 있는 하만철 선생을
집에 돌려보내야겠다는 마음에 급하게 침대에서 일어났다.
그때, 우빈의 목소리가 들려왔다.

"한담비, 사랑해! 왜 내 맘을 몰라주냐!"

그도 자신과 같이 담비에게 상처를 받은 남자였다는 사실에 웃음이 나왔다.

"무승부라 이거지. 갑자기 힘이 막 솟아오르네."

기숙사를 나서는 찬우의 얼굴에 이제껏 보지 못했던 환한 미소가 떠올랐다.

피임약의 정체성

출근을 한 담비는 혜정이 간암 말기로 특실에 입원했다는 소식을 듣게 되었다. 담당의는 이우빈이었다.

그녀의 삶이 3개월도 채 남지 않았다는 소식을 들은 담비는 너무 놀라 헛웃음을 흘렸다.

우연히 마주친 병원장의 얼굴은 말로 표현할 수 없을 만큼 초췌했다. 딸을 살릴 수만 있다면 무슨 짓이라도 할 모양이었다. 가망이 없다는 걸 누구보다 잘 알고 있는 그였지만, 마지막 지푸라기라도 잡고 싶은 간절한 희망이 있는 것 같았다.

"후……"

여러 개의 링거액을 달고 누워 있는 혜정을 보던 담비는 눈물이 나오려는 걸 꾹 참았다. 울렁울렁. 덜컹덜컹. 뭐라 설명할 수 없는 감정이 느껴졌다.

그도 이런 기분이었을까.

어제 그는 집에 들어와 절대로 이혼하지 않겠다는 말만 남기고 다시 나가 버렸다.

혼자 있는 집은 삭막하고 조용했다. 잠을 자려고 누웠지만 어둠이 올가미처럼 몸을 감겨들어 와 숨이 막혔다. 결국 담비는 집 안의 모든 불을 다 켠 채 침대에 누워 멍하니 천장을 바라보다 겨우 잠이 들었다.

담비는 아침 회진 시간에 그의 얼굴을 보지 않기 위해 일부러 고개를 숙였다. 보지 않아도 그의 얼굴이 얼마나 슬프고 어두울지 알 수 있었다. 그러나 그를 쉽게 용서하고픈 마음은 없었다.

아무리 혜정이 간암 말기에 시한부 인생을 살아야 한다는 것을 알았어도 그에 대한 섭섭한 마음은 변하지 않았다.

회진을 끝낸 담비는 외래에서 잠시 내려오라는 콜을 받았다.

아래층으로 내려간 담비는 의자에 앉아 있는 아버지를 보고 깜짝 놀랐다. 사색이 된 얼굴로 그녀가 물었다.

"아버지, 여긴 웬일이세요?"

"우리 딸, 얼굴 좀 보자."

순찬은 딸을 보자 찡그렸던 얼굴을 펴고 환하게 웃음을 지었다.

"요즘따라 자꾸 피곤해서 진료를 받아 볼까 해서."

"증상이 어떠신데요?"

"속이 더부룩하고 소화가 안 돼."

미치고 팔딱 뛸 노릇이었다. 순간 머릿속이 텅 빈 것처럼 하얘졌다. 울컥 터져 나오려는 신음을 손으로 틀어막은 담비의 손이 바들바들 떨렸다.

"언제부터 그런 증상이…… 있으셨는데요?"

"한 달 정도 됐나."

"진작 저한테 연락하셨어야죠!"

"우리 딸은 많이 바쁘잖아. 안 그래도 보고 싶어서 병동에 연락을 넣었다."

"진료 시간은 언제예요?"

"9시. 그런데 환자들이 많아서 조금 지체되는 모양이야."

"아버지……."

"엄마한테는 비밀이다."

혼자 검사를 받아도 된다는 순찬의 만류에도 담비는 걱정스러운 마음에 같이 진료실 안으로 들어갔다. 몇 시간에 걸쳐 내시경과 초음파검사를 한 순찬은 지친 몸을 이끌고 집으로 돌아갔다.

손에 차가운 땀이 촉촉하게 배어 나올 정도로 담비는 아버지의 걱정에 몸을 파르르 떨었다.

아버지가 집에 잘 도착했는지 전화로 확인한 뒤에도 담비는 일이 손에 잡히지 않을 만큼 걱정이 되었다.

답답한 마음에 담비는 의국 창문을 열었다. 어제까지 멈춰 있던 비가 다시 내리고 있었다. 창가에 서서 밖으로 손을 내밀었다. 빗방울이 그녀의 손등을 두드렸다.

"아버지는 괜찮으시겠지."

우빈에게는 아버지가 진료를 받으러 오셨다는 얘기를 하지 않았다. 장인어른을 잘 챙기지 못했다는 죄책감으로 자신을 질책할 게 뻔했다. 무엇보다 그 일이 있은 후 그와 되도록 얼굴을 부딪치고 싶지 않았다.

뜻하지 않게 병원에서 아버지를 뵙고 나니 그동안 바쁘다는 핑계로 가족들에게 소홀했던 자신을 반성하게 되었다.

"후, 한담비."

차라리 모든 걸 그만두고 싶어졌다. 며느리 노릇도, 딸 노릇도 제대로 하지 못하면서 아내 역할까지 하려니 벅찼다.

한 가지도 제대로 하는 게 없었다. 차라리 '그와 헤어지고 완벽한 의사가 되는 길을 선택하는 게 바람직하지 않을까' 라는 생각이 들 정도였다. 하지만 마음속에서 그를 지울 수 있는 방법은 그 어디에도 없었다. 그만큼 그는 자신의 가슴속에 깊이 들어와 있었다.

"하아, 답답해."

"지금 한숨 쉬고 있는 거야?"

찬우를 발견한 담비는 얼른 창문을 닫았다.

담비는 찬우가 부담스러웠다. 이젠 그를 마주 보는 것조차도 껄끄러웠다.

"식사하셨어요?"

"어, 한 선생은?"

"네, 저도."

그녀의 대답을 끝으로 다시 적막이 찾아왔다.

찬우는 시선을 들어 비 오는 풍경을 말없이 보고 있는 담비를 바라보았다.

뭔가 분위기가 달라졌다. 늘 씩씩하고 밝았던 그녀였는데 며칠 전부터 고민에 빠진 듯 한숨만 내쉬고 있었다.

그의 검은 눈동자에 그리움의 빛깔이 묻어났다. 그녀의 뒷모습만 봐도 물결치는 동심원들이 가슴에 너울너울 퍼져 나갔다. 하지만 이제는 그 감정을 접어야 하나 고민이 됐다.

그녀의 눈에 다른 남자가 보였기 때문이다.

"한 선생, 무슨 일 있어?"

"비가 오네요, 선생님."

"장마가 시작됐나 보지."

"아, 맞다. 장마."

"또 뒤통수만 보여 주고 서 있네. 사람이 오면 얼굴을 보고 애기하는 게 예의야."

담비는 천천히 찬우를 향해 돌아섰다. 분명 그의 마음을 정중히 거절했는데 아직 정리가 되지 않은 듯했다.

정수리로 따갑게 내리쬐는 눈빛을 느낀 그녀는 고개를 들어 그와 시선을 마주했다.

"선생님, 제 마음은 이미 애기했는데요."

"알아. 알고 있으니까 자꾸 입력시키지 마."

"선생님."

"한 선생, 나 그날 확실하게 봤어."

"무엇을요?"

"이우빈 선생님이 잠든 한 선생에게 아주 진한 키스를 하고 있는 걸."

"네?"

"괜히 치프의 화를 돋우는 바람에 나만 손해 봤어. 수술실 복도에서 진짜 키스를 할 줄은 상상도 못 했거든."

두통이 몰려오는 것만 같았다. 알고는 있었지만 그에게

직접 그날의 일을 들으니 마음이 더 착잡해졌다.

"죄송합니다."

"한 선생이 왜 죄송해. 잘못한 사람은 이우빈 선생님인데."

"원인 제공은 접니다. 몸이 좋지 않아 잠을 자고 말았으니까요."

"좋아. 그렇다면 한 가지만 물어볼게. 혹시 이우빈 선생님과 사귀는 거야?"

"아, 아닙니다."

"그럼, 그날 이우빈 선생님이 키스하는 줄 정말 몰랐어?"

몰랐다고 거짓말을 하는 것이 나을 듯싶었다. 알고 있었으면서 거부하지 않았다는 것은 그와의 관계를 인정하는 셈이었다.

"네, 몰랐습니다."

"이우빈 선생님 키스 실력이 엉망인가 보네. 잠든 공주를 깨우지도 못하고."

찬우는 두 주먹을 불끈 쥐었다. 도둑놈처럼 담비의 입술을 몰래 빼앗아 가던 그날이 생각나자 억울하고 분통이 터졌다. 부글부글 끓어오르는 화를 참기 위해 그는 한숨을 푹푹 내쉬었다.

"이 자식을 그냥! 성폭력범으로 신고할까 보다."

"괜, 괜찮습니다."

"괜찮다니. 한 선생, 혹시 이우빈 선생님 좋아해?"

뭐라고 답해야 할지 몰라 담비는 말없이 슬픈 미소만 지었다.

우빈을 생각하니 심장이 아파 왔다. 담비는 눈물을 보이지 않기 위해 고개를 돌렸다.

두 눈에 또렷이 새겨진 흔들리는 담비의 모습에 찬우는 가슴속 못난 미련을 떨쳐 내지 못하고 볼멘 목소리로 되물었다.

"어제 이우빈 선생님이 술 마시고 날 불러냈어."

"정말요?"

"무슨 일이 있었는지 한 선생한테 사랑을 받아 달라 혼잣말로 애원을 하더군. 나처럼……."

"선생님!"

"내가 간섭하는 것 같아서 기분 나빠?"

"네, 기분 나쁩니다."

그녀의 대답을 들은 찬우는 가슴이 아릿아릿 저려 와 심장 언저리로 손을 가져다 얹었다.

"한담비 선생."

"네, 선생님."

"내가 한 선생 사랑하는 거 알지?"

담비는 눈과 귀, 그리고 입까지 전부 다 닫고 싶었다. 더이상 그의 말을 듣고 싶지도, 마음을 알고 싶지도 않았다.

반대로 한 남자에겐 자신의 마음을 열고 싶었다. 바로 이우빈에게.

어젯밤, 그녀는 자신이 우빈을 좋아한다는 사실을 깨달았다. 한 번도 표현한 적 없었지만 그를 사랑하고 있었다. 허나 이제는 쓸모없는 감정이었다.

"저는 선생님을 좋아하지 않습니다."

"알아……. 저번에 말했잖아."

"불편합니다. 저에 대한 그 마음 빨리 접으시길 바랍니다."

냉정하게 말을 내뱉은 담비는 재빨리 걸음을 내딛어 의국을 나섰다.

혼자가 된 찬우는 멀어지는 그녀의 뒷모습을 바라보았다. 가슴이 미어터질 것 같았다.

그녀의 걸음걸이는 신기루 같았다. 사뿐사뿐. 하늘하늘. 곧 눈앞에서 사라질 것만 같은 발걸음이었다.

마주 보지 못하는 사랑. 서로 같지 않은 마음. 그것을 참고 견뎌야 하는 나날들이 얼마나 괴로운지 그녀는 모를 것이다.

찬우는 담비를 잡기 위해 빠른 걸음으로 뒤따랐다. 그녀

의 팔을 잡아당긴 뒤 품 안에 끌어안았다. 솟아오르듯 피어
난 열기가 온몸에 번져 걷잡을 수 없었다.

"담비야."

눈을 감은 채 떨리는 숨결을 담아 그녀의 이름을 읊조렸
다. 이렇게라도 그녀를 품에 안아 보고 싶었다.

"선, 선생님!"

"잠깐만 이러고 있자."

"싫습니다. 이거 놓으십시오."

"왜, 이우빈은 되고 나는 안 되는 거야."

"저 소리 지를 겁니다. 이거 놓으세요."

"마음대로 해."

담비의 입술에 키스하고 싶은 마음이 굴뚝같았지만 오늘
은 여기까지만 하기로 했다. 몸부림치는 그녀를 안고 있으
니 여러 가지 감정이 교차됐다.

찬우는 아쉽지만 이내 그녀를 놓아주었다.

"오늘은 포옹이었지만 다음번에는 입술을 훔칠지도 몰
라."

"선생님을 미워하고 싶지 않습니다. 절 그냥 편하게 대해
주시면 안 돼요?"

"이미 한 선생에 대한 내 마음이 넘쳐흐르는데 어떻게
막을 수 있겠어."

"만약 제가 선생님의 뺨을 때린다면요."

"그럼, 맞아야지."

더 이상 할 말이 없었다. 그가 이렇게 막무가내로 밀고 들어올 줄은 몰랐다. 담비는 매몰차게 등을 돌려 걸음을 옮겼다.

주룩주룩. 비는 참 잘도 내렸다. 내리는 비를 우산으로 막을 수는 있었지만 젖어 드는 가슴은 어찌할 수 없었다.

누군가 그랬다. 사랑은 운명으로 맺어진 행위의 하나라고. 한쪽에서 일방적인 사랑을 하는 건 짓궂은 하늘의 장난이라고. 찬우의 마음을 알고 있다는 듯 하늘은 계속해서 눈물을 흘리고 있었다.

찬우는 쉽게 시선을 돌리지 못했다. 어떤 진통제도 듣지 않을 통증이 그의 눈을 타고 가슴으로, 온몸으로 번지고 있었다.

불안하게 흔들리던 검은 눈동자가 제자리로 돌아올 수 있었던 건 그녀의 뒷모습이 완전히 시야에서 사라지고 난 뒤였다.

"사랑해. 한 선생……."

빠른 걸음으로 복도를 돌아서던 담비는 벽에 등을 기대고 서 있는 우빈과 맞닥뜨렸다. 모른 척하며 걸음을 옮기려던 그녀는 장벽과도 같은 단단한 그의 가슴팍에 얼굴을 부딪치고 말았다. 일부러 그가 길을 막았기 때문이다.

"비켜요."

"따라와."

"싫어. 안 가요."

담비의 어깨를 쥔 우빈은 손에 힘을 가했다. 몸이 휘청거릴 만큼의 완력이었다. 그는 이쯤에서 그녀가 자신을 이해해 주기를 간절히 바랐다. 이기주의라 욕해도 상관없었다.

"그럼 여기서 말할까. 저 뒤에 김찬우 선생도 있는데?"

"앞장서요."

그녀는 한 걸음 앞서 걷는 그의 뒤를 따랐다. 얼굴을 자세히 보진 못했지만 그는 화가 많이 난 것 같았다.

말없이 이런저런 생각을 하는 동안 연구실 앞에 도착한 그가 문을 열었다.

"들어가."

그녀가 안으로 들어가자마자 연구실 문이 달칵 잠기는 소리가 들려왔다. 불 꺼진 연구실 안은 밖에 비까지 내려 더욱 어두웠다. 그녀는 손을 들어 스위치를 켰다.

하얀 가운을 입은 그의 얼굴이 또렷이 눈에 들어왔다. 차갑게 굳은 턱, 부서져라 다문 입. 그는 몹시 화가 나 보였다. 그를 보고 있으니 갑자기 짜증이 확 밀려왔다. 잘못한 사람은 자신이 아니라 바로 이우빈이었다.

"할 말 있으면 해 봐요."

"장인어른 병원 오신 거 왜 나한테 얘기 안 했어?"

"내가 그걸 당신에게 얘기해야 하는 이유가 뭔데요? 우리 사이가 뭔데요."

"너 그걸 지금 말이라고 해?"

위압적인 분위기로 서 있는 그와 눈빛이 마주치는 순간 그 시선에서 아픔이 보였다. 그 아픔을 만져 주고 싶은 충동이 일었지만 그녀는 가운 자락을 쥐는 걸로 대신했다.

내뱉는 뜨거운 숨결이 느껴질 정도로 그는 가까이 서 있었다.

등줄기를 따라 묘한 전율이 흘러내리자 담비는 숨을 멈추고 몸을 돌렸다. 그와 정면으로 시선을 마주할 자신이 없었다.

우빈은 가늘게 떨리고 있는 담비의 어깨를 한 손으로 잡아 억지로 몸을 돌리게 했다. 자신을 경계하는 듯한 그녀의 행동에 가슴 언저리에 묵직한 불쾌감과 가벼운 현기증이 일었다.

"정말 왜 그래. 대체 왜 그러는 거야?"

"몰라서 되묻는 거예요?"

"한담비, 너 진짜!"

서로의 호흡을 느낄 수 있을 만큼 가까운 거리였다.

"방금 김찬우 선생하고 무슨 얘기했어?"

"당신이 알 바 아니에요."

"한담비!"

"당신은 오혜정 씨와의 일, 나한테 얘기한 적 있었어요? 신경 꺼요."

"신경 끄라고? 너 지금 말 다 했어?"

"네. 다 했어요."

그녀는 시선을 피하기 위해 고개를 돌렸지만 그의 손에 의해 다시 고개를 들 수밖에 없었다.

열기로 번들거리는 그의 눈은 그녀를 빨아먹을 기세였다. 너무 뜨거워서 무서울 정도였다.

"읍……."

우빈은 담비의 얼굴을 두 손으로 움켜쥐고 입술을 거칠게 훔쳤다. 거칠게 침입한 그의 혀는 그녀의 입안을 무례하게 휘저었다. 도리질을 치며 벗어나려는 그녀의 반항을 조금도 용납하지 않으려는 듯 입안을 헤저으며 혀가 끊어져라 빨았다.

입술이 터질 것같이 뜨겁고 아팠다. 입안 구석구석 건드리지 않는 곳이 없었다. 혀를 잡아당겨 쭉쭉 빠는 힘이 너무나 강해 담비의 몸은 저절로 당겨졌고 목이 꺾였다.

그의 강한 체취가 호흡을 타고 온몸으로 빠르게 흘러들어 왔다. 타액 또한 흘러넘쳤다.

이런 키스는 싫었다. 그를 거부하기 위해 그녀가 팔을 뿌리치며 고개를 절레절레 흔들었지만 역부족이었다. 그의 가슴을 때리고 꼬집어 봐도 마찬가지였다.

무례하게 젖가슴까지 움켜쥐는 손을 느끼며 그녀는 그의 입술을 깨물어 버렸다.

"윽!"

우빈은 손등으로 입술을 훑었다. 흐릿하게 피가 묻어 나왔다.

"오늘부터, 아니, 지금 이 순간부터 확실하게 인지해!"

"……."

"한담비는 이우빈의 아내라는 사실을……."

비틀거리다 간신히 벽에 등을 기댄 담비는 숨이 차올라 밭은소리를 내며 제법 매섭게 그를 노려보았다.

"그걸 먼저 잊어버린 사람이 바로 당신이라는 걸 잘 알고 있을 텐데요."

"담비야!"

"다시는 이런 짓 하지 마요. 그땐 정말 용서 안 할 거니까."

우빈은 망치에 얻어맞은 것처럼 망연자실한 채로 벽을 짚었다.

곧이어 연구실 문이 닫히는 소리가 들려왔다. 그녀가 등을 돌리고 나가 버렸다.

그 사실이 믿기지 않는 듯 그는 벽을 짚었던 손을 아래로 힘없이 툭 떨어뜨렸다.

또 그녀에게 상처를 주는 행동을 하고 말았다.

영원히 자신의 옆에 그녀가 있을 거라는 말도 안 되는 자신감을 갖고 있었다. 언제든지 훨훨 날아가 버릴 수 있는데 말이다. 엉망이 된 사이를 생각하니 서글퍼졌다.

또다시 멀어졌다. 어제보다 더 멀리.

두 사람의 관계는 찬바람이 쌩쌩 부는 추운 겨울처럼 싸늘하게 얼어붙었다.

봄이 언제 올지 모를 정도로.

♦   ♦   ♦

며칠 뒤 담비는 아버지의 검사 결과지를 들고 안도의 한숨을 내쉬었다. 지방간과 위염 증상 외에는 특별한 것이 없었다.

얼마나 다행인지 몰랐다. 딸과 사위가 의사인데도 아버지는 걱정을 끼칠까 봐 그 사실을 알리지 않았다.

결혼한 후 일이 너무 바쁘다는 핑계로 가족들을 등한시

해도 아버지는 늘 너그러이 이해해 주셨다. 죄송한 마음에 담비는 병원에서 다시 만난 아버지를 붙들고 많은 눈물을 흘렸었다.

오늘 수술한 환자는 왼쪽 간문맥에 종양 혈전이 있는 50대 남자였다. 복강경으로 종양을 제거하기로 했었는데 여러 번의 수술 경험이 있어 유착이 너무 심해 박리하는 데만 세 시간이 걸렸다.

예정보다 수술이 늦게 끝나는 바람에 점심을 굶게 된 담비는 의국 앞에서 점심을 먹고 오는 미정을 우연히 만났다.

"김미정 선생!"

자신을 부르는 소리를 듣고도 미정은 알은척도 하지 않고 다른 레지던트와 담비를 스쳐 지나갔다. 언젠가부터 미정은 담비와 말을 섞으려 하지 않았다.

혼자 구내매점에 가려고 터덕터덕 걸음을 옮기던 담비는 앞을 가로막는 찬우를 보곤 몸을 돌렸다. 하지만 그는 계속해서 그녀의 앞을 서성거렸다.

"선생님, 비켜 주세요."

"이거 먹어."

그가 종이 가방을 건네주었다. 그 안에는 초밥과 따뜻한 국물이 들어 있었다.

"괜찮습니다. 선생님이나 드세요."

"한담비!"

"부르지 마세요."

"한 선생, 생각보다 나쁜 여자네. 음식 타박하는 거 아니야."

손에 억지로 종이 가방을 쥐어 준 그는 그녀를 의국 안으로 밀어 넣었다.

혼자 남은 담비는 테이블에 종이 가방을 올려놓았다.

"이걸 먹어도 되는 건지 모르겠다."

고민과 달리 배 속은 밥을 달라 아우성쳤다. 식욕을 참기에 그녀는 배가 너무 고팠다.

"좋아. 이번 한 번만이야."

결국 먹기로 결정한 담비는 종이 가방에서 초밥과 국물을 꺼내 들었다. 동시에 의국 문을 두드리는 노크 소리가 들려왔다.

"들어오세요."

문이 열리고 헬멧을 쓴 낯선 남자가 들어왔다.

"퀵 서비스입니다. 한담비 선생님 계시나요?"

"저예요."

"이우빈 씨가 보내셨습니다."

"테이블에 올려놓고 가시면 돼요."

담비는 그가 보낸 종이 가방을 열어 보았다.

그 안엔 제육볶음 도시락과 함께 메모가 들어 있었다.

바로 수술 들어가야 되서 얼굴은 못 보지만 대신 마음을
보낸다.
p.s. 사랑한다. 어떻게 하면 내 마음을 알아줄래?

사랑한다는 그의 고백을 간직하고 싶지 않았다. 기억 속
에서 깨끗이 덜어 내고 싶었다.
커피 생각이 났다.
정말 뜨겁고 달달한 카페모카가.

♦   ♦   ♦

마지막 수술을 마친 담비는 탈의실에 들어갔다. 연달아
어시스트를 했더니 어깨가 뻐근하고 다리도 퉁퉁 부어 버
렸다.
두 다리에 엘라스틱 밴드를 칭칭 감고 자야 부기가 빠질
것 같았다. 그러나 일이 끝난 게 아니었다. 내일 아침에 있
을 회진 준비를 해야 했고, 수술 동의서를 받아야 하는 환
자도 있기에 마음이 급했다.
수술복 위에 덧입기 위해 가운을 집어 든 순간 주머니에

있던 약이 소리를 내며 떨어졌다. 야속하게도 약은 바로 옆에 있던 일반외과 3년 차 차숙희 선생의 앞에 떨어지고 말았다. 그녀는 한국대학병원의 입마담이라 소문난 의사였다.

숙희는 허리를 굽혀 떨어진 약을 손에 쥐었다. 피임약이었다.

"이거 한 선생 거야?"

"네······."

"남자 친구 있었어? 너무 좋겠다."

숙희의 얼굴이 호기심과 부러움으로 가득 찼다.

일정치 않은 생리와 생리통으로 인해 업무에 지장을 받아 복용하던 참이었다. 물론 얼마 전 결혼기념일을 대비한 것이기도 했다.

담비는 고개를 좌우로 흔들며 짙은 눈썹을 뭉뚱그렸다. 소문을 만들지 말라는 말없는 경고였으나 숙희가 일부러 모른 척하는 것 같아 어쩔 수 없이 부연 설명을 했다.

"남자 친구 없습니다. 생리가 너무 불규칙해서 먹는 것뿐이에요."

"정말이야? 믿어도 돼?"

"제가 언제 남자 만나는 거 봤습니까? 병원에 감금되어 살다시피 하는데요."

"그야 모르지. 너같이 예쁘장하게 생긴 애들이 몰래 남자 잘 만나고 다니더라."

숙희는 의심의 눈초리를 거두지 않았다.

아무리 생리가 불규칙하다고 해도 피임약을 먹는 여자가 몇 명이나 될까? 그러니 남자 친구가 있는 것이 분명했다. 잠도 부족한 레지던트 1년 차 주제에 언제 남자 친구를 만들었는지 궁금했다.

숙희는 얼마 전 수술실 복도에서 일어난 일에 관한 소문을 떠올리며 우빈과 찬우 둘 중 한 명이 담비의 남자 친구일 거라 생각했다.

담비는 가방 안에 피임약을 넣고 가운을 입었다. 숙희에게 들켰으니 아마 내일이면 자신이 결혼한다는 소문이 퍼질지도 몰랐다.

그러나 이미 엎질러진 물이기에 다시 퍼 담을 수 없는 노릇이었다.

산 넘어 또 산이 있었다.

앞이 막막했다.

퇴근 후 집에 돌아온 우빈은 거실로 들어오면서 입고 있

던 옷들을 하나씩 벗어 던졌다. 그의 몸엔 팬티만 남아 있었다.

평소 같으면 샤워를 하면서 그 즉시 팬티를 깨끗하게 세탁했을 것이다. 하지만 이것마저도 귀찮았다.

"이 팬티가 뭐라고."

그는 욕실 한구석에 입고 있던 팬티를 휙 던져 버렸다.

아내에게 팬티도 벗어 주지 못한 남편이 무슨 남편인가 싶었다. 몸과 마음은 모두 그녀에게 주었지만 격식은 완전히 던져 버리지 못했다.

자고로 부부란 아침에 일어나 서로의 눈에 눈곱 낀 모습도 보고, 까치집이 된 머리로 입 냄새를 풍기며 입맞춤을 나눌 수 있는 편한 상대다.

그런데 이 모든 것을 한 번도 해 본 적이 없으니 참으로 답답한 노릇이었다. 가화만사성. 집이 화목하지 않으니 병원 일도 제대로 손에 잡히지 않았다.

그래서 그런지 오늘도 2년 차 명식을 박살 내고 말았다. 어제 관광지에서 돌아오던 버스가 전복되어 응급실은 만원 사태였다.

교통사고로 인해 발생하는 부상은 골절뿐만이 아니었다. 심한 충돌로 인해 간이 파열되기도 했다. 간담도 췌장외과 응급 당직 전문의였던 한 교수가 응급수술을 하기 위해 환자를 수술실로 이송하는 가운데 명식이 어처구니없는 실수를 했다.

비슷한 증상을 보이던 다른 환자를 수술실에 끌고 간 것이다. 다행히 찬우가 그것을 알아차리고 다시 환자를 올려 보냈으니 망정이지 정말 큰일 날 뻔했다.

보고를 받은 우빈은 회진하기 전 명식의 조인트를 까고 말았다. 화가 나 견딜 수가 없었다. 소리를 질러도 풀리지 않았다. 의국 안에 있던 모두가 놀라 눈을 동그랗게 떴지만 그는 모른 척하고 진료실로 돌아왔다. 한숨은 늘어만 갔고 스트레스는 점점 쌓여 갔다.

결혼을 우습게 알고 있던 자신에게 하느님께서 벌을 내리는 것 같았다. 위선과 거짓이 없는 진짜 부부가 되기 위해선 자신이 먼저 마음을 바꿔 나가야 한다는 생각이 들었다.

샤워를 마친 우빈은 집 안 이곳저곳의 문을 열며 둘러보았다. 침실 안으로 들어간 그는 싸늘히 식은 침대를 손으로 쓸어내렸다.

"담비야……."

그녀가 보고 싶었다.

지금쯤 무엇을 하고 있을까 궁금했다. 잠이라도 잘 수 있는 행복을 누린다면 좋겠는데.

순간 자신을 야멸차게 외면하던 그녀를 떠올린 그는 강한 초조함을 느꼈다. 아무래도 병원으로 다시 가 봐야 할 것 같았다.

　병원에 가기 위해 그가 신발을 신으려던 순간, 휴대폰이 울렸다. 담비였다. 그의 얼굴에 웃음꽃이 활짝 폈다.

　"안 그래도 나 지금 병원……."

　—큰일 났어요. 박명식 선생님이 메모만 남겨 놓고 사라졌어요!

　"뭐? 지금 갈 테니까 기다려."

　1년 차가 무단으로 병원을 이탈하는 경우는 흔했지만 2년 차인 명식이 그럴 줄은 몰랐다.

　우빈은 아침에 있었던 일이 마음에 걸렸다. 가뜩이나 모친상을 당한 지 얼마 되지 않아 우울했을 텐데……. 하지만 그냥 넘기기에 그는 너무나 큰 실수를 했다.

　우빈은 쏜살같이 병원으로 향했다.

사랑이라는 전쟁

의사들이 말없이 병원을 무단이탈하는 데에는 대략 두 가지의 이유가 있었다. 일이 너무 힘들어서 체력적으로 한계에 다다른 경우, 윗사람으로부터 모욕이나 폭력 등의 부당한 대우를 받았을 경우. 명식은 후자일 확률이 높았다.

하지만 대부분의 도망자는 스스로 다시 돌아왔다. 병원을 나가 봐야 마땅히 할 일도 없고 갈 곳도 없기 때문이다.

병원에 도착하자 담비와 찬우가 우빈을 향해 다가왔다. 세 사람은 일단 명식이 갈 만한 곳을 추려 보았다.

"여자 친구 있어?"

"아니요. 장례식장에서 본 적 없습니다."

"그럼 내가 한 선생이랑 박 선생 고향인 인천으로 출발할게. 김 선생은 병원 주변 여관들 좀 돌아다녀 봐."

"아닙니다. 제가 한 선생이랑……."

"내가 가. 더 이상 토 달지 말고."

등을 돌린 우빈은 담비를 향해 나지막한 목소리로 말했다.

"한 선생, 따라와."

"저는……."

"잔말 말고 따라와."

그는 옷매무새를 가다듬으며 허리를 곧게 세웠다. 역시 이우빈이었다. 그녀의 눈동자에 설명할 수 없는 묘한 감정이 떠올랐다.

그는 멈칫거리는 그녀의 손목을 쥐고 병원을 나섰다. 주차장에 도착할 때까지 그는 손목을 놓아주지 않았다.

"왜 이래요?"

"지금은 그놈 잡으러 가는 거야. 개인적인 감정은 집어넣어."

"우빈 씨랑 같이 가기 싫어요."

"빨리 타."

강제로 담비를 차에 태운 우빈은 자신 역시 운전석에 올라탔다.

"안전벨트 매."

안전벨트를 맨 담비는 사슬에 온몸이 묶인 느낌이었다. 역시 그의 얼굴을 보면 냉정한 판단을 하기 힘들었다.

차는 인천으로 향했다. 밀폐된 공간에 냉전 상태인 그와 함께 있으니 가슴이 답답했다. 넓은 집에 단둘이 있을 때보다 더 떨렸다.

그도 마찬가지인 모양이었다. 간간이 들려오는 한숨 소리는 그의 마음이 어떤지 대변해 주는 것 같았다.

"박명식 선생님이 도망가신 것은 선생님 잘못이 아니에요."

"아니야. 나 때문인 것 같다. 모친상 이후로 정신이 하나도 없었을 텐데. 내가 의사 자질을 논하며 잡아 놨으니."

"선생님 잘못이 아니니 자책하지 마세요."

"……."

"제가 치프였어도 그렇게 했을 겁니다."

"고맙다. 그렇게 말해 줘서."

우빈은 가운을 입은 채 끌려온 담비를 살짝 훔쳐보았다. 가운 위로 다소곳하게 올린 두 손을 잡으려 하자 그녀가 슬쩍 몸을 피했다.

"담비야."

아무런 답이 없었다. 그녀는 눈을 감은 채 더 이상 대화를 하고 싶지 않다는 뜻을 표현했다.

우빈은 명식의 집에 가기 전 아버지께 드릴 과일 바구니를 하나 샀다.

생각지도 않은 그들의 방문에 그의 아버지는 무척 놀란 듯했다.

"연락도 없이 죄송합니다, 아버님."

"누구십니까?"

"아, 저는 간담도 췌장외과 치프 이우빈이고 이쪽은 한담비 선생님입니다."

"어서 들어오세요."

"감사합니다."

집으로 들어가자 거실 한쪽에 놓여 있는 영정 사진이 눈에 들어왔다. 상을 치른 지 얼마 되지 않았기에 아직까지 집 안엔 슬픔이 가득했다.

그의 아버지는 오늘 아침 명식에게서 전화가 왔다고 했다. 그는 아들에게 어머니를 잃은 슬픔에 젖어 있지 말고 병원 생활에 충실하라고 당부했다는 말을 전했다.

우빈은 장례식장에 가지 못했기에 이렇게나마 찾아봬야 할 것 같아 왔다고 말했으나 명식의 아버지는 믿지 않는 눈치였다.

"혹시 우리 아들에게 무슨 일이 생겼습니까?"

"아닙니다."

"선생님……."

"정말입니다. 오늘 박명식 선생이 쉬는 날이라 집에 있을 줄 알고 온 겁니다."

"그렇습니까?"

"만약 집에 오면 푹 쉬고 모레 출근하라고 전해 주십시오."

"고맙습니다. 우리 아들 잘 부탁드립니다."

우빈은 정중하게 인사를 드린 후 집을 나섰다.

담비와 함께 차에 올라탄 우빈이 걱정스레 물었다.

"어디로 갔을까?"

그녀는 여전히 대답이 없었다.

"한담비, 뭐라고 대답 좀 해 봐."

"병원으로 가죠. 아무래도 며칠 걸릴 것 같은데요."

"월미도로 가자. 저번에 박 선생 거기 다녀왔다고 했었어."

우빈은 차를 월미도 쪽으로 돌렸다. 연인들의 데이트 코스인 월미도에 도착한 두 사람은 명식을 찾기 위해 여러 곳을 뛰어다녔다.

월미도 그 어디에도 명식은 없었다. 허탈한 나머지 우빈은 돌상 앞에 주저앉았다.

"여기도 없네. 어디 갔을까?"

"선생님."

"왜."

"저도 도망가고 싶을 때, 있어요."

"나도 마찬가지야. 병원이고 뭐고 너와 어디론가 단둘이 도망갔으면 좋겠어."

"도망을 가도 나 혼자 가요. 이우빈 씨랑은 안 가."

담비는 눈을 반쯤 내리뜬 채 입을 내밀며 퉁명스럽게 말했다. 일순 그의 눈빛이 흐려졌다. 뭐라고 대꾸하려던 찰나 휴대폰이 울렸다. 찬우였다.

"박 선생 찾았어?"

—네. 술에 떡이 된 채로 이우빈 선생님 내놓으라고 소리를 질러 대서 바륨 5mg 주고 겨우 재웠어요.

"다행이다."

—선생님, 바로 올라오실 거죠?

"생각해 보고. 끊자."

—선생님! 선생······.

애원에 가까운 찬우의 목소리를 들으며 전화를 끊은 우빈은 담비를 바라보았다.

"박명식 선생 찾았대."

"잘됐다. 빨리 병원으로 가요."

"오늘 여기서 하룻밤 묵고 갈까?"

"싫어요."

"담비야……."

담비는 서둘러 차 뒷좌석에 올라탔다. 조수석이 아닌 뒷 좌석에 앉은 것은 더 이상 그와 말을 섞기 싫다는 의미였 다. 병원으로 가는 거라 생각한 담비는 눈을 감았다.

우빈은 아무 말 없이 차를 운전하기 시작했다.

얼마 정도 달렸을까. 차가 멈춘 것 같은 느낌에 그녀가 눈을 떴다.

도착한 곳은 호텔 앞이었다. 움직일 수 없었다. 도대체 그가 무슨 생각으로 여기까지 왔는지 이해할 수 없었다.

"분명히 싫다고 했어요."

"한담비, 너 나 싫어하지 않잖아. 사랑하고 있잖아!"

뒤통수를 한 대 얻어맞은 사람처럼 담비가 눈을 동그랗 게 떴다. 둘 사이에 무거운 침묵이 흘렀다. 흥분으로 이글 거리는 그의 검은 눈을 마주하던 그녀는 목이 잠기고 속이 울렁거리는 것을 느꼈다.

"좋아요. 원하는 게 내 몸이라면 줄게요. 까짓것 이미 준 몸. 못 줄 이유도 없으니까."

"너 정말 이럴 거야? 나 깊이 반성하고 있어. 내일 혼인 신고 하러 가자."

"혼인신고?"

"그래. 더 이상 감정 낭비, 시간 낭비 하고 싶지 않아."

"내가 감히 어떻게 이우빈 씨 같은 사람이랑 결혼할 생각을 했는지 몰라요. 빅 리버라니깐?"

심장을 향해 대못을 박는 그녀의 말에 우빈이 얼굴을 찡그렸다.

사랑은 의지와 노력만으론 만들어 낼 수 있는 감정이 아니었다. 그렇기에 표현하며 가꾸어 나갈 줄도 알아야 했다. 그것을 너무 늦게 깨달아 그녀를 외롭게 내버려 둔 벌을 받는 중이었지만 야속한 마음이 드는 건 어쩔 수 없었다.

"도대체 네가 원하는 게 뭐야."

"시간을 줘요. 생각할 시간을."

"언제까지 주면 되는데."

"우리 나름 1년 동안 아무 일 없이 잘 지냈잖아요."

"설마 1년을 또 기다리라는 건 아니지?"

"당신 정말 바보군요."

"그래, 맞아. 나 참 바보처럼 살았어. 너에 대한 사랑을 너무 늦게 깨달았어."

"일단 지금은 병원으로 가요. 다들 우릴 기다릴 거예요."

"너무 오래 기다리게 하진 마. 알았지?"

그는 뛰어난 의사였지만 사랑에 대해선 허점투성이였다. 더 이상 대꾸하기도 싫은지 고개를 끄덕인 담비는 시선을 차창 쪽으로 돌렸다.

"병원 도착할 때까지 잠 좀 자 둬."

"정말 병원으로 갈 거죠?"

"걱정 마. 고이 모셔다 줄 테니까."

우빈은 한결 가벼운 마음으로 시동을 걸었다. 이번엔 그녀의 말대로 재촉하지 않고 기다려 줄 생각이었다.

잠이 들었는지 그녀의 숨소리가 차 안에 조용히 울려 퍼졌다. 고른 숨소리를 듣고 있으니 그의 마음도 편안해졌다.

▼   ▼   ▼

다음 날, 아침 회진을 하기 전 췌장외과 사람들이 모두 모여 명식을 따뜻하게 맞아 주었다. 그는 죄송하다는 말과 함께 잘해 보겠다는 약속을 했다. 애써 태연하게 말했지만 그의 눈시울은 붉어져 있었다.

우빈은 그런 명식에게 돌아와 줘서 고맙다는 한마디로 격려를 대신했다.

담비는 명식이 하루 만에 마음을 바꾸고 돌아온 이유를 알고 있었다.

어머니를 잃은 우울증에 말도 안 되는 실수를 저지른 그는 현실 도피를 하기 위해 병원을 나갔다고 했다. 하지만

이내 혼자 남은 아버지를 떠올리며 마음을 다잡고 돌아왔
다.

명식의 말을 들은 담비는 그 순간 자신의 부모님을 떠올
렸다.

인턴이 되었다고 좋아하던 모습과 시집 한번 잘 보내겠
다고 자신을 선 시장에 줄기차게 내보내던 모습. 이우빈과
결혼을 하게 된 것도 어찌 보면 다 부모님의 성화 덕분이었
다.

회진을 마치고 의국으로 들어간 담비는 폭죽 소리에 깜
짝 놀라 눈을 동그랗게 떴다.

폭죽을 터뜨린 사람은 차숙희 선생이었다. 주위에는 그
녀 말고도 김미정 선생과 박명식 선생을 포함해 몇 명의 레
지던트들이 있었다.

날카로운 시선을 하고 있는 미정을 제외하곤 모두들 부
럽다는 시선을 보내고 있었다.

미정은 뒤에서 할 짓 다 하면서 안 그런 척 내숭을 떠는
담비가 참으로 얄미웠다.

얼마 전 담비가 생리통 때문에 기숙사로 쉬러 갔을 때 우
연히 우빈을 본 미정은 그의 뒤를 미행했었다.

기숙사에서 그를 발견하고 너무 놀라 심장이 바닥 아래
로 추락하는 줄 알았다. 열린 문틈 사이로 우빈이 담비에게

키스하는 걸 보았다. 그것도 무척이나 애잔하게.

그 모습을 보아하니 한두 번이 아닌 것 같았다. 자신의 여자에게 하듯 익숙하고 자연스러웠다.

그 장면을 목격한 사람은 미정 말고도 한 명이 더 있었다. 어느새 곁에 다가온 찬우는 고개를 떨구고 있었다. 그 모습을 보니 그도 담비를 사랑하고 있는 게 확실하다는 생각이 들었다.

잘난 두 남자의 사랑을 한 몸에 받고 있는 담비가 부러워 미정은 눈초리를 더욱 사납게 흘겼다.

"한 선생은 정말 좋으시겠어. 두 명의 킹카에게 사랑받고 있잖아."

"뭐?"

"한 선생, 이제 이실직고하시지. 솔직히 털어놔. 한 선생이 얘기하기 싫으면 그냥 내 입으로 말할까?"

미정의 공격적인 말투에 숙희가 끼어들었다.

"한 선생, 정말 섭섭해. 남자 친구 있으면서 거짓말하고."

"선생님!"

"누구야? 이우빈 선생이야, 아니면 김찬우 선생이야?"

"둘 다 아닙니다."

"그렇게 나온다 이거지. 내가 냉장고에서 종이 가방을 발견했는데 그 안에서 뭐가 나온 줄 알아?"

담비는 테이블 위에 놓인 종이 가방을 보았다. 그 안엔 찬우가 준 초밥이 들어 있었다.

"초밥이잖아요."

"맞아. 근데 메모도 있지."

"메모요?"

숙희는 가운 주머니에서 메모를 꺼내 그녀의 눈앞에 팔락팔락 흔들었다.

"선생님, 그거 주세요."

"맨입으로는 안 되지."

속상한 담비의 마음을 모른 척하며 숙희가 메모를 읽어 나갔다.

"한담비 선생. 이거 먹고 오늘도 파이팅! 사랑합니다. 김찬우."

의국 안이 소란스러워졌다. 몇몇의 레지던트들이 사랑의 세레나데를 부르는 것처럼 노래를 부르고 환호성을 질렀다.

그들을 보던 미정은 고개를 절레절레 흔들었다.

"차 선생님, 잘못 아셨어요."

갑작스런 미정의 발언에 머릿속이 하얗게 비어 아무 말도 할 수 없던 그 순간, 구세주처럼 찬우가 의국 안으로 들어왔다.

의국 안의 분위기가 심상치 않음을 느낀 그가 대학 동기인 숙희에게 물었다.

"무슨 일이야?"

"김 선생, 한 선생이랑 사귄다면서?"

"그게 무슨 말이야?"

"여기 증거도 있으니까, 잡아떼지 마."

자신이 쓴 메모를 발견한 찬우의 눈동자에 당혹스러움이 가득 찼다. 사랑한다고 마음을 고백한 쪽지였다. 담비의 마음을 얻지 못한 채 이렇게 다른 사람들에게 들키는 상황은 그가 원하던 바가 아니었다.

찬우가 숙희에게 손을 내밀었다.

"빨리 내놔."

"싫어. 키스라도 하면 또 모를까."

"차숙희, 나 화낸다. 빨리 달라니까!"

키스하라는 짓궂은 목소리가 의국 안을 맴돌았다.

"좋은 말 할 때 내놔."

"피임약까지 먹는 사이에 왜 이러십니까?"

가만히 상황을 지켜보던 명식이 장난스레 물었다.

"피, 피임약?"

찬우는 참을 수 없을 만큼 화가 났다. 휘청거릴 정도로 온몸에 힘이 쭉 빠져 어쩔 수 없이 소파에 앉았다. 그러나

곧이어 들려오는 명식의 말이 그를 다시 자리에서 일어나게 만들었다.

"김 선생님, 언제 결혼하실 겁니까?"

"뭐?"

"피임약을 먹고 있으니 속도위반은 안 할 테고."

순간 찬우는 옥죄어 오는 답답함에 넥타이를 풀어 헤치고 담비를 뚫어져라 응시했다. 울 것같이 물기가 일렁이는 그녀의 눈동자. 분명히 자신에게 말하지 못한 비밀이 있는 듯 보였다.

설마 하는 의구심과 애써 외면하고 있던 불안한 추측이 불쑥 고개를 들었다. 찬우는 의국이 떠나가라 소리를 질렀다.

"한 선생만 남고 모두들 나가! 아니, 우리가 나가야겠다."

찬우는 다급하게 담비의 손목을 낚아챘다.

"선, 선생님!"

"어디로 갈까?"

"옥상……."

손목을 놓은 그가 바삐 앞장서 걸어갔다. 그녀의 뒷모습을 보고 싶지 않았다.

뛰다시피 빠른 걸음으로 옥상 문을 열고 들어간 그는 주변을 살폈다. 다행히 아무도 없었다.

"헉, 헉."

그는 뜀박질한 사람처럼 가쁘게 숨을 몰아쉬었다. 피임약을 복용했다는 말을 듣는 순간 굉장히 놀랐었다. 물론 생리가 불규칙해서 복용하는 경우일 수도 있었지만 그녀의 곁엔 이우빈이라는 존재가 있었다.

찬우는 바르르 떨리는 손을 감추기 위해 두 손을 꽉 움켜쥐었다. 깍지 낀 양 손등 위로 핏줄이 톡톡 불거져 나왔다.

"한담비, 솔직하게 말해."

"그, 그게. 사실은."

"속 터져 죽는 꼴 보고 싶어서 이래?"

계속해서 거짓말을 한다면 그를 조롱하는 것이나 마찬가지라는 생각이 들어 담비는 사실을 말하기로 결심했다. 그래야 그가 자신에 대한 감정을 단념할 수 있을 테니까.

"사실, 저 유부녀입니다."

"뭐?"

"결혼했어요. 이우빈 선생님과."

순간 그는 화를 내고 싶은 것을 겨우 참았다. 그렇지 않아도 의기소침해져 있는 그녀를 더욱 움츠리게 할 순 없었다.

서로의 코끝이 닿을 것처럼 가깝게 얼굴을 들이민 그가 여리게 떨리고 있는 담비의 어깨를 그러쥐었다.

"한담비, 장난하지 마."

"장난 아니고, 농담도 아닙니다."

믿을 수 없다는 듯 멍한 표정으로 그녀를 바라보던 그가 잡았던 어깨를 풀어 주었다. 심하게 일렁이는 그녀의 눈동자와 딱딱하게 굳은 얼굴로 보아 우스갯소리로 한 말이 아니었다.

"다시 물어볼게. 정말이야?"

"네."

"언제 했는데?"

"1년 전에요. 그동안 속여서 죄송합니다."

"……."

두 사람은 그동안 그에게 사실을 얘기할 기회가 여러 번 있었다.

지난번 술을 먹고 불러냈을 때야말로 가장 좋은 기회였다. 그런데도 우빈은 진실을 털어놓지 않았다.

이 자리에 있었다면 그의 턱을 한 대 갈겼을 것이다. 탁월한 능력을 가진 의사였기에 찬우는 우빈을 존중해 주었다. 그런데 이런 식으로 뒤통수를 때리다니.

피가 제대로 흘러가지 못해 한 발짝도 움직일 수 없는, 마치 발밑에 지뢰를 밟은 것 같은 끔찍한 기분이 들었다.

"왜 비밀로 한 거야."

"그건, 아직 혼인신고를 하지 않았기에 알리지……."

"그럼 혼인한 게 아니잖아. 동거한 거야?"

"결혼식은 올렸습니다. 양가 부모님과 친척들만 모시고요."

찬우의 안색이 점차 어두워졌다. 가슴이 찢어지는 것 같은 통증을 느끼는 순간, 그의 눈가에 물기가 차오르기 시작했다. 그는 애써 울음을 목구멍 안으로 구겨 넣듯이 꾹꾹 집어삼켰다.

"한 선생, 그만 내려가."

"선생님."

"나 담배 한 대만 피우고 갈게. 먼저 내려가."

"네, 알겠습니다."

옥상 문 쪽으로 걸어가던 담비가 걸음을 멈추곤 뒤를 돌아보았다.

"선생님, 정말 죄송합니다."

미안함과 서러움에 울먹이는 그녀의 목소리가 들려왔다.

"됐으니 가서 일이나 해."

"네……."

말이 끝나기가 무섭게 그녀는 무언가에 쫓기는 사람처럼 다급한 걸음으로 옥상을 빠져나갔다.

혼자가 된 찬우의 얼굴은 매우 심각했다.

"어쩐다. 이제부터 어떡하지?"

그녀를 잊어야 했고, 사랑하는 마음 또한 시간 속에 흘려 보내야 했다. 그래야 그녀를 직장 동료로서 편하게 대할 수 있을 테니깐.

그녀는 어린 불씨 같았다. 포기해야 하건만 불씨를 끄기엔 온몸이 너무 뜨거운 상태였다.

그녀를 잊기가 어려울 것 같다. 아주 많이……

▼   ▼   ▼

다음 날 아침, 찬우는 우빈을 찾아갔다.

이대로 가만히 있을 수가 없었다.

참으려고 할수록 분노가 치밀었다.

"선생님, 잠시 밖에서 할 이야기가 있습니다."

"알았어. 안 그래도 김 선생에게 할 말이 있던 참이야."

두 사람은 병원 뒤쪽에 위치한 산책로에 도착했다.

찬우는 주먹에 온 힘을 실어 다짜고짜 우빈의 턱을 한 대 쳤다. 바닥에 쓰러지는 그를 보며 찬우는 잠시나마 희열을 느낄 수 있었다.

맞은 즉시 보복성 주먹이 날아올 줄 알았다. 그런데 그는 두 주먹을 꽉 움켜쥔 채 찬우를 노려보기만 했다. 잘못이 무엇인지 알고 있지만 억울하다는 표정이었다.

그 모습을 본 찬우의 얼굴은 흡사 서릿발이 내리치는 것처럼 더 싸늘하게 식어 버렸다.

그동안 한 선생에게 몸 달아 하는 자신을 보며 그가 비웃었을 거라 생각하니 화가 났다.

"아프십니까?"

"아니."

"하고 싶은 말씀이 무엇입니까."

"이미 알고 찾아온 거 아니야?"

"정말 한 선생이랑 결혼하셨습니까?"

"그래."

"와, 정말 뒤통수 때리는 부부시네."

"……."

"제가 한 선생을 좋아한다고 했을 때 진실을 말해 줬어야 했어요. 제 마음이 더 커지기 전에 말입니다."

"변명일지 몰라도 처음부터 담비를 열정적으로 사랑했다면 숨길 수 없었을지도 몰라. 하지만 그 사랑을 뒤늦게 깨달아 버렸어. 너무 안일했지."

"치프님은 정말 바보입니다."

"그래서 이제부터 사랑을 흠뻑 줄 거야."

찬우는 한 번도 보지 못한 그의 낯선 모습에 쓴웃음을 지었다. 이우빈은 겉과 속이 완전 다른 남자였다.

천재와 바보. 일과 사람 사이의 관계를 풀어 가는 데는 천재일지 몰라도 사랑에 있어서는 바보였다.

천천히 몸을 일으킨 찬우가 그와 시선을 마주했다.

"치프님은 저만 잘난 줄 압니다."

"그러게. 나도 내가 무척 잘난 놈인 줄 알았어."

"쉽게 포기되진 않을 겁니다. 정말 많이 사랑했거든요."

"알아."

"하지만 포기해야겠죠."

"이미 게임은 끝났어. 포기해. 안 그러면 내가 무슨 짓을 할지 몰라."

그의 눈빛은 한겨울 공기보다 더욱 차가웠다. 안 그래도 포기할 수밖에 없는데 그 눈빛이 실연의 상처를 또 한 번 짓밟았다.

"결혼한 부부를 어떻게 이겨요?"

"아……."

우빈의 목소리가 허공 속에 잠시 맴돌다 흩어졌다.

맞다. 찬우는 자신의 경쟁자가 될 수 없었다. 그걸 또 뒤늦게 깨닫고 말았다.

우빈은 자신이 참으로 한심했다. 쓸쓸히 돌아서는 찬우의 뒷모습을 보며 그가 읊조리듯 말을 내뱉었다.

"모든 사람들한테 미안한 마음이 드네. 특히 김 선생에게는 정말 미안해."

미안하다는 말을 들은 찬우가 그 자리에 털썩 주저앉았
다.

눈물이 흘러나왔다. 기어코 참고 있던 울음이 쏟아졌다.
삼키고 삼켜도 터져 나오는 울음소리가 산책로를 가득 채
웠다.

찬우는 자신의 눈물로 모든 것이 정리됐다고 느꼈다. 담
비를 더 이상 사랑할 수 없었다. 슬프고 아프지만 마음을
접고 버려야 했다.

▼   ▼   ▼

아침 일찍 집으로 가기 위해 준비를 마친 담비는 헐레벌
떡 의국 안으로 뛰어 들어오던 명식과 맞닥뜨렸다.

"큰일 났어!"

"왜 그래요?"

"김찬우 선생님이 이우빈 치프님의 턱을 갈겼어!"

"예? 어디서요?"

"산책로에서. 한 선생 빨리 가 봐. 말려야 하잖아! 이러
다 상벌 위원회 열리겠어."

"제가 왜요?"

"엿들었는데 한 선생을 울리지 말라고 그러던데?"

"누가요?"

"김 선생님이!"

"신경 끄세요. 두 분 사이에 무슨 일이 있나 봅니다. 저 오늘부터 투 오프니까 찾지 말아 주세요."

"정말 가는 거야?"

"건투를 빌어요."

무덤덤한 척하며 의국을 나왔지만 담비의 신경은 산책로 쪽을 향하고 있었다. 하지만 두 사람 사이에서 벌어진 일에 끼어들고 싶은 생각은 없었다.

병원 출입구를 향해 걸어가던 담비는 앞을 막고 서 있는 우빈과 마주치고 말았다. 그의 입술엔 피가 맺혀 있었다. 애써 모른 척 지나가려고 하던 담비는 그에게 손목을 잡히고 말았다.

"어디 가."

"신경 쓰지 마요."

빈정거리는 담비의 말투에 우빈은 잠시 눈을 가늘게 떴다. 하지만 이내 냉정을 되찾으며 특유의 무표정한 얼굴을 했다.

"투 오프니 어디 가는지 알겠군. 편히 쉬다 와."

우빈은 그녀를 지나치며 엘리베이터 쪽으로 향했다.

그의 뒷모습을 멍하니 보며 덩그러니 서 있던 담비도 발걸음을 옮겼다.

♦ ♦ ♦

"일찍 왔네, 우리 딸?"

엄마의 환영을 받으며 집 안으로 들어선 담비는 구수한 된장찌개 냄새를 맡으며 부엌으로 조르르 뛰어 들어갔다.

오랜만에 친정 나들이를 온 딸을 위해 이것저것 준비한 덕분에 진수성찬이 차려져 있었다.

"왜 이리 반찬이 많아?"

"너 온다고 준비했지. 우리 딸 많이 먹어."

"고맙습니다. 참, 엄마!"

담비는 최고급 6년근 인삼과 석류로 만들어진 건강 보조 식품을 내밀었다.

"고마워. 요즘 어때?"

"뭐가?"

"이 서방하고 잘 지내냐고."

"바빠서 얼굴 볼 시간도 없어."

맞은편에 앉아 딸의 밥 먹는 모습을 가만히 지켜보던 차영의 눈동자가 걱정으로 흔들렸다.

"밥은 먹고 사는 거야?"

"그럼. 다 먹고 살자고 하는 짓인데. 걱정 마, 엄마."

"왜 이리 말랐어. 혹시 임신했니?"

"아니, 임신 안 했어. 계획도 없고."

"저쪽 집안에서는 기다리고 있을 텐데. 하긴 혼인신고를 먼저 해야 되지."

식탁에 수저를 내려놓은 담비가 물을 쭉 들이켰다. 날씨가 더워 갈증이 난 데다가 차영의 말이 귀에 거슬렸기 때문이다.

"잠잘 시간도, 밥 먹을 시간도 없는데 아이를 어떻게 낳아. 그리고 임신하면 레지던트 포기해야 돼. 그래도 좋아?"

"그건 안 돼!"

"그러니까 쓸데없는 기대하지 마."

밥과 된장찌개를 듬뿍 푼 담비는 김치와 함께 그것을 입에 넣었다.

"아버지는 요즘 어떠셔?"

"그 양반, 요즘 운동한다고 매일 헬스클럽 다녀."

"다행이네. 엄마도 같이 다니지."

"됐네요. 아참, 너 오늘 자고 갈 거야?"

"응, 내일까지 푹 쉬다 갈 거니까 쫓아내지 마."

"알겠어. 밥 먹고 푹 자."

"응, 엄마."

금세 밥 한 공기를 뚝딱 비운 담비가 자신의 방으로 들어갔다. 결혼한 후 오랜만에 왔지만 예전 그대로였다. 온통 분홍빛으로 이루어진 암막 커튼과 이불, 그리고 옷장과 책상까지.

창문을 통해 쏟아지는 햇살을 막기 위해 커튼을 치자 방 안에 어두움이 쫙 깔리며 분위기가 차분해졌다.

침대에 쓰러지듯 누운 담비는 두 눈을 감았다. 배도 부르고, 몸도 노곤했다. 그렇게 그대로 잠에 빠져 버렸다.

그날 저녁, 아버지와 함께 거실 소파에 앉아 텔레비전을 보며 뒹굴거리던 담비는 초인종 소리에 몸을 일으켰다.

우빈이었다. 현관문을 열어 주는 그녀의 얼굴에 쓸쓸한 미소가 고였다. 안으로 들어선 그는 자신과 눈도 마주치려 하지 않는 그녀를 모른 척하며 큰 소리로 외쳤다.

"아버님, 어머님! 저 왔습니다."

"우리 사위, 어서 와!"

음식 준비를 하던 차영은 거실로 달려 나와 그를 반갑게 맞이했다. 순찬도 그를 보며 얼굴에 웃음꽃을 피웠다.

우빈의 손에는 꽃다발과 아이스박스가 들려 있었다.

"그동안 안녕하셨습니까. 어머님, 이거 받으세요."

"요즘 들어 얼굴 자주 보네. 우리 사위."

"네, 어머님. 그렇게 됐습니다."

한 아름의 장미 꽃다발을 받아 든 차영이 꽃향기를 맡았다.

품 안의 자식이라고, 하나밖에 없는 귀한 딸이라 애지중지 기르다 보니 아무것도 가르쳐 주지 못하고 시집을 보냈다.

물가에 내놓은 어린아이를 보듯 차영의 마음은 담비에 대한 걱정과 염려로 가득 차 있었다. 허나 어른스러운 우빈과 서로 의지하며 잘 지내리라 믿었다.

우빈의 얼굴을 살피던 차영은 한곳으로 시선을 집중시켰다.

"입술에 상처 났네. 힘든가 봐."

"괜찮습니다."

"우리 사위 여름 타나 보네. 아무래도 몸보신 좀 시켜야겠어."

이에 옆에 있던 담비가 가시 돋친 목소리로 퉁명스럽게 말을 내뱉었다.

"엄마, 나도 힘들거든?"

"누가 뭐라 그랬어? 우리 사위랑 우리 딸 몸보신 거하게 시켜 주면 되잖아."

"엄마, 진짜 자식은 나야."

장난스럽게 토닥거리는 두 사람의 모습을 본 우빈의 입가에 작은 미소가 피어올랐다.

연신 '우리 사위'라고 불러 주는 차영 때문에 귀한 존재가 된 것 같은 기분이 들었다.

"전복 좀 사 왔습니다. 아버님, 어머님 잡수시라고요."

"역시 우리 사위야."

차영이 전복이 든 아이스박스를 들고 부엌으로 향하자 담비도 뒤따라 들어갔다.

거실에 남은 우빈은 순찬을 향해 걱정스런 시선을 보냈다.

"건강은 어떠십니까?"

"걱정하지 말게나. 아무렇지도 않아."

"다행이십니다. 몇 개월 뒤에 종합검진 예약할 테니 받으세요. 아셨죠?"

"번번이 고마워."

"아닙니다. 아버님."

"오늘은 자고 갈 건가?"

"네, 내일 저도 쉬거든요."

"그럼 내일 아침에 나랑 목욕탕 갔다 옴세."

"좋습니다, 아버님."

때마침 부엌에서 저녁 준비가 다 됐다는 담비의 목소리가 들려왔다.

　아주 오랜만에 그녀와 밥을 먹는다는 생각만으로도 우빈의 마음은 들뜨고 있었다.

너무 늦지 않기를……

저녁을 먹은 후 이런저런 이야기를 하니 벌써 밤 11시가 되었다.

담비의 방문을 닫고 돌아선 우빈은 마음을 차분히 가라앉히려 노력했다. 어떤 문제든 답은 있기 마련이었다. 비록 힘든 고통이 있을지라도 결국엔 담비와의 사이를 진전시킬 답이 보일 것이다.

저녁 식사를 하는 내내 아버님의 수저 위에 하얀 빛깔의 갈치 살을 발라 주는 어머님의 모습이 눈에 삼삼했다. 우빈은 그 모습이 너무나 부러워 담비를 보고 또 보았다.

그러나 로봇이 밥과 반찬을 집어 먹는 것처럼 그녀의 모습은 딱딱함 그 자체였다.

우빈은 젓가락으로 갈치 살을 발라 담비의 수저에 올려주었다.

놀란 담비가 정색하며 눈을 동그랗게 떴다.

심상치 않은 그녀의 반응에 부모님도 놀란 건 마찬가지였다. 덕분에 화기애애했던 분위기가 갑자기 무거워졌다. 두 사람의 금슬이 생각만큼 좋지 않다고 느낀 부모님의 안색이 어두워졌다.

삽시간에 굳어진 분위기를 깨기 위해 노력한 것은 분위기 메이커 차영이었다.

"우리 사위가 부러웠던 모양이네. 한담비, 너도 갈치 살발라서 수저 위에 올려 줘 봐."

"싫어. 그것 하나 못할까 봐?"

그녀의 입에서 쏟아져 나온 말은 날카롭고 차가웠다. 결국 담비는 차영에게 등짝을 한 대 얻어맞고 말았다.

"장모님, 괜찮습니다."

"아닐세. 내가 너무 오냐오냐 키웠네."

"아닙니다."

괜히 그녀에게 갈치 살을 올려 주다가 일만 크게 만들고 말았다.

우빈은 남들에게는 아무렇지도 않은 일들이 자신에겐 왜

이렇게 어려운지, 그것이 너무 속상했다.

"후……"

우빈은 어정쩡한 부부 놀이를 끝내고 정상적인 부부로 태어나기 위해 노력하기로 다시 한 번 결심했다.

담비는 침대에 걸터앉은 그의 시선을 피했다.

그는 굳이 마주하지 않아도 그녀가 지금 이 상황을 불편해한다는 것을 알 수 있었다.

"안 잘 거야?"

"혼자 자요. 난 엄마랑 잘 거니까."

"한담비."

베개를 품에 안고 일어서려던 담비의 팔을 잡아끈 우빈이 그녀를 침대 위에 강제로 눕혔다. 마음이 굳게 닫힌 그녀를 보고 있자니 바싹 마른 나뭇잎처럼 한쪽 가슴이 움켜만 쥐어도 부스러질 것 같았다.

"언제까지 이럴 거야."

"이거 놔요."

"왜 내 마음을 무시하는데?"

"당신의 진심이 느껴지지 않아서요."

가뜩이나 굳어 있던 우빈의 표정이 더욱 딱딱해졌다. 진심이 느껴지지 않는다는 말을 들을 수밖에 없었던 지난날 자신의 행동이 떠올랐다.

우빈은 잡고 있던 담비의 팔을 놓아주며 침대에 앉았다. 들을 준비가 되어 있지 않은 그녀에게 자신의 마음을 얘기해 봤자 역효과만 날 것 같았다.

대신 그는 분위기를 상기시키려고 엉뚱한 이야기를 꺼냈다.

"나, 내가 입었던 팬티 빨래통에 넣었다?"

"거짓말."

"진짜야. 속이 시원하더라. 별것도 아닌데."

편안해졌다. 왠지 모르게 가슴이 따뜻해지는 기분도 들었다.

늘 한결같았던 일상에 균열이 생겼음에도 그는 그것이 싫지 않았다.

"노력하고 달라질게. 그러니까 마음이 풀어지면 얘기해."

"풀어질지 모르겠네요."

"풀어져. 장담해. 아니, 이미 반쯤 풀어졌잖아."

"누가요?"

"네가."

확연하게 경계를 푼 듯한 담비의 모습에 우빈은 마음을 수그러뜨리고 편안한 표정을 지었다. 그러다 뭔가 생각난 듯 급히 얼굴을 찡그렸다.

"너랑 김찬우 선생이 연인이라는 소문이 병원에 파다해."

"피임약 때문에 그래요."

"피임약…… 먹고 있었어?"

"당연한 거 아니에요? 생리도 불규칙하고 또 혹시나……."

담비는 말을 잇지 못했다. 그와 사랑을 나눌 준비를 했다는 것을 차마 말할 순 없었다.

"담비야……."

우빈은 담비를 품에 꼭 안았다. 거부하는 의사를 내비치며 담비가 몸을 비틀었지만 그는 놓아주지 않았다.

우빈은 두 눈에 온전히 그녀를 담았다. 반짝거리는 그의 눈동자는 소중한 것을 깨달았다는 듯 빛이 났다.

"나와 사랑하려고 준비했지?"

"대답할 이유 없어요."

"고마워, 그리고 미안해."

담비도 사랑받고 있다는 것을 느끼고 싶었을 것이다. 우빈은 그녀에게 따스한 사랑을 한 번도 보여 주지 못한 자신이 무척이나 원망스러웠다.

"오혜정 씨에게 달려가는 순간에도 너는 나를 이해해 줄 거라는 안일한 생각을 했어."

"나도 의사니까……."

"이번 일로 깨달았어. 성을 지키려면 잠들면 안 된다는 걸. 안일한 문지기는 창을 들고 공격하는 자를 당할 수 없다는 걸."

"창?"

"너의 한마디, 한마디가 내 마음을 아프게 찔렀거든."

거리는 좁혀지지 않았지만 어느새 그녀의 눈동자는 그를 향해 있었다. 그의 얼굴에서 슬픔과 아픔이 느껴졌다.

진심을 털어놓는 그의 모습이 낯설었지만 담비는 불편했던 이 순간이 점점 편안해짐을 느꼈다. 담비는 애써 화난 척하며 입을 열었다.

"이우빈 씨, 나 화 많이 난 상태예요."

"알아. 그런데도 깨달았어. 너도 날 사랑하고 있다는 것을."

아무 말도 못 하는 그녀를 보며 우빈은 베개를 바닥에 던졌다. 쓸쓸하지만 이곳에서 그녀를 품에 안고 잠드는 것은 무리인 듯싶었다.

"내가 잘못했으니까 오늘 하루만 봐준다."

"뭘요?"

"너 혼자 자는 거. 내일부터는 안 돼!"

"당신이랑 헤어질 거예요."

"누구 마음대로. 우리가 쉽게 끊어질 인연이었다면 결혼은 왜 했겠어? 널 사랑하고 있는데 내가 미쳤냐?"

"이우빈 씨!"

"나 잘 거야. 너도 빨리 자라. 잠순아."

그는 그녀와 같은 방에 누워 밤을 보내겠다고 한 자신의 선택을 곧 후회했다.

정말 바보 같았다. 이미 겪어 봤으면서 또 미련스러운 행동을 하고 말았다.

방바닥에 얇은 이불을 깔고 누운 우빈은 그녀가 신경 쓰여 잠을 잘 수가 없었다. 눈을 말똥말똥 뜬 채 침대에 누운 그녀 쪽으로 시선을 돌렸다.

그녀도 잠이 오지 않는지 몸을 이리저리 뒤척거리고 있었다. 그러나 얼마 뒤 규칙적인 숨소리가 조용히 들려왔다.

우빈이 고백하듯 읊조렸다.

"한담비, 사랑한다."

여름 햇살이 얼굴을 간질이자 담비는 겨우 눈을 떴다. 커튼 사이로 내리쬐는 햇볕을 느낀 그녀는 얇은 이불을 얼굴 위로 올리며 몸을 일으켰다.

바닥에서 잠을 청한 그의 모습이 보이지 않았다. 그가 있던 자리엔 깔끔한 성격답게 베개와 이불이 반듯하게 개어져 있었다.

아버지와 목욕탕에 간 모양이었다.

"사위를 아들로 착각하신다니까."

침대에서 내려오던 담비는 그의 말을 다시 떠올렸다.

"누구 마음대로. 우리가 쉽게 끊어질 인연이었다면 결혼은
왜 했겠어? 널 사랑하고 있는데 내가 미쳤냐?"

사랑한다는 말은 남들에겐 아주 흔할지 몰라도 그녀에게
는 너무도 뜻깊은 단어이자 축복이었다.

그것을 다시 깨달은 건 어제 아침에 있었던 혜정과의 대
화 때문이었다.

회진을 돌던 담비는 혜정을 찾아갔다.

혜정은 자신을 찾아온 담비를 향해 친근하게 웃어 보였
다. 얼굴엔 죽음의 검은 그림자가 드리워 있었지만 그녀의
미소는 밝고 선했다.

심장이 바윗돌을 얹은 것처럼 묵직해져 왔다. 살날이 얼
마 남지 않은 혜정을 보고 있으니 눈물이 나고 마음이 아파
왔다. 하지만 그녀는 질투해선 안 되는 대상이었다.

"이우빈 선생님이랑 쏙 빼닮은 아이를 못 보고 죽는 게 좀 아
쉽네요."

"네에?"

"이 선생님이 한 선생님을 많이 사랑하는 게 눈에 보이던데.

그거 모르시죠?'

"확실하겐……."

"아, 밀당 하시는 거구나. 좋겠다. 나도 연애하고 싶다."

'밀당'이라는 단어를 듣는 순간 담비는 그동안 자신이 얼마나 어리석었는지 깨달았다. 부부 놀이를 하고 있었지만 그와 결혼식에서 분명 한길을 같이 걸어가자고 약속하지 않았던가.

병실을 나온 담비는 미안하다는 혼잣말을 계속해서 내뱉었다.

결혼을 비밀로 하자고, 혼인신고를 뒤로 미루자고 한 사람은 그가 아니라 그녀였다.

말로 표현할 수 없는 복잡한 감정이 물밀듯 밀려오자 담비는 다시 침대에 누웠다.

사랑하고 있는 사람을 미워한다는 것은 정말 힘든 일이었다.

우빈을 사랑하는데 이상하게 슬펐다.

화창한 날에 집에 있는 것은 날씨를 모독하는 것이나 마

찬가지였다.

데이트를 하러 나가라는 부모님의 성화에 떠밀린 두 사람은 차에 올라탔다. 차 안은 따뜻한 날씨와는 다르게 차갑고 무거운 기운이 맴돌았다.

침묵 때문에 숨이 막힌다는 것이 어떤 기분인지 비로소 알 것 같았다. 차창을 내린 담비는 답답한 숨을 내쉬며 밖으로 시선을 돌렸다.

단단한 얼음장 같은 침묵을 깬 건 우빈이었다.

"뭐할래?"

"집에 가서 대청소나 하는 게 좋겠어요."

"대청소?"

우빈은 아무 생각 없이 말을 뱉어 내는 담비 때문에 괜스레 화가 났다.

이날을 얼마나 기다렸던가. 둘만의 추억을 쌓고 싶어 몸이 근질거릴 정도였다. 그는 순간 심장이 날카롭게 곤두서는 것을 느꼈다.

"오늘 같은 날에 청소하긴 싫어. 영화 보러 갈래?"

"영화요?"

솔깃한 제안이었다. 무심결에 내뱉긴 했지만 사실 그녀도 이렇게 화창한 날 먼지 폴폴 맞으며 대청소를 하기는 싫었다.

하지만 영화를 본다는 것은 그를 용서해 준다는 의미였다.

영화를 보고 싶었지만 한편으론 이렇게 쉽게 마음이 풀어지면 안 된다는 생각이 들었다. 분명 그를 사랑하고 있었지만 미운 건 어쩔 수 없었다.

"난 아직 당신이 미워요."

"언제까지 미워할 건데? 너도 힘들고 나도 힘들잖아."

"난 안 힘들어요."

"바보. 힘들어하는 게 눈에 보이는데. 그만하자. 담비야."

"당신은 쉬울지 모르겠지만 난 당신을 용서하기가 어려워……."

갑자기 감정이 복받친 담비가 흐느껴 울기 시작했다. 막을 새도 없이 눈물이 뺨과 턱으로 흘러내렸다.

우빈은 담비의 어깨를 끌어당겨 품에 안고 토닥토닥 등을 두들겨 주었다.

"그래, 울어. 마음껏 울고 나 이젠 용서해 줘."

"생각해 보고요."

"나 불쌍한 남자야. 마누라한테 이혼하자는 소리나 듣는……."

"말이나 못 하면 덜 미울 텐데."

울고 나니 확실히 속이 탁 트이는 느낌이었다. 손안에서 슬그머니 녹아 흔적도 없이 사라진 겨울의 눈처럼 따스한 그의 모습에 미움이 사라지고 있었다.

"한 가지만 물어볼게요."

"물어봐. 다 대답해 줄게."

"지금은 왜 이렇게 따뜻하게 대해 줘요?"

"너니까. 사랑하는 한담비니까 그렇지……."

읊조리듯 조용하고 차분한 그의 목소리에 그녀의 가슴이 철렁 내려앉았다.

서로가 같은 곳을 보며 사랑을 하고 있다면 '사랑'이라는 단어처럼 행복하고 열정적인 단어는 이 세상에 없을 것이다.

그 말 한마디로 이제까지 그가 보여 준 모든 행동들에 대한 섭섭함이 한 방에 정리되었다.

"이우빈 씨……."

"이제 바보 같은 짓은 그만하자. 다신 겪고 싶지 않아. 이제 네가 내 옆에 있어 줬으면 해. 그거 내 욕심 아니지?"

"욕심 아니에요."

"우리 영화 보러 가자. 쇼핑하러 마트도 가자. 아니다, 놀이공원이나 갈까? 생각해 보니 너와 단둘이 한 게 아무것도 없어……."

"……."

"한 걸음씩 서로에게 가까이 다가가 보자. 급히 먹는 밥은 체하기 마련이니까. 이를테면 연인 놀이?"

"연인 놀이라……."

"부부 놀이라 하면 더욱 좋고."

우빈은 아무런 대답이 없는 담비를 보며 차의 시동을 걸었다. 뒤이어 그녀의 밝은 웃음소리가 들렸다.

우빈은 오른손을 들어 담비의 머리카락을 훑어 내렸다. 향긋한 향이 코끝을 찔렀다. 참으로 기분 좋아지는 향기였다.

♦   ♦   ♦

'커피 한 잔이 섹스에 미치는 영향'이라는 특이한 제목에 끌려 영화를 예매했다.

두 사람은 팝콘과 음료수를 산 후 영화가 시작되기 10분 전에 안으로 들어가 자리를 잡았다.

좌석은 맨 뒤쪽이었다. 관람객이 그다지 많지 않아 두 사람이 앉은 주변은 텅 비어 있었다.

광고가 몇 편 나오더니 곧 영화관 안이 어두워졌다. 대형 스크린에 눈길을 주던 우빈은 슬쩍 눈동자를 돌려 그녀를 훔쳐보았다. 시작한 지 얼마 되지 않아 그리 중요한 내용도 없는데 그녀는 제법 진지하게 화면을 응시하고 있었다.

우빈은 팔걸이에 올려진 담비의 손을 감싸 쥐고 깍지를 꼈다.

놀란 마음에 손을 빼내려던 담비는 꽉 움켜쥐고 놔주지 않으려는 그의 힘을 느끼고는 영화에 집중하려고 애를 썼다.

우빈은 담비의 입에 음료수 빨대를 물어 주고, 팝콘도 넣어 주었다. 한 손의 자유를 잃어버린 그녀를 위한 행동이었다.

담비는 그의 행동을 거절하지 못하고 새끼 새처럼 주는 대로 받아먹었다.

순간 손가락에 와 닿은 그녀의 더운 숨결에 그가 어깨를 움찔했다.

잠시 키스를 망설이던 그가 그녀의 입술 가까이로 얼굴을 가져갔다. 하지만 눈치 빠른 그녀가 얼굴을 뒤로 빼는 바람에 무산되고 말았다.

"미, 미안."

담비는 아무 말도 하지 않고 스크린만 뚫어져라 보았다. 어쩔 수 없이 우빈도 스크린을 향해 시선을 돌렸지만 영화가 눈에 들어오지 않았다.

영화의 주제는 인연을 만들기 전, 그 사람과 대화와 교감을 나누기 위해 커피 한 잔을 마시라는 것이었다. 맞는 말이었다.

그는 결혼하기 전에 그녀와 단둘이 데이트를 했었다면 어땠을까 하는 생각이 들었다.

영화가 끝나자 우빈은 그제야 담비의 손을 놓아주었다. 아무리 에어컨이 가동되었다 하더라도 꼭 쥐고 있었기에 손바닥에는 땀이 차 있었다.

"어때, 재미있었어?"

"그럭저럭 볼만했어요."

"점심 먹으러 갈까? 제육볶음 어때? 아님 스테이크?"

"스테이크 먹고 싶어요."

"그럼 점심 먹고 놀이공원 갈까?"

"좋아요."

근사한 레스토랑에 간 두 사람은 스테이크를 먹은 후 근처 놀이공원에 가 재미있는 추억을 쌓았다.

다른 이들에게는 평범한 데이트일지 모르지만 두 사람에게는 정말 특별한 하루였다.

늦은 저녁이 되었다. 연인 놀이는 여기까지였다. 이제 본격적인 부부 놀이를 시작할 시간이었다.

집 안으로 들어온 담비는 눈을 동그랗게 떴다.

대롱대롱 달려 있는 오색 풍선들과 촛불로 만든 하트가 눈에 들어왔다. 게다가 침대 위엔 장미꽃이 이리저리 뿌려져 있었다.

어제 이벤트 준비를 한 후에 처가댁으로 달려온 모양이었다.

"우빈 씨."

"사랑해. 이우빈은 한담비를 진심으로 사랑한다."

"다시 말해 봐요."

"한담비, 사랑한다."

그가 그녀의 귀에 노래하듯 춤을 추듯 읊조렸다. 숨길 수 없었던 사랑이 밖으로 터져 나오기 시작하자 그의 심장은 이제야 쿵쾅거리기 시작했다.

"우빈 씨……."

두근두근 멋대로 날아오르는 마음을 어쩌면 좋을까.

붉어진 얼굴을 들지 못하고 있는 담비의 앞으로 우빈이 다가섰다. 흔들리는 그녀의 눈가에 아슴아슴 습기가 어렸다.

두근두근. 그녀의 심장 소리가 들려왔다. 그는 그동안 이 소리가 너무나 듣고 싶었다.

"한담비, 사랑한다. 사랑해. 정말로 사랑해."

담비의 허리를 끌어당긴 우빈이 자연스레 입술을 내렸다. 살짝 벌어진 그녀의 입술 안으로 그가 뜨거운 숨결을 불어 넣었다.

겨우 입술 끝이 닿은 것뿐인데 그는 흥분과 전율을 느꼈다.

달콤할 것 같은 붉은 입술. 정열과 사랑이 넘쳐 나는 입술. 솜사탕같이 달콤한 입술을 가진 그녀는 살갗마저 달아 그를 달아오르게 만들었다. 진작 야금야금 씹어 먹고 빨아들이고 더 많은 시간을 함께할 걸 후회가 됐다.

"미치는 줄 알았어. 너를 안고 싶고, 만지고 싶어서."

"우빈 씨……."

"우리 이젠 진짜 부부 놀이를 하는 거지?"

"네."

그에 대한 사랑이 커질수록 심장은 더 크게 뻥 뚫렸다. 사랑의 결핍 때문이었다. 그 구멍 사이로 바람이 드나들며 슬픔이 차 버렸다.

인정하고 싶진 않지만 담비는 사랑이라는 감정의 출발점이 관심이라는 것을 알고 있었다. 갑작스럽게 내리는 소낙비처럼 피할 겨를도 없이, 언제 비가 왔냐는 듯 맑게 갠 무지개처럼 예고도 없이 사랑에 걸려들었다.

그와 꽤 여러 번의 키스를 했지만 이렇게 떨리는 것은

처음이었다.

봄날의 새싹처럼 부드럽고 연약한 입술을 삼킨 우빈은 그녀의 입안을 탐하며 타액을 남김없이 꿀꺽꿀꺽 삼켰다. 그래도 갈증이 가시지 않아 혀를 잡아당겨 그녀의 입속을 헤집었다.

온몸이 달아올랐다. 폭발 직전에 다다른 우빈이 입술을 놓아주었다.

"사랑해."

대답 대신 담비는 그의 품에 안겼다.

그녀와 시선을 맞춘 그는 감당하기 힘든 열기가 전신으로 흩어지는 것을 느꼈다.

더 이상 참는 것은 무리였다. 부부 놀이를 완벽하게 끝내버릴 만한 것이 필요했다.

첫 번째는 서로의 마음을 솔직하게 고백하고, 믿음을 주는 것이다.

두 번째는 사랑에 대한 욕심이었다. 서로를 소유하고픈 마음과 본능을 숨기지 말아야 했다.

그는 더 이상 어린아이들처럼 유치한 말장난과 질투 따위는 하고 싶지 않았다.

우빈은 담비에게 몸을 강하게 밀착시켰다. 뜨겁게 불타는 그의 시선이 그녀의 위로 곧장 쏟아졌다.

"옷 벗길 거야."

"빨리 벗겨 줘요."

담비가 새빨개진 얼굴로 색색거리며 숨을 몰아쉬자 그의 얼굴에 미소가 걸렸다. 그가 그녀의 옷을 벗기기 시작했다.

얼마 뒤, 완벽한 나신으로 서 있는 담비를 보던 우빈도 옷을 벗어 던지려 했다. 그러나 마음만 급할 뿐, 몸이 따라 주지 않았다.

일일이 풀어야 하는 셔츠 단추와 벨트가 여간 성가신 게 아니었다. 조급함에 발치에 걸리는 바지를 멀리 차 버린 그가 그녀의 앞에 섰다.

발레리나처럼 길고 우아한 목, 둥근 어깨, 하얀 달빛처럼 빛나는 속살. 오르락내리락하는 봉긋한 가슴의 도도한 유두가 결국 그의 입속으로 사라져 버리고 말았다.

향긋한 살냄새와 탄력 있는 유두가 입안 가득 들어차자 그는 그것을 아플 정도로 빨고 또 빨았다.

"예뻐……."

그의 말에 그녀는 얼굴뿐만 아니라 온몸이 분홍빛이 되었다.

우빈은 담비를 덜렁 안은 채 침대 쪽으로 걸어갔다. 다리를 들어 자신의 허리를 넝쿨처럼 감싸는 그녀의 행동에 마음이 더 급해졌다.

겹쳐 놓은 스푼처럼 꼭 붙어 누운 두 사람은 그 상태로 잠시 서로의 몸을 느꼈다.

얼마나 서로를 원하고 있는지, 얼마나 이 순간을 기다렸는지를 다시 한 번 느껴 보았다.

"담비야, 사랑해."

또 터뜨리고 말았다. 이렇게 하고 싶었던 말을 이제까지 어떻게 참았는지 모르겠다.

멈출 수 없는 본능, 참고 있던 본능이 마구 솟구치기 시작하자 걷잡을 수 없어졌다. 두 사람은 서로의 혀를 단물을 빨아들이듯 머금었다.

입가에 맑은 타액이 넘쳐흘렀다. 누구의 타액인지는 모르겠지만 은사처럼 가느다란 타액이 쭉 늘어졌다.

"하아!"

그녀의 신음 소리는 그의 욕망을 더욱 부추겼다. 그녀를 품고 더 깊이 소유하고 싶었다.

온전히 나신이 된 그녀의 몸은 가히 환상적이었다. 그녀의 발을 잡은 우빈이 발뒤꿈치에 입술을 내렸다. 경배하듯 복사뼈에 입을 맞춘 그가 허벅지를 따라 올라가며 욕심을 채우기 시작했다.

우빈은 지금까지 자제해 왔던 욕망을 날뛰듯 풀어 놓았다.

부풀어 오른 젖가슴은 그의 손바닥에 이지러져 그 모양을 잃었고 정점에 살짝 돋아 있는 젖꼭지는 입안으로 사라져 버렸다.

고지가 바로 눈앞에 있었다. 손가락 하나를 뜨겁고 은밀한 습지 속으로 밀어 넣자 그녀가 허리를 비틀며 앙탈을 부렸다.

"하지 마요."

"결혼한 지 1년이 되었는데도 여기는 아직 처녀 같아."

"그야……."

그녀의 안은 여전히 좁고 뜨거웠다. 그녀를 위한 배려로 그는 우거진 숲을 헤치고 닫혀 있던 속살 틈을 간질이듯 애무했다. 거기서 멈추지 않고 손가락 끝으로 꽃잎을 유린하듯 문질렀다.

"어때, 좋아?"

"좋아요."

우빈은 감질날 정도로 느릿느릿하게 주름을 긁어 대며 쾌감을 늘였다. 그의 손가락이 여린 벽을 긁을 때마다 뜨거운 존재를 알려 왔다.

"그, 그만!"

은밀한 곳에서 손가락을 뺀 우빈은 담비의 뽀얀 엉덩이를 두 손으로 꽉 쥐고 다리 사이로 머리를 내렸다.

코끝에 느껴지는 냄새, 그녀의 냄새였다. 여린 꽃잎을 살짝 젖히고 혀로 이쪽저쪽 굴렸다. 야들야들하고 쫄깃한 촉감에 혀를 길게 내밀어 최대한 안쪽으로 밀어 넣고 이리저리 돌렸다.

우빈은 꽃 돌기를 혀로 살살 달랬다. 그러다 이내 입술을 벌려 그곳을 단숨에 빨아들였다.

그녀가 다리를 꼬며 온몸을 뒤틀었다.

"윽!"

뿌리 깊숙한 곳까지 그녀를 빨아들이려 애쓰는 그의 숨결은 더욱 거칠어졌다.

"하아, 윽!"

촉촉한 입안으로 들어간 그의 혀가 말랑말랑한 그녀의 혀를 감고 단물을 마음껏 핥았다. 두 개의 입술과 혀가 얼얼해질 때까지.

그럼에도 채워지지 않는 욕구에 우빈은 더 깊이 그녀를 소유하려 몸 위로 사뿐히 올라갔다. 그녀의 가슴과 검은 융단 밑에 살포시 숨겨진 비밀의 문은 짜릿한 자극제이자 흥분제였다.

우빈은 처음보다 더 커진 채로 빳빳하게 곤두선 남성을 한 손으로 잡고 그녀의 은밀한 부위에 천천히 문질렀다. 허공 위로 솟구친 남성의 검붉은 힘줄이 살아 있음을 알리며 꿈틀거렸다.

그는 물기를 머금은 그녀의 샘에 뼈처럼 단단하고 뿔처럼 솟아오른 남성을 힘을 모아 밀어 넣었다.

드디어 제자리에 들어간 그의 남성이 서서히 움직이기 시작했다.

그의 움직임이 점점 더 강하고 치밀해졌다. 은밀하고 강하게 살과 살이 부딪치는 소리가 들렸다.

찰박찰박. 살갗이 마찰하는 소리가 두 사람을 더욱 가깝게 만들었다.

"조금만 더!"

"우빈 씨!"

두 사람은 최상의 오르가슴을 주고받았다. 담비는 점점 거세어지는 그의 몸짓에 쾌락의 농도가 짙어져 폭풍우에 휩쓸리는 작은 나뭇잎처럼 몸을 떨었다.

그의 움직임이 빠르고 격해질수록 눈앞의 소용돌이가 뱅글뱅글 커져만 갔다. 살과 살이 섞여 하나로 맞물린 곳에서 표현할 수 없는 뜨거움이 일었다.

온몸에 불이…… 붙었다.

온몸이 타들어…… 갔다.

온몸을 달아오르게 만든 그가 뜨겁고 힘찬 혀로 그녀의 입안을 쉴 새 없이 들락거리며 타액을 가득 채웠다. 그것도 모자라 할짝거리며 그녀의 숨을 들이마셨다.

혀끝이 화끈거리고 얼얼했다.

"하아……."

애원하는 듯한 그녀의 흐느낌에 그는 온몸이 짜릿짜릿하고 후끈해지는 것을 느꼈다.

달아오른 그녀의 샘은 안달이 날 정도로 남성을 아프게 조여 왔다. 결국 우빈은 그녀의 깊은 곳에 사랑의 결정체를 다 뿜어냈다.

잠깐의 휴식 같은 잠을 자고 일어난 담비는 샤워를 한 뒤 우빈을 깨웠다.

"우빈 씨, 씻어요."

"좀 더 자고 싶은데."

"이럴 때 보면 완전 딴사람 같다니까. 씻고 자요."

"알았어."

둘만 있을 때의 그는 꼭 어린아이 같았다. 침대에서 일어난 그는 아무것도 걸치지 않은 완벽한 나신이었다. 욕실로 들어가는 그의 뒷모습을 보자 선홍빛이었던 그녀의 뺨이 발그스름하게 붉어졌다.

그에게서 사랑한다는 고백을 귀에 딱지가 앉을 정도로 들었다.

"사랑해! 사랑해!"

담비는 문득 병원 탈의실에서 들었던 여의사들의 수다가 생각났다. 그는 상체도 아름다웠지만 하체는 더 아름답고 튼튼했다.

'내 남편이 이런 남자랍니다' 라고 자랑할 수 없는 게 안타까울 정도였다.

그의 넓은 어깨와 가슴, 단단한 엉덩이, 그리고 다리 사이에 있는 그것을 확실하게 보았다.

그의 남성을 떠올리던 담비는 발끝에서 치고 올라오는 알 수 없는 현기증이 전신을 마비시킬 것 같은 기분이 들었다.

"정신 차리자, 한담비."

그가 샤워를 하는 동안 담비는 아무렇게나 벗어 던진 옷을 정리해 옷장에 차곡차곡 넣었다.

모처럼 뜨거운 물로 샤워를 마친 우빈은 긴 타월로 중요 부분만 가리고 나와 소파에 앉았다. 그리고 발가락 사이를 손수건으로 깨끗이 닦기 시작했다.

외과 의사는 한두 가지의 직업병을 앓고 있었다. 대표적인 것이 무좀과 피부염이었다.

무좀은 양말과 신발을 자주 갈아 신지 못하는 위생과 관련이 있었고 피부염은 수술복과 소독약 때문이었다.

그의 곁에 다가온 담비가 시선을 내렸다. 대부분의 의사들이 무좀을 앓고 있다 해도 틀린 말이 아닌데 그는 그조차도 없었다.

"뭘 봐?"

"발가락 보고 있었어요."

"무좀 있나 보고 있었구나?"

"나는 요즘 발가락 사이가 가렵던데."

담비가 무좀이 생기기 시작했다는 것을 알게 된 건 공포의 100일 당직이 절반도 지나지 않은 무렵이었다. 오른발과 왼발을 번갈아 움직이며 반대쪽 발가락을 긁어 댔지만 가려움증은 쉬이 사라지지 않았다.

"정말? 어디 봐."

"싫어요!"

"싫은 게 어디 있어? 보자니까."

"심하지 않아요."

소파에서 약간의 몸싸움을 하던 그들은 이상 야릇한 자세를 취하고 말았다.

벌어진 가운 자락 사이로 그녀의 탱탱한 젖가슴이 출렁거렸다.

긴 말이 필요 없었다. 이미 한 번의 욕망을 풀었지만 너무 오래 참았기에 또다시 그곳이 불룩 솟아올랐다.

그는 눈을 감은 채 가쁜 숨을 몰아쉬는 그녀의 가슴을 두 손으로 꽉 움켜쥐고 으스러져라 껴안았다.

작고 탄력 있는 그녀의 동그란 엉덩이가 그의 욕망을 부채질했다.

침대에 도착하기 전 그는 재빠른 행동으로 그녀의 몸을 잡아 두 손으로 엉덩이를 꽉 움켜쥐었다.

욕심쟁이가 될 생각이었다.

"널 줘. 완벽하게."

"몇 번요?"

"글쎄, 그거야 모르지. 이놈이 만족할 때까지 해야 할 것 같은데. 대략 열 번?"

그녀를 덜렁 안아 침대 위에 내려놓은 그가 무너질 듯 몸을 겹쳤다. 몸을 가려 주던 가운은 그 기능을 상실한 지 오래였다.

한계에 몰린 남자의 육체는 인내라는 것을 몰랐다.

달뜬 호흡을 내쉬기 시작한 그녀의 뺨을 두 손으로 잡은 그가 입술을 내렸다.

그리고 욕망에 뒤덮인 붉은 얼굴로 어서 오라 재촉하는 그녀의 탱탱한 엉덩이를 향해 돌진했다.

"읍……."

그가 미친 듯이 허겁지겁 그녀의 입술을 탐했다.

단숨에 목구멍까지 파고든 그의 혀가 타액에 젖어 말랑 말랑한 그녀의 속살을 폭풍처럼 쓸어 버렸다. 두 개의 혀가 쉴 새 없이 서로의 입안을 넘나들었다.

그때 어서 빨리 입에 넣어 빨아 달라는 듯 그녀가 가슴을 활짝 드러냈다.

"으윽……."

우빈이 손가락 사이에 탱글탱글한 멍울을 끼워 잡아당기 고 비틀며 달콤한 타액에 젖어 있는 그녀의 입안을 핥고 탐 했다.

꿀을 한 아름 담고 있는 꽃에 날아와 앉은 꿀벌처럼 그녀 의 입술을 달콤하게 빨아들인 뒤 젖가슴으로 입술을 내렸 다. 젖가슴을 한 손 가득 움켜잡은 뒤 입으로 쭈욱 빨아들 였다. 구슬을 굴리듯 입안에서 유두를 이리저리 혀로 굴렸 다.

뜨겁고 축축한 혀가 유두를 핥기 시작하자 몸에 불이 붙 는 것 같았다. 혀와 입천장에 감겨 오는 유두의 오들오들한 감촉이 갈증을 유발하자 그가 더욱 게걸스럽게 그녀의 안 으로 파고들었다.

그녀가 그의 머리카락을 움켜쥐었다. 그러나 이미 뜨거 워진 그의 육체를 잠재우기에는 너무 늦어 버렸다.

그녀의 유두는 밤에 피는 꽃처럼 예뻤다. 이미 그는 그 꽃향기와 맛에 중독되고 말았다.

"하앗!"

"한담비, 사랑해."

"우빈 씨!"

그가 그녀의 온몸을 목덜미부터 발끝까지 흡착하듯 안았다.

뽀얀 그녀의 속살이 수줍은 듯 얼굴을 내밀자 우빈이 허벅지 사이로 입술을 내렸다. 무성한 숲 너머로 열락의 근원지가 수줍게 숨어 있었다. 그는 그곳이 활짝 필 수 있게 만들었다.

입술과 혀로 그녀의 수풀 안에 숨겨진 꽃잎을 핥아 내렸다. 은밀한 둔덕에서 잠시 여행하던 그의 혀가 여린 꽃잎을 가르며 안으로 깊이 파고들었다.

꽃잎이 괴로운 듯 떨기 시작했다. 천천히 혀로 꿀물을 빨아들인 그가 더욱 깊숙이 그것을 음미했다.

도드라진 돌기가 터질 듯 부풀었다. 가뜩이나 붉은 꽃잎이 더는 붉어질 수 없을 만큼 빨갛게 망울졌다.

신비로운 그녀의 열매에서 끊임없이 과즙이 흘러나왔다. 그의 손길과 입술이 닿은 그녀의 몸에 뜨거운 열꽃이 쉼 없이 피어났다.

타액이 주는 아찔하면서도 달콤한 맛과 애무가 일깨워
주는 전율에 그녀가 온몸을 떨었다.

저절로 올라간 무릎이 오그라들었다.

쾌락의 뜨거운 구덩이로 변해 버린 깊고 깊은 샘……

그녀는 손을 들어 그의 머리카락을 헤집었다. 허리를 비
틀지 않으려고 무던히 애를 썼지만 쾌락의 즐거움을 알아
버린 몸은 저절로 움직이고 있었다. 덩달아 엉덩이까지도
꿈틀거렸다.

"하아, 하아."

그녀의 동굴에서 뿜어져 나오는 열기에 혀가 흐물흐물
녹아내릴 것 같았다. 이미 산처럼 부풀어 오른 놈이 이 좋
은 것을 참을 수 없다며 그의 혀를 자꾸 방해했다. 빨리 끝
내지 않으면 당장이라도 정액을 분출할 듯 요동치며 압박
해 왔다.

급습하듯 안으로 들어간 그는 놀라 버둥거리는 그녀를
품속에 당겨 안으며 조금씩 더 얕고 깊게, 앞뒤로 몸을 움
직였다.

하릴없이 그녀의 몸이 흔들렸다.

그는 허공에서 움직이는 그녀의 다리가 무척 거슬렸다.

"다리로 내 허리 감아."

허리를 휘감은 두 다리 때문에 더욱 가까이 몸이 밀착되

자 우빈은 탱탱한 그녀의 엉덩이를 잡고 속도를 냈다.

서로의 치골이 부딪칠 정도로 세차게 움직였다. 그러길 수백 번, 그의 움직임은 현란하다 못해 음란했다.

"힘, 힘들어."

절정의 잔재가 고스란히 남아 있는 얼굴로 담비가 새초롬하게 눈을 흘기며 애원했다. 하지만 우빈은 개의치 않고 그녀의 가슴을 그러쥐었다. 혈관이 비치는 여린 살결이 손 안에서 이지러졌다.

부딪혀 오는 그의 몸짓이 한층 격렬해졌다. 바싹 조이고, 깊게 몰아붙이고, 더 강하게 끌어당기며 몸부림쳤다.

흠뻑 젖은 질 안을 드나드는 그의 속도가 점점 빨라져 허벅지 안쪽에 통증이 일 정도였다.

더 이상 견딜 수 없겠는지 그녀가 몸을 돌려 시트 위에 엎드렸다.

우빈은 여기서 그만둘 수가 없었다.

만족을 모르는 야수를 유혹하는 그녀의 까만 눈동자가 떨리고 있었다.

그녀의 꽃잎에선 진한 암컷의 향내가 진동했고 질척한 액체로 뒤범벅된 허벅지 사이에선 꿀이 내뿜어지고 있었다. 우빈은 축축하게 젖은 내벽을 손으로 긁어내리며 꿀을 쏟아 내는 그곳을 다시 한 번 느껴 보고 싶었다.

엉켜 있던 몸이 떨어진 탓에 한기를 느낀 것도 잠시, 곧 그의 손이 다시 그녀의 엉덩이를 들어 올렸다. 그와 동시에 몸속으로 홧홧한 열기와 중압감이 밀려들어 왔다.

야한 질척거림과 야릇한 교성이 한데 섞였다. 그는 망설이지 않고 말간 물을 뚝뚝 흘리는 검붉은 남성을 그녀의 엉덩이 사이로 집어넣었다. 꿈틀거리는 남성의 둥근 끝이 좁은 그녀의 틈을 벌리고 깊게 침범해 들어갔다.

"윽, 아파요!"

"참아."

우빈은 허리를 세차게 튕겨 남성을 뿌리 끝까지 넣을 수 있도록 했다.

요동치는 남성을 자신의 가장 깊숙한 곳에 감금시켜 놓은 그녀가 원을 그리듯 뱅글뱅글 허리를 돌렸다.

감질나게 느릿느릿, 그러나 뿌리 끝까지 깊게 파고드는 그의 움직임에 그녀가 몸을 바르르 떨며 애원했다.

그녀의 입술은 얕은 신음을 흘리며 다물어질 줄을 몰랐다.

"으악, 헉헉!"

아무리 이를 사리물어도 발정 난 짐승의 신음 소리는 멈추지 않았다.

온몸이 부서질 듯 두 사람은 사랑을 나눴다.

그럼에도 남자의 몸은 부족하다고 더 내놓으라며 그녀를

재촉했다.

자궁 끝까지 파고들던 남성이 한순간에 펑 하고 터질 지경에 다다랐다. 꺼지지 않는 불꽃처럼 우빈은 그녀의 몸을 끊임없이 불태웠다.

몇 번의 섹스를 나누었는지 모른다. 축 늘어졌던 몸은 언제 그랬냐는 듯 자동적으로 회복됐다. 하지만 그녀의 몸은 중심을 잃고 앞으로 쓰러질 듯 휘청거렸다.

그는 더 큰 쾌락에 울부짖는 그녀를 보고 싶었다. 축축하게 젖은 담비의 목덜미를 길게 핥자 그녀가 허리를 뒤틀며 거친 숨을 몰아쉬었다.

황홀감에 일그러진 그녀의 얼굴은 숨 막히도록 아름답고 매혹적이었다.

질주하고픈 욕망을 참아 내기 위해 그가 잠시 그녀의 등 뒤로 몸을 내렸다. 그러나 그것도 용납하지 못하겠다는 듯 그녀의 도발적인 행동에 속수무책으로 몸을 움직일 수밖에 없었다.

결국 그녀의 속살에 깊숙이 파고든 그가 끝을 보려 했다.

흥건하게 젖은 살과 살이 부딪치며 나는 찰박거리는 소리가 점점 속도를 더해 갔다.

서로를 품기 위해 탐욕스럽게 움직였던 몸짓도 기나긴 행위에 마침표를 찍었다.

그녀의 허리를 잡은 그가 부들부들 몸을 떨었다.

절정을 토해 낸 남성은 그녀의 속살 안에서 나오길 거부했다. 단 한 방울의 씨앗이라도 흐르는 걸 보고 싶지 않다는 듯.

지독한 입맞춤을 나누던 두 개의 입술이 겨우 떨어졌다.

뜨거운 입술에 놀란 그녀가 숨을 내쉬기 위해 입을 열자 그 숨결이 고스란히 그에게 전해졌다.

"읍…… 하."

둘만의 안식처인 집에서 그녀와 함께라면, 세상과 차단되는 높은 담이 있어도 좋았다.

오히려 조금 더 갇혀 있었으면 싶었다. 마음껏 자신의 마음을 표현할 수 있게.

우빈은 다시 한 번 자신이 담비를 얼마나 사랑하고 있었는지를 깨달았다.

"사랑해, 담비야."

수없이 같은 말을 되풀이하며 그녀의 머릿속에 자신의 마음을 인식시켜 주었다.

표현하진 않았지만 그녀 역시 자신과 같은 마음일 거라고 믿었다.

오늘은 다신 올 수 없는 역사를 만든 밤이자 서로에게 완전히 취한 밤이었다. 계약서의 몇몇 조항이 무용지물이 되어 버렸다.

결혼기념일은 지났지만 평범한 신혼부부의 첫날밤처럼 화끈한 밤이 깊어 갔다. 두 사람의 사랑의 깊이처럼, 점점 더 그 깊이를 알 수 없을 만큼.

#13

진짜 부부

이른 아침 출근 준비를 하던 우빈은 담비에게 혼인신고를 하고 병원에 결혼 사실을 공개하면 어떨까 하는 속마음을 내비쳤다.

"아무래도 혼인신고를 해야겠어."

더 이상 결혼을 비밀로 하고 싶지 않다는 뜻이자 두 사람이 떳떳한 관계라는 것을 사람들에게 보여 주고 싶다는 뜻이었다.

담비도 그와 같은 생각을 굳혀 가는 중이었다.

엄연히 우빈은 자신의 남자이자 남편이었다. 그런데 그에게 추파를 던지는 여자들이 너무나 많았다.

생각에 빠진 담비에게 우빈이 짓궂은 질문을 던졌다.

"한담비, 나한테 할 말 없어?"

"무슨 말이요?"

"밤새도록 내가 너에게 했던 말."

"그거요? 나도 똑같아요. 당신이랑."

무심한 그녀의 대답 속에서 그는 의미 있는 말을 낚아 올렸다. 그것이 그를 행복감에 빠뜨렸다.

우빈은 담비를 끌어당겨 품에 안았다. 그녀도 두 팔을 내밀어 그의 허리를 껴안았다.

정수리에서 그의 따뜻한 숨결이 느껴졌다. 순간 담비는 웃고 있을 그의 입술을 느끼고 싶어졌다.

"말해 봐."

"뭘요?"

"이우빈을 사랑한다고 말해 봐."

"한담비는 이우빈을 사랑……."

담비의 두 뺨에 어여쁜 샘이 생겼다.

행복하게 웃을 때 만들어지는 그 흔적으로 그가 입술을 내렸다.

"예쁘다. 정말 예뻐."

다른 세계로 통하는 작고 보드라운 문인 그녀의 입술에 그가 진하게 입을 맞춰 왔다.

스르륵 열린 문틈을 파고든 그가 안으로 들어갔다. 그곳에서 숨어 있던 그녀의 속마음과 만났다.

두 사람은 거침없이 서로의 혀를 휘감았다. 입술과 입술이 서로를 만나는 동안, 이제까지 표현하지 못했던 사랑의 밀어들이 쏟아져 나왔다.

사랑해, 사랑해!

입술을 뗀 우빈은 담비의 손을 잡았다. 마주 잡은 두 손이 더욱 깊게 얽혔다.

"일단 혼인신고부터 하고 병원장님께 가서 말하자. 우리 결혼했다고."

"그럼 혼인신고만 하고 나중에 공개하는 건 어때요? 당신 전문의 시험 붙고 나서."

우빈은 말없이 그녀를 품 안으로 끌어당겼다. 무엇이 먼저든 상관없었다.

이 순간 그녀가 자신의 품속에 있다는 것, 그것만으로도 넘치도록 행복했다.

꼭 껴안은 두 사람은 서로의 심장에 사랑을 새겼다.

두 사람은 오프에 맞춰 구청에 가 혼인신고를 하기로 했다.

서로를 바라보며 완벽한 부부가 되기로 약속했다.

어렵고 힘든 길을 동행할 수 있는 몸과 마음이 준비된 지금. 우빈은 어서 빨리 오프 날이 되어 혼인신고를 했으면 좋겠다고 생각했다.

◆   ◆   ◆

우빈은 학회 세미나에 참석하기 위해 교수님들을 모시고
제주도로 내려갔다.

그가 병원에 없는 하루 동안 담비는 무척이나 힘들었다.

미정은 아예 직장 동료보다 더 먼 관계가 되어 버렸고 찬
우 역시 마찬가지였다. 그는 아예 그녀의 얼굴을 보려 하지
않았다. 그런 그를 볼 때마다 마음 한구석이 왠지 찌르르
했다.

애써 감정을 추스른 담비는 회진을 돌기 위해 병실 앞에
섰다.

아영은 오늘 아침 Lab*에서 WBC*가 저하되는 바람에 1인
실로 이동하여 입원 중인 환자였다.

무균복으로 갈아입은 담비는 머리카락이 빠진 아영의 머
리에 분홍색 모자를 씌워 주었다.

"저 주시는 거예요?"

"응, 내가 분홍색을 좋아하거든. 예쁘다."

---

*Lab:혈액검사 결과서.
*WBC:백혈구.

"고마워요."

"고맙긴. 아영아, 오늘 몸 상태는 어때?"

"좋아요. 그런데요, 선생님. 의사 가운은 왜 하얀색일까요?"

난데없는 질문에 담비는 그럴듯한 답변을 내놓지 못하고 머뭇거렸다.

"글쎄. 깨끗해 보이기 때문이 아닐까?"

"제 생각엔 흰색이 모든 빛을 반사하고 어떤 빛도 받아들이지 않기 때문인 것 같아요."

"응……."

"의사란 모든 질병 앞에서 냉정해야 하잖아요. 마음이 흔들리지 않는, 강인하고 지조 있는 심장을 가지라는 뜻으로 흰색 옷을 입는 게 아닐까 하는 생각을 해 봤어요."

순간 담비는 자신의 입을 틀어막았다. 열아홉 살인 아영은 의사가 되는 것이 꿈이라고 했다. 허나 그 꿈을 이룰 수는 없었다.

3개월 시한부를 선고받은 아영은 이미 간을 비롯해 폐까지 암세포가 전이된 상태였다.

처음엔 허리가 아프고 소화불량 증상이 있어 약국에서 진통제와 소화제를 사 먹었다고 한다.

그러나 식사를 할 수 없을 정도로 소화가 되지 않아 그제야 찾아간 병원에서 췌장암 말기 진단을 받았다.

"아영아……."

"선생님."

아영의 말처럼 의사는 강인하고 지조 있는 심장을 가져야 했다.

그러나 담비는 이상하게 아영의 앞에만 있으면 마음이 흔들렸다. 아프고 또 안타까웠다.

"저, 얼마 안 남았죠."

"우리 힘내자, 응?"

"겨울 바다 볼 수 있을까요?"

볼 수 있다고 말을 해야 했지만 쉽게 입이 떨어지지 않았다.

담비는 말없이 고개만 끄덕거렸다. 그녀는 하루하루 자신이 허약한 의사임을 깨달았다.

아영의 말을 듣고 오늘보다 내일, 내일보다 더 먼 미래에 스스로를 좋은 의사라고 자부할 수 있도록 매일 열심히 뛰며 노력해야겠다고 다짐했다.

담비는 아영을 품에 안았다.

"겨울 바다 볼 수 있을 거야. 내가 장담해."

▼　　　▼　　　▼

레지던트 1년 차도 사람인지라 잠을 자다 보면 깨어나지 못할 때가 종종 있었다. 오늘이 그랬다.

며칠 전, 그와 함께한 잠자리가 너무 무리였는지 몸살이 났다.

담비는 간호사에게 몸이 좋지 않다는 얘기를 하며 혹시 모르니 응급 상황이 생기면 깨워 달라는 부탁을 남겼다.

의국으로 들어간 담비는 감기약을 먹고 소파에 쓰러지듯 누웠다.

얼마 뒤, 시끄러운 소리에 반사적으로 일어난 담비가 병동으로 급히 향했다. 시계를 보니 벌써 아침 6시였다.

담비가 도착했을 땐 이미 아영의 아버지가 술을 먹고 난동을 부린 뒤였다.

그사이 그를 말리던 미정의 손목이 꺾이는 작은 부상이 생겼다.

수술실에 들어가야 되는 외과 의사에게 손목 부상은 치명적이었다.

미정에게 미안한 마음에 담비는 깨워 달라 부탁했던 간호사에게 작은 목소리로 물었다.

"왜 안 깨우셨어요, 선생님."

"그, 그게. 김미정 선생님께서 깨우지 말라고 하셨어요."

"네에?"

"피곤할 테니 대신 콜 받겠다고……."

아픈 듯 손목을 이리저리 돌리는 미정과 담비의 시선이 마주쳤다.

어색한 마음에 두 사람은 멀뚱히 서 있기만 했다. 그동안 서먹서먹해졌지만 그래도 미정은 마음이 잘 맞았던 동기였다.

"김미정 선생, 손목은 괜찮아?"

"괜찮아. 이 정도쯤이야."

"왜 나 대신 콜 받았어."

"한 선생이 예뻐서 받아 준 거 아니거든?"

"그럼?"

"이우빈 선생님 때문이야. 어제 찾아와서 사실대로 얘기하시더라. 그동안 속여서 미안하다고."

외줄 타기처럼 가슴을 졸이며 어렵게 성취한 사랑일수록 그 강도가 세지면서 더불어 얻는 것이 많아 보였다. 미정의 눈엔 우빈과 담비가 그렇게 느껴졌다.

미정은 담비가 얄미운 듯 그녀의 옆구리를 손가락으로 아프게 찔렀다.

"그런데 한 선생. 유부녀가 처녀 행세하고 참 재미있었겠다?"

"아, 아니야."

"아무튼 한 선생, 이제 나한테 잘해야 돼."

"고마워……."

담비는 미정을 끌어안았다. 그러자 미정이 살짝 젖은 목소리로 투정을 부리듯 말했다.

"복 받은 년. 빨리 좋은 남자 소개시켜 줘. 빨리 가자. 늦겠다. 오늘 발표 날이잖아."

"맞다. 오늘 토요일인 걸 깜빡했다."

"너 때문에 내가 못살아!"

매월 둘째, 넷째 주 토요일 아침은 두 명의 전공의가 해외 우수 논문을 선정하여 발표하는 시간을 가졌다.

스텝의 지도하에 토론을 나누는 전공의 프로그램 중 하나였다.

오늘은 담비와 미정이 발표할 차례였다.

늘 발표자에게 질문을 많이 하며 곤경에 빠뜨리는 사람은 우빈이었다.

그는 작은 것 하나까지도 용납하지 않으며 잡아먹을 듯 발표자들에게 질문을 던지곤 했다.

미정과 담비는 발표를 끝내고 그의 입에서 무슨 말이 떨어지기만을 기다렸다.

초조함에 담비는 입술을 떨었다.

아무리 그와 한이불을 덮고 자는 사이라 하더라도 일은 별개였다.

하지만 무슨 바람이 불었는지 두 사람의 발표를 듣고도 그는 조용하기만 했다.

회의실 안에 있던 모두가 의아해하며 그에게로 시선을 돌렸다.

한참이 지나도록 그의 입술은 열릴 생각이 없었다.

"이우빈 선생님, 궁금한 점 없으십니까?"

"궁금한 것보다 할 말이 있습니다, 한 선생."

"네, 말씀해 보세요."

이제는 더 이상 감정을 숨길 수 없다는 듯 가라앉은 그의 눈동자가 끊임없이 그녀만을 주시했다.

다른 이는 전혀 보이지 않았다. 그에겐 오로지 담비만이 존재할 뿐이었다.

굳은 결심을 한 우빈은 모두에게 공표할 생각으로 자리에서 벌떡 일어났다.

"한담비 선생님, 사랑합니다."

"네에?"

"사랑한다고요."

"선생님!"

단상 위로 걸어 나온 우빈이 담비의 손을 꽉 쥐고 웅성거리는 레지던트들을 향해 깍듯이 인사를 했다.

"그동안 속여서 미안해. 우리 1년 전에 결혼했어."

"뭐라고요? 그게 진짜입니까?"

듣고 있던 명식이 믿기지 않는다는 듯 자리에서 일어나 큰 소리로 되물었다.

"응. 원래 내가 전문의를 딴 뒤에 말하려고 했는데 이렇게 돼 버렸네. 사죄의 의미로 과일과 떡을 돌릴 테니 용서해 줘."

"한 선생도 이우빈 선생님을 사랑해? 혹시 협박당해서 결혼한 거 아니야?"

장난스런 명식의 말에 모두들 웃으며 고개를 끄덕였다.

우빈을 한 번 쳐다본 담비가 어두운 표정을 지었다.

"맞습니다. 결혼 안 해 주면 고생길이 훤히 열릴 거라고 협박하셔서 할 수 없이 했습니다."

"진짜?"

"네!"

담비의 대답은 우렁찼다.

이에 당황한 기색을 엿보이던 우빈이 손을 끌어당겨 그녀를 품에 안았다.

어차피 나쁜 놈이 되어 버린 마당에 용기를 낸 것이었다.

"키스해! 키스해!"

더는 물러설 수 없음을 느끼고 잠시 머뭇거리던 담비가 우빈의 목에 팔을 걸었다. 그러자 그의 입술이 그녀의 콧잔등을 타고 미끄러져 내려와 입술에 살포시 닿았다.

그녀의 향기가 좋아 그곳에 잠시 머물다 바로 입술을 열고 안으로 파고들었다.

"이우빈 선생님 멋쟁이!"

열화와 같은 환호성에 힘입어 우빈은 담비의 입술을 마음껏 빨아 당겼다.

붉은 입술이 서로의 타액으로 흠뻑 젖어 반짝였다.

키스가 끝난 후 그들의 얼굴에는 행복한 미소가 떠올랐다.

한바탕 소란이 지나간 뒤 우빈과 담비는 병원장을 비롯한 모든 직원들에게 떡과 과일을 돌리며 그동안 비밀로 해온 결혼에 대해 진심으로 사과를 했다.

모두들 두 사람에게 웃으면서 축하한다는 말을 전해 왔다.

일주일이 지난 후, 두 사람은 함께 구청에 가 혼인신고를 했다.

우빈은 정식으로 법적 부부가 되었다는 주민등록등본을 열 장씩이나 떼었다.

그리고 양가 부모님과 함께한 저녁 식사 자리에서 그것을 한 장씩 나눠 드렸다.

"저희 혼인신고 했습니다."

"그래, 어디 보자."

차영은 이제야 마음이 놓였다. 딸을 가진 부모였기에 그동안 동거하듯 지내는 두 사람이 여간 신경 쓰인 게 아니었다.

"고마워, 우리 사위."

"아닙니다, 어머님."

"그런 의미에서 우리 사위 한번 안아 볼까?"

우빈은 두 팔을 벌려 차영을 품에 끌어당겼다. 그러자 옆에 있던 양순도 담비를 품에 꼭 안아 주었다.

"고마워, 내 며느리가 되어 줘서."

"아니에요, 어머님. 제가 정말 잘할게요."

"그 말 믿어도 되는 거야?"

그때, 뒤늦게 도착한 넷째 누나 지영의 목소리가 들려왔다.

"형님!"

"그래, 오랜만이다?"

"연락 자주 못 드려서 죄송합니다."

"아니야. 오히려 내가 고마워. 저 까칠이와 결혼해 줘서."

"까칠이요?"

"몰랐니? 이우빈 별명이 까칠이인 거."

입을 떡 벌리며 지영에게 소리를 지르는 우빈을 보며 담비는 한 건 올렸다는 표정을 지었다.

이제부터 그를 까칠이라 부를 생각이었다. 물론 단둘이 있을 때만.

"그리고 올케. 나 혼자거든? 주변에 잘생긴 의사들 널렸잖아. 한 명만 구제해 봐."

"알겠어요, 형님."

"좋았어. 우리 담비, 한번 안아 보자."

담비는 두 팔을 활짝 벌린 지영의 품에 살포시 안겼다. 어찌나 강하게 끌어안는지 우빈의 품에 안긴 것 같았다.

순간 터프하고 씩씩한 지영과 자상하고 섬세한 찬우가 잘 어울릴지도 모르겠다는 생각이 들었다.

담비는 미정과 찬우를 연결시켜 주려던 것을 취소하고 두 사람을 만나게 해야겠다고 생각했다. 아마 이 사실을 알면 우빈이 결사반대할 테지만.

병원 인사 위원회에서 우빈과 찬우에게 일주일 근신과 함께 3개월 감봉 처분명령을 내렸다. 이유가 어찌 되었건 직장 동료끼리 폭력을 휘두른 것을 용서할 수 없다는 뜻이었다.

두 사람은 잠시 병원을 떠나야 했다.

레지던트 두 명이 한꺼번에 자리를 비운 간담도 췌장외과는 비상이 걸렸다.

지금까지의 생활은 아무것도 아닐 정도로 눈코 뜰 새 없이 바빴다.

일주일 후 두 사람이 다시 병원으로 돌아오자 모두들 만세를 불렀다.

"선생님들 사랑해요!"

간담도 췌장외과는 다시 원래의 일상으로 돌아왔다.

우빈은 예전처럼 담비의 일에 일일이 간섭하지 않았다. 찬우 또한 마찬가지였다. 담비에게 더 이상 따스한 웃음을 보여 주진 않았지만 여전히 좋은 선배였다.

찬우는 여전히 담비의 얼굴을 정면으로 보려 하지 않았다. 아직까지 마음을 완전히 추스르지 못했다는 뜻이었다.

무더운 여름에 설악산을 등반해서 그런지 시커멓게 탄 찬우의 얼굴이 야윈 것도 같았다.

근신 처분을 받은 동안 우빈과 찬우는 함께 설악산 대청봉에 다녀왔다.

같이 산을 탄 후 그들의 사이는 전보다 매우 친밀해졌다.

간담도 췌장외과의 발전을 위해서도 두 사람의 화합은

참으로 뜻깊은 일이었다.

　모든 것들이 제자리로 돌아왔다.

　두 사람은 그동안 함께 있는 것이 얼마나 소중하고 행복한 일인지 몰랐다.

　소중하다는 건 그 깊이와 분량을 가늠할 수 없는 감정이었다.

　소꿉놀이만도 못했던 부부 놀이를 끝낸 그들은 평범한 부부 생활을 하기 시작했다.

　손을 잡고 마트에 가고, 쌀을 씻어 밥을 하고, 부족한 요리 실력으로 정성 들여 반찬을 만들고, 얼굴을 마주 보며 밥 먹는 시간을 자주 가졌다.

　그리고 없는 시간을 쪼개어 밤낮을 가리지 않고 사랑도 나누었다.

　참을 수 없다는 듯 그가 머리를 숙였다. 그녀의 은밀한 부위가 눈앞에 있었다. 검은 숲으로 덮여 있으면서도 분홍빛을 숨기지 않고 도도하게 살아 있는 그곳은 유혹의 결정체였다.

　그의 입안에 타액이 절로 고였다.

　"하지 말라니까요. 하지 마요."

　"너무 늦었어."

우빈은 다시 담비의 허벅지 사이로 얼굴을 내렸다.

검은 수풀이 예쁘게 자라 있었다. 수풀 아래 통통한 둔덕 사이로 갈라진 골이 보였다.

끈적끈적하게 흘러내리는 열기에 온몸이 타들어 갔다. 암컷 위에 올라타 거친 숨을 내쉬는 수컷들의 마음이 백분 이해가 됐다.

달달한 살냄새가 코끝을 간질이자 그녀의 골 사이로 그가 입술을 내밀었다. 그러자 그녀의 속살이 뭉쳤다가 풀어졌다.

달콤한 그의 혀가 주는 느낌에 그녀가 온몸을 파들파들 떨었다.

그의 손은 예의를 전혀 모르는 말썽꾸러기 같았다.

"아아, 제발 하지 마요."

숨이 넘어갈 듯한 담비의 애원이 들렸지만 우빈은 멈출 수 없었다.

본능에 따라 혀를 미친 듯이 움직였다. 그러자 그녀가 머리를 흔들며 몸부림쳤다.

그가 두 다리를 벌리자 그녀의 붉은 속살이 확연하게 드러났다.

촉촉하게 젖어 반들반들 윤기가 나는 것이 마치 갓 피어난 꽃술 같았다.

"음, 예쁘다."

혀를 내밀어 꽃잎을 머금은 우빈이 붉은 살덩어리를 간질이며 속살을 파헤쳤다.

뜨거운 열기 아래 그녀의 감촉이 느껴졌다. 그 부드러움에 녹아내릴 것 같았다.

"아, 담비야."

할 때마다 느꼈지만 그녀의 꽃잎은 동굴처럼 깊었다. 동굴이 델 듯 뜨겁게 그의 혀를 빨아 당겼다.

한번 혀를 담그니 그곳에서 영원히 빠져나오지 못할 것 같았다.

그렇게 또 한 번의 사랑 놀이가 시작되었다.

끝을 모르던 놀이가 겨우 끝난 후, 그의 품에 안겨 있던 담비가 물었다.

"도대체 감봉 3개월이면 얼마나 손해인 거예요?"

"이제야 마누라 같네. 돈 얘기를 하는 걸 보니."

"오늘부터 당신 월급, 내가 관리하는 거 알죠?"

"용돈은 얼마 줄 건데?"

'용돈'이라는 말에 담비가 미소를 지었다. 어떤 상황에서도 크게 동요하지 않는 게 그의 장점이라 생각했는데 이제 보니 그것도 아닌 것 같았다.

장난스런 담비의 미소에 붉으락푸르락해진 그의 얼굴은

잘 익은 홍시 같았다.

"이우빈 씨, 당신 얼굴 붉어졌어요."

"신경 끄셔. 참, 요즘 김찬우 선생은 좀 어때?"

"여전히 말씀이 없어요."

"괴롭히거나 그러지는 않지?"

"당연하죠. 김 선생님 참 좋은 사람이라는 거 당신도 알잖아요."

"알아. 그 사람 좋은 의사고, 남자로서도 괜찮은 친구라는 거."

"후……. 맞아요."

담비의 한숨 소리를 아깝다는 뜻으로 해석한 우빈이 눈살을 찌푸렸다.

"혹시 너 김찬우 선생 좋아했던 거 아니야?"

"아, 아니에요. 그럼 당신은요! 김미정 선생도 그렇고 오혜정 씨도 그렇고. 당신 좋다는 여자들 많으니까 좋았어요?"

"아닌 거 뻔히 알면서 왜 그래."

"당신이 먼저 시작했어요."

"미안해. 하지만 오혜정 씨는 빼 주라."

"알았어요."

혜정은 호스피스 병원으로 전원을 갔다. 남은 삶을 정리하는 시간을 갖게 하는 것이 환자에게 질적인 행복을 줄 수 있다는 판단 때문이었다.

"한담비, 우린 같은 날 죽자."

"네. 둘이라는 건 참 좋은 것 같아요. 그래서 말인데, 김미정 선생한테 오빠를 소개시켜 줄까 싶어요. 어떻게 생각해요?"

"그거 좋은 생각이다."

"참 미웠었는데 그래도 김 선생만 한 여자가 없는 것 같아요. 의리도 지킬 줄 알고요."

"의리 하니까 말인데, 너 부부의 의리는 언제 지킬 거야?"

"부부의 의리?"

우빈은 어디선가 읽었다.

점점 증가하는 이혼율과 부부 사이의 믿음이 깨져 버리는 순간이 많아지는 요즘. 서로만을 사랑하고 서로만을 보며 서로에게만 사랑을 쏟는 것을 부부의 의리라고 한다는 것을.

또한 부부 사이를 돈독하게 해 주는 섹스가 없을 때는 '가물었다' 라고 하고 너무 많은 관계를 맺을 때는 '장마' 라고 표현한다는 것도.

그동안 두 사람의 관계는 사막이 되어 버렸다. 비를 동반한 태풍이 불어 닥쳐도 그 가뭄은 쉽게 해갈되지 않을 것 같았다.

"너무 가물었어. 우리 사이."

"방금 했잖아요."

"그것으론 만족이 안 되지. 4대 독자 이우빈을 뭘로 보는 거야."

그의 것이 또다시 일어나고 있는 중임을 느낀 담비가 눈을 크게 떴다.

"당신, 욕심이 정말 많네요."

"아니지. 그동안 못 부린 욕심을 채우는 거지."

촉촉한 그의 입술이 그녀의 콧등에 내려앉았다. 보드랍고 말랑거리는 그녀의 콧등을 핥자 달콤한 과일 향이 났다.

그는 그녀의 목덜미 위로 뜨거운 입김을 쏟아 냈다.

꼭 천국에 온 기분이었다. 영원히 그녀의 온기 속에 머물고 싶었다.

그가 그녀를 바짝 끌어당겨 굶주린 입술을 포갰다. 그리고 두 손으로 얼굴을 감싸고 향취를 빨아들였다.

입술을 뗀 두 사람이 서로의 이마를 맞댔다.

"읍…… 하!"

호흡이 부족한 사람처럼 담비가 급히 숨을 들이마셨다.

우빈의 옷자락을 동그랗게 말아 쥔 담비가 속삭였다.

"우빈 씨. 나 당신 닮은 아이를 낳고 싶어."

"진짜?"

"응, 엄마가 되고 싶어."

사랑의 귀중한 결실인 예쁜 아기…….

눈을 감고 마음을 비우니 담비의 눈앞에 아기의 얼굴이 떠올랐다. 우빈을 닮은 아기였다.

"마누라야."

"왜 불러, 신랑님."

"사랑해."

낮게 깔린 그의 중저음 목소리는 야하고 매력적이었다.

다시 말랑말랑하고 촉촉한 두 사람의 입술이 부딪쳤다.

오랜 가뭄 끝에 단비를 만난 것처럼 서로의 갈증이 해소되었다.

지금 이 순간 그들은 사랑을 했다. 이 여자여서 좋았고, 이 남자여서 좋았다.

세상의 모든 기쁨과 행복의 소리를 들으며, 서로의 품 안에서 두 개의 심장이 하나가 되어 콩콩 뛰었다.

눈부신 빛이 그들에게 찾아들었다. 절반의 호흡은 서로를 만나 하나가 되었고 흐르던 시내는 강물과 함께 포개어졌다.

그렇게 그들은 하나가 되었다.

굳게 닫혀 있던 마음의 문이 열리자 숨겨 두었던 진심이 마구 터져 나왔다.

이제부터 다시 시작이었다.

그들의 사랑과 행복이.

#14

기쁨 뒤에 슬픔이

행복한 신혼부부 놀이를 즐기던 어느 날, 책상 위에 놓인 예약 환자 차트를 보던 우빈의 얼굴에 검은 그림자가 뒤덮였다.

환자 명단에 담비의 둘째 오빠인 담우의 이름이 있었다.

"형님!"

우빈은 외래 진료실에 떡하니 나타난 담우를 보고 까무러칠 뻔했다.

다른 병원에서 소견서를 가지고 온 그의 병명은 간암이었다. 다행히 전이가 되지 않아 간이식을 받는다면 살 수 있었다.

믿을 수 없는 상황에 우빈은 아무 말도 하지 못했다. 자신에게는 말하기 곤란하다 쳐도 담비에게까지 그동안 병명을 숨긴 것이 이해되지 않았다.

우빈은 주먹을 움켜쥐며 자리에 앉았다. 화가 나서 자연히 말에 가시가 돋았다.

"왜 저에게, 아니, 담비에게 미리 말씀 안 하셨어요!"

"다른 병원에서 몰래 치료를 받았는데 이리 될 줄은 몰랐어."

"지난번에 해외 출장 가셨다는 거 거짓말이죠?"

"사실, 그때 처음 입원을 했어."

"그럼 아무도 이 사실을 모르는 겁니까?"

"응. 가족들에게는 비밀로 했거든. 약 먹으면 괜찮을 줄 알았지."

담우는 간이 사람의 몸에서 얼마나 중요한 역할을 하는지 몰랐다.

"빨리 입원하고 수술 날짜 잡죠."

"간이식, 꼭 해야 될까?"

"가족들에게 알리겠습니다. 이식받아야 살 수 있어요."

"이 서방……."

"저도 검사하겠습니다. 줄 수만 있다면요."

"빈말이라도 고맙네."

"빈말하는 거 아닙니다."

진지한 우빈의 대답에 담우의 얼굴이 얼음장처럼 하얗게 굳었다.

그동안 귀하디귀한 여동생을 훔쳐 간 도둑놈이라 치부하고 알게 모르게 그를 괴롭혔었다. 1년 전 대화를 나눴을 때만 해도 그는 담비와 어쩔 수 없이 결혼했다는 뉘앙스를 솔솔 풍겼었기 때문이다.

그러나 지금은 그가 담비를 많이 사랑하고 있다는 것을 누구보다 잘 알고 있었다. 하지만 이건 다른 문제였다. 살을 찢어 제 장기를 주는 일이었다. 혈연 지간에도 하기 힘든 일이었다.

의심으로 가득 찬 담우의 눈빛이 흐려졌다.

"믿어지지 않아……."

"왜요. 아직도 제가 여동생을 훔쳐 간 도둑놈으로 보이십니까?"

"아, 아니야. 어쨌든 말만이라도 고마워."

"형님은 사실 수 있습니다."

여전히 어둡고 침울한 표정을 짓고 있는 담우를 보며 우빈은 애써 밝은 미소를 지었다.

진료실을 나서는 담우의 뒷모습을 확인한 우빈은 담비에게 전화를 걸어 그의 상태를 최대한 덤덤하게 알렸다.

우빈의 말을 믿지 않았던 담비는 진료실로 내려와 소견서를 보곤 한참 멍하니 서 있었다. 그러다 휴대폰을 꺼내 들더니 부모님에게 그 사실을 알렸다.

그녀는 통화를 하는 내내 우느라 말도 제대로 하지 못했다.

바로 다음 날 그녀의 가족들이 병원에 찾아와 간 검사를 받았다.

결혼도 안 한 아들이 간이식을 받아야 살 수 있다는 사실에 장모님은 기절을 했다. 담비 또한 그 옆에서 안쓰럽게 울고 또 울었다.

열흘 후 검사 결과가 나왔다. 간을 이식하겠다는 사람은 여러 명 있었지만 결과는 좋지 않았다. 가족들은 당뇨와 간 기능 저하, 그리고 혈액형 때문에 담우에게 간이식을 할 수 있는 조건이 아니었다.

단 한 사람만이 그에게 간이식을 해 줄 수 있었는데 그건 바로 모든 조건이 부합하는 우빈이었다.

우빈은 처음 마음가짐대로 담우에게 간을 이식해 주기로 결심했다.

그런데 4대 독자 귀한 몸이기에 이 사실을 알게 된 그의 집안 식구들이 반대를 했다.

당사자인 담우도 심한 반대를 했다. 제 피붙이도 아닌,

전문의 시험을 겨우 몇 개월 남긴 그의 장기를 받을 수 없다는 것이었다.

순찬과 차영의 의견도 마찬가지였다. 아무리 아들 같은 사위였지만 그는 백년손님이었다. 마음은 너무 고맙고 감사했지만 절대 있을 수 없는 일이라 여겼다.

순찬은 우빈을 불러 설득에 나섰다.

"마음은 고맙지만 안 되네."

"아버님, 저도 가족입니다. 왜 안 됩니까?"

"사돈의 얼굴을 볼 수 없을 정도야. 자네, 누렇게 뜬 부모님 얼굴 못 봤나?"

"두 분은 제가 잘 설득하겠습니다."

"절대로 안 돼. 아무리 내 아들이 소중하다고 해도 안 되네. 하늘이 무너져도 안 되는 일이야."

"아버님, 의사는 환자의 생명을 제일 우선으로 해야 합니다. 그러니 제 간을……."

"나는 아들인 담우도 중요하지만 자네도 중요하다네."

담비 또한 아버지와 생각이 같았다. 그의 간을 떼어 주어야 한다는 생각을 하니 걱정에 정신이 흐리멍덩해졌다.

명색이 간담도 췌장외과 의사인데 막상 남편의 간을 이식한다고 생각하니 심장이 덜컥하고 무너지는 느낌이었다.

아무래도 의사 자질이 없는 모양이다. 담비는 할 수만 있다면 오빠에게 자신의 간을 주고 싶었다.

그러나 간을 줄 수 있는 이는 우빈뿐이었다. 담비는 시부모님을 볼 면목이 없었다. 형님들도 마찬가지였다.

간이식의 경우 제 핏줄도 망설이는 사람들이 수두룩했다. 신체의 일부를 떼어 타인에게 준다는 것은 목숨을 담보로 내기를 하는 셈이었다.

하지만 우빈은 의사 자질을 운운하며 도리어 담비에게 화를 냈다.

담비도 그를 따라 화를 냈다. 사실은 너무 고맙고 감사했지만 속마음과 다른 말이 나갔다.

말도 안 되는 얘기라며 반대하고 짜증을 냈지만 속으로는 가슴이 찢어질 것 같았다.

사랑을 확인한 지 한 달도 안 되어 그들은 다시 서로에게 상처를 주고 말았다. 예전과는 전혀 다른 일로 말이다.

그 후로 담비는 몸살을 앓았다.

계속해서 고집을 부리는 그에게 고래고래 소리를 지르며 목 놓아 울던 그녀가 제 풀에 지쳐 쓰러졌다.

놀란 그가 그녀를 들쳐 업고 응급실로 달렸다. 목이 쉴 만큼 울어 대며 악을 썼으니 아플 만도 했다. 39도에 가까운 고열이었다.

그녀의 상황을 알게 된 병원 사람들은 아무 말도 하지 못했다. 아무리 재생 능력이 뛰어난 간이라 해도 남편이 아내의 오빠에게 선뜻 내어 줄 수 있는 장기는 아니었다. 모두들 선뜻 간이식을 결심한 그를 존경의 눈초리로 보았다.

미정이 의아한 눈빛으로 우빈이 뚫어져라 바라보았다.

"내가 동물원 원숭이라도 됩니까? 왜 자꾸 쳐다봅니까?"

"아, 아닙니다."

"여기는 신경 쓰지 마시고 다른 환자나 보세요."

"알았습니다."

그의 딱딱한 말투에 미정은 고개를 설레설레 저었다.

활력징후를 체크한 우빈은 담비에게 해열제를 두 시간마다 투여했다. 그리고 미지근한 수건으로 몸을 마사지해 주며 열이 떨어지기만을 기다렸다.

39도를 오르내리던 열이 내리기 시작한 것은 새벽 4시가 다 되어서였다.

정상으로 내려간 체온을 확인한 우빈은 그제야 한숨을 내쉬며 의자에 주저앉았다.

응급실 당직을 서던 미정은 그를 보며 놀라운 표정을 짓다가 이내 부러운 듯 담비를 내려다보았다.

우빈이 담비를 사랑하고 있다는 것을 알고는 있었지만 이렇게 지극정성일 줄은 몰랐다.

"선생님, 가서 눈 좀 붙이세요. 이제 열이 떨어지기 시작했으니까요."

미정의 설득에도 우빈은 아무 말도 하지 않았다. 깨어나면 자신을 찾을 담비가 걱정되어 자리를 비울 수 없었다.

그는 그녀의 손을 꼭 쥐고 그 자리에 죽은 듯이 앉아 있었다.

힘겹게 눈을 뜬 담비는 자신을 내려다보는 시부모님의 얼굴을 바라봤다. 그녀는 차마 면목이 서지 않아 고개를 돌리며 울먹거렸다.

"아버님, 어머님."

"일어나지 마라. 아가야."

양순은 울고 있는 담비의 눈물을 닦아 주었다. 정신을 놓은 며느리의 심정이 백분 이해가 됐다.

처음에 양순도 아들의 결정에 엄청난 반대를 했었다. 울며 안 된다고 매달렸고, 죽겠다고 소동도 부려 보았지만 아들의 의지는 확고했다.

우빈은 그런 양순에게 반대로 생각해 달라고 말했다. 만약 자신이 아팠을 때 담우가 간이식을 해 줄 수 있는 조건이 되는데도 안 해 주면 어떤 기분이 들겠냐고.

결혼이란 어려운 일을 함께 헤쳐 나가며 또 하나의 가족 구성원을 성립하는 것이었다.

"담비야."

"네, 어머님."

"그이하고 상의했는데 우리는 우빈이의 뜻에 따르기로
했다."

온몸이 비명을 질러 댔지만 너무 놀란 탓인지 담비가 벌
떡 자리에 일어나 앉았다.

"윽."

"아픈데 왜 일어나!"

"어, 어머님. 저는 그렇게 할 수 없어요. 우빈 씨는 4대
독자잖아요."

범기는 며느리의 말에 허탈한 웃음을 지었다. 사람의 생
명은 우선순위를 따질 수 없을 만큼 중요했다.

아들이 생살을 갈라 남에게 간을 꺼내 주겠다는데 쉽게
허락할 부모는 이 세상에 없었다. 우빈의 말을 듣는 순간
범기는 안 된다고 소리를 쳤으나 그는 꿈쩍도 하지 않았다.

신중히 생각한 범기는 아들이 베풀고자 하는 그 정신을
존중하기로 결정했다. 아들을 믿었고 그 마음을 사랑했다.

"우빈이가 무릎을 꿇었다. 내게 와서."

"아버님."

"우빈이 우리에게 소중한 자식이듯, 너의 오빠도 소중한
생명이야."

"하지만……."

"간이 어떤 장기인지 자세한 설명을 들었다. 다 잘될 거야. 난 우빈이를 믿는다."

"어머님, 아버님……."

"우빈이가 그랬다. 가족의 생명을 살리기 위해서 자신의 간을 기꺼이 내놓는 기증자야말로 최고의 의사라고."

담비는 더 이상 말을 할 수가 없었다. 고맙다는 말을, 감사하다는 말을 해야 하는데 입이 열리지 않았다.

대신 그 자리엔 오열에 가득 찬 울음이 자리했다.

담비는 염증 수치가 떨어질 때까지 입원을 하기로 결정했다.

그 소식을 들은 레지던트들이 담비의 병문안을 오며 한 차례 소동이 벌어졌다. 짓궂게 병실 냉장고에 가득 찬 음식들을 찬조해 달라며 모조리 들고 의국으로 향했다. 담비는 차라리 이렇게 시끌벅적한 게 낫다고 생각했다.

썰물 빠지듯 병문안을 온 사람들이 병실을 우르르 빠져나가자 담비는 우빈과 단둘이 남게 되었다.

담비는 너무 미안하고 고마워서 그에게 무슨 말을 어떻게 꺼내야 할지 몰랐다. 그녀가 말없이 그의 얼굴을 바라보았다. 그냥 옆에 있어 주는 것만으로도 좋았다. 아무것도 해 주지 않아도 좋은데 이런 사랑을 베풀어 주다니…….

"우빈 씨."

"왜."

"고마워요."

"그렇게 말해 줘서 내가 더 고마워. 담우 형님도 내 가족이야. 만약 내가 아파서 간이식을 받아야 했다면 담우 형님도 나처럼 했을 거야."

아주 오래전 그가 장기 기증 서약서에 서명했었다는 것을 담비는 뒤늦게 알게 되었다. 그동안 장기 기증에 관심이 없던 자신이 부끄러웠다. 이번 담우의 일을 겪으며 가족 모두가 그를 본받아 장기 기증 서약서에 서명을 했다.

담비는 이젠 겉으로 보이는 그의 차가운 모습이 전부가 아니라는 것을 확신했다. 역시 의사는 우빈처럼 가슴속에 뜨거운 불을 담고 살아야 한다는 것도 느꼈다. 차가움과 도도함으로 무장했지만 그는 결코 자신이 가진 그 불꽃을 숨길 수 없었다.

"간이식을 해야 하는 형님이 계셨다면 나도 당신처럼 할 수 있었을까요?"

"당연히 그랬을 거야. 너는 나보다 더 좋은 의사니까."

"아니에요. 난 무늬만 의사예요. 거기다 겉만 빤지르르한 아내였고, 며느리였고, 딸이었어요."

"담비야."

"이제부터 달라지는 모습 보여 줄게요."

"어떻게 달라질 건지 보여 줘 봐."

"여기서요?"

"뭔데, 여기서 보여 주면 안 되는 거야?"

"집에 가면 보여 줄게요. 그때까지 기다려요."

"주치의한테 얘기해서 너 퇴원 오더 내리라고 협박해야 겠다."

"마음대로요."

두 사람은 마주 보며 웃었다.

참다운 의사는 환자를 살리는 데에 최우선을 둬야 했다. 의사가 사적인 감정에 흔들린다면 환자들도 따라 흔들리기 마련이다. 그런 점에서 우빈은 자신의 뚝심을 지키며 최고 의 선택을 했는지도 모른다.

"그런데 간이 재생되려면 4개월에서 6개월이 걸리는데, 그럼 레지던트 4년 차 생활 다시 해야 되잖아요……."

그는 당분간 휴직계를 내기로 했다.

아무리 건강한 사람이라도 조직의 일부를 떼어 내는 수 술을 받으면 당분간은 몸 관리에 신경을 써야 했다. 게다가 합병증이 생길 수도 있기에 지속해서 약을 복용해야 했다.

"어, 그렇지."

"그래서 말인데요. 수술하기 전에 할 일이 있어요."

"뭔데?"

"우리 빨리 아기 가져요. 당신 닮은 아들이면 더욱 좋고요."

"담비야."

"1년 쉬어야지. 아이 낳아 기르면서."

동그랗게 눈을 뜬 우빈이 담비를 강하게 끌어안았다. 심장이 뭉클거렸다. 따뜻하고 행복했다.

세상에서 가장 사랑스러운 눈빛을 보낸 그가 그녀의 머리를 쓰다듬었다. 그녀를 얼마나 사랑하는지 몸과 마음으로 보여 주고 싶은 걸 겨우 참았다.

"우리 예쁜 마누라. 생각하는 것도 참 기특하다."

"우리 잘생긴 남편, 사랑해요."

생각만으로도 몸과 마음이 따스해졌다.

그로 인해 가슴 안에 설명할 수 없는 무언가가 가득 찼다. 사랑, 행복, 편안함, 위로. 뭐가 되었든 이 세상에 모든 좋은 단어들이 결집되어 가슴을 단단하게 다지고 있었다.

사랑이 아니고서는 이해할 수 없는 것들…….

사랑이기에 할 수 있는 불같은 행동들…….

사랑은 상대방을 믿는 것부터 시작된다. 담비는 그와 함께 영원히 행복한 삶을 누리고 싶었다.

그로부터 한 달 후, 병원에 찾아간 가족들은 간 검사를 다시 받았다. 야속하게도 결과는 바뀌지 않았다. 또 한 번 한담우에게는 이우빈의 간이 가장 적합하다는 결론이 내려졌다.

두 사람의 장기가 맞는 것은 큰 인연이었다. 담비는 인연이라는 건 핏줄과 사랑만큼 질긴 거라 생각했다.

두 사람의 수술은 간 분야의 최고 권위자인 김 교수가 집도를 하기로 했다.

복강경으로 수술이 시작되었다.

간 조직 중 우엽을 잘라 담우에게 이식을 해 주기 위해 우빈이 수술실로 들어갔다. 그는 한씨 집안에 두 번째 생명을 준 은인이나 다름없었다.

담비는 그 어느 수술실에도 들어가지 못했다. 오빠와 그가 수술실 침대에 누워 있는 걸 볼 만큼 강심장이지 않았기 때문이다.

수술실 앞에 모인 가족들은 두 손을 모아 수술이 성공적으로 끝나길 간절히 소망하고 소원했다.

기나긴 수술이 끝났다. 그렇게 소중한 사람들이 다시 태어났다.

무사히 수술을 받은 담우는 중환자실에서 중증 치료를

받은 뒤 일반 병실로 옮겨질 예정이었다.

연차를 끌어모은 담비는 회복을 하는 우빈의 곁을 지켰다.

사랑하는 사람과 함께할 수 있다는 것, 누군가를 사랑한다는 것만큼 행복한 일은 없다. 더군다나 그 사랑이 꽃을 피워 세상을 아름답게 만들 수 있다면야 더할 나위가 없었다.

담비는 이 행복을 다시는 놓치고 싶지 않았다.

그녀는 그의 빈자리를 대신해 열심히 레지던트 1년 차를 수행했다. 남들보다 더 열심히 뛰어 그의 몫까지 두 배, 세 배로 환자들을 돌보았다.

우빈에게 받은 사랑은 혼자서 감당할 수 없을 만큼 컸다. 그의 사랑에 보답하기 위해 담비는 열심히 노력했다.

얼마 뒤 그녀는 그와의 약속을 지켰다. 사랑을 표현하는 또 하나의 방법을 실행시켰다. 서로를 행복하게 만드는 수많은 것들 중 그녀가 할 수 있는 것…….

노력하는 자에게 기적이 찾아왔다.

그가 간이식 수술을 받은 지 두 달 뒤 어김없이 가을이 왔다. 곱게 물든 단풍이 가을이 온 것을 화려하게 알렸다.

배란일을 맞추기 위해 산부인과에서 정기적으로 검진을 받던 담비는 아주 뜻깊은 선물을 받게 되었다.

임신 8주 차였다. 기쁨의 눈물을 흘리던 담비는 배 속에서 들려오는 아이의 목소리에 심장이 덜렁 내려앉았다. 하나도 아닌 두 명의 목소리가 귓가에 울려 퍼졌기 때문이다.

벅찬 마음에 그녀가 전화기를 붙잡고 외쳤다.

"엄마, 나 쌍둥이 임신했어요!"

에필로그

오늘은 눈에 넣어도 아프지 않을 만큼 귀한 딸인 소운의
돌이었다.

4대 독자라는 단어가 무색할 만큼 우빈은 쌍둥이 아들에
이어 또 한 명의 아들을 낳았다.

그리고 몇 년 뒤 늦둥이 딸인 소운을 낳았다.

우빈은 어여쁘다 소리 내어 말하면 행여 잡귀가 샘을 할
까 두려워 말 한마디에도 신경을 썼다.

돌잡이를 해야 할 시간이 되었다. 돌잔치에 참석한 사람
들은 호기심 가득한 시선으로 소운이 무엇을 집을지 지켜
보았다.

"소운아! 네가 잡고 싶은 것을 잡아. 일단 이것은 명주실이야. 이걸 잡으면 명이 길고 다복하게 살 수 있단다. 그리고 저걸 잡으면 의사가……."

소운은 칭얼거리며 고개를 좌우로 흔들어 댔다.

"소운아, 아빠 말을……."

평소라면 아무거나 덥석덥석 잡아 입에 넣었을 소운이 오늘따라 까다롭게 굴었다. 조그마한 얼굴을 여러 번 찡그렸다 펴기를 반복하던 소운이 사람들을 훑어보다 뒤뚱뒤뚱 위태로운 걸음마를 내딛기 시작했다.

"소운아!"

우빈은 재빨리 소운의 뒤를 따라갔다. 그때 기어가던 소운이 자리에 멈춰 섰다. 호기심과 궁금증 어린 사람들의 시선이 한곳에 모였다.

마침내 소운이 돌잡이를 손에 쥐었다.

"하하하, 소운이도 참!"

"어머나, 어쩌나!"

웃음을 참지 못한 손님들이 고개를 돌렸다.

지켜보던 우빈의 입에서 실망스런 웃음이 흘러나왔다. 담비는 낯 뜨거운 듯 두 뺨을 손으로 살짝 어루만졌다.

돌상에 차려진 물건들을 뒤로 하고 소운이 돌잡이로 잡은 것은 다름 아닌 미정의 불룩 솟은 배였다. 얼마 전 선을 봐서 검사와 결혼한 그녀는 임신 7개월째였다.

소운이 치마 위로 소복하게 올라온 미정의 배를 고사리 같은 손으로 쓰담쓰담 매만졌다.

"이거, 이거!"

성별도 확실하지 않은 복중 태아에게 인사를 하는 듯했다.

이제 겨우 두 살 된 딸이 벌써 아빠가 아닌 다른 이를 찾는 것 같아 딸바보 우빈은 여간 서운한 게 아니었다.

그가 소운을 안고 있는 미정에게 무뚝뚝하게 물었다.

"병원에서 뭐라고 합니까?"

그 말에 미정이 웃으며 답했다.

"아들이라고 하던데요?"

"정말요?"

"네. 이참에 소운이를 미래의 며느리라고 생각할까 봐요."

"너무 앞서 가지 마세요. 우린 연하 사위 싫습니다."

"여전히 이 선생님은 차가우시네요."

그 말에 담비가 가까이 다가와 반기를 들었다.

"아니야. 우빈 씨는 정말 불꽃같은 남자라니까. 너무 뜨거워서 견딜 수 없을 만큼."

"제대로 사랑에 빠졌네. 내 눈에는 여전히 차가운 목석같은데."

"아니라니까."

"알았다고!"

장난스런 미정의 대답을 들으며 담비가 시선을 돌렸다.

이우빈.

이 남자를 너무 사랑한다.

불같은 사랑은 아니었지만 마음속엔 늘 그가 있었다.

처음부터 인연이 아니었던 사람들도 각자의 인연을 만들며 살아간다. 하물며 부부의 인연이라면, 그 인연으로 더 넓은 가족이라는 관계를 맺게 된다.

이것이 부부 놀이다. 서로를 사랑하고 의지하며 또 다른 사랑을 가꿔 나가는 놀이.

가족들과 함께 사랑을 노래하며 행복을 키워 갈 수 있는 놀이.

—fin

작가 후기

이 세상을 살고 있는 남자와 여자는 대부분 결혼을 합니다. 그리고 '부부'라는 이름 아래 허용되는 놀이를 함께하며 살게 됩니다.

부부 놀이라고 하면 무엇이 떠오르나요?
소꿉놀이처럼 남자와 여자의 역할을 분배하여 노는 놀이? 아니면 섹스를 하는 것? 여러분의 생각은 어떻습니까.

서로를 사랑하고 의지하며, 또 다른 사랑을 가꿔 나가는 놀이. 핏줄 같은 사랑과 믿음으로 만들어 낸 가족들과 함께 사랑을 노래하며 행복을 키워 갈 수 있는 놀이가 아닐까, 하는 게 제 생각입니다.

그중 가장 큰 역할은 아마 사랑이겠죠?

로맨스가 주는 즐거움 중에 하나는 사랑하는 사람들끼리 밀고 당기는 감정싸움을 지켜보는 것입니다. 사랑하고 있다는 것을 알기에 그것마저 즐기는 게 아닐까요.

사람들은 이렇게 말합니다. 핏줄은 속일 수 없는 거라고. 그 진리에 한 가지를 더 보탭니다. 사랑이라는 것은 쉽게 변하지 않는 핏줄과 동격이며 달콤하고 행복한 단어라고.

또 한 권의 로맨스 책을 내면서 다음번에는 이런 내용을 쓰면 어떨까, 하는 생각이 머릿속에 동동 떠다니지만 글로 표현하기에는 아직까지 많이 부족하다는 것을 느낍니다.

로맨스는 사람의 마음을 설레고 행복하게 만듭니다.

설렘과 행복의 시작, 그 사랑 속으로 풍덩 빠질 준비되셨나요.

흉내만 내고 지나간 봄이 무더운 여름을 맞이하게 되었

는데요.

　가을이 되기 전 여러분 곁에 부부 놀이를 함께하실 한 분 장만하시길 바라겠습니다!

　감사합니다.

—2015년 6월,
동해에서 민은아 올림.